천사의 분노!

천사의 분노!

ⓒ 한재현, 2021

초판 1쇄 발행 2021년 3월 15일

지은이	한재현
펴낸이	이기봉
편집	좋은땅 편집팀
펴낸곳	도서출판 좋은땅
주소	서울 마포구 성지길 25 보광빌딩 2층
전화	02)374-8616~7
팩스	02)374-8614
이메일	gworldbook@naver.com
홈페이지	www.g-world.co.kr

ISBN   979-11-6649-443-7 (03810)

한재현 지음

천사의 분노!

좋은땅

한재현 군의 책 출간을 축하하며

한재현(지수) 군으로부터 오랜만에 전화를 받았다. 한 군과는 법과대학에서 스승과 제자로 만난 인연이 있다. 법대시절 한 군은 공부도 열심히 하는 학생이었고 귀공자풍의 외모를 지녔으며 수줍음도 많았던 학생으로 기억한다. 대학을 졸업하고 여러 가지 어려움도 겪으며 나름 열심히 살기 위하여 다양한 경험을 한 것으로 알고 있다. 전공공부를 더 열심히 하여 원래 가졌던 꿈을 달성했으면 하는 바램을 가졌던 나로서는 한 군을 안타깝게 여긴 적도 많았다. 연극, 영화 쪽 예술분야에도 관심이 많았고, 실제 그 분야에서 일한다는 소식도 들었다. 그러던 그가 이번에 판타지 로맨스 장르의 장편소설을 내게 되었다는 반가운 소식을 전해 주었다. 그동안 개별 작가와 모니터링 및 각색활동을 하면서 작가생활을 해왔다고 한다.

이번에 출간된 판타지 로맨스 장르의 장편소설 '천사의 분노!'의 발문을 부탁받았다. 문학·예술분야에는 문외한이지만, 착한 제자의 작품출간을 진심으로 축하하며 앞날의 대성을 기원하는 의미로 승낙을 하였다.

1949년 토벌군으로 제주도에 파견된 민호라는 주인공이 좌익의 오명을 쓰고 폐인이 되어가다 미군에 이끌려 미국으로 가서 미국 네바다 사막의 국방프로젝트 연구소에서 생체실험대상으로 초능력을 가진 생존자로서 각종 테러 및 전쟁 등에서 용병으로 활약한다. 30년 후(1990년) 민호를 비롯한 용병들은 30년 전과 같은 젊은 모습으로 여전히 비밀작전에 투입되고 있다. 마침 전세계 평화무드에 용병의 존재에 부담을 느낀 미국에 의하여 이들의 제거가 결정되고, 민호는 젊음과 초능력을 유지해 주는 약을 탈취해 프로젝트의 유일한 생존자로 탈출한다. 무적자인 민호는 우여곡절 끝에 한국으로 밀항하여 한국사회의 추악한 현실 속에 약자로 살아가는 사람들을 위해 혼자만의 처절한 싸움을 시작한다. 이상이 대략적인 줄거리이다. 환타지 소설이니 내용에 대해서는 너무 심각하게 고민하지 않고 상상하면서 일독을 하면 좋겠다. 전혀 이념적인 편향이나 그런 것이 없이 대한민국의 공정한 민주주의의 회복을 바란다는 저자의 바람이 실현되길 기대하며, 한 군의 건승을 기원한다.

2021. 2. 23.
충북대학교 총장 김수갑

두 가지 의미

한재현 작가는 문학적 상상력이 뛰어난 신예작가다. 천안에서 충북 청주시 옥산면 덕촌마을로 와서 한 번도 떠나 본 적이 없다. 충북대에서 법학을 전공했고 전문 작가 밑에서 모니터링으로 작가공부를 한 것이 전부다. 내가 본 것은 카페로템에서 근무하고 여러 카페를 전전하면서 작품을 쓰는 장면이었다. "저래 가지고 작가가 되나?" 싶었는데, 오랜 기간에 무르익었는지 2021년에 열매를 풍성하게 맺었다. 드디어 자기 이름으로 소설을 출간한 것이다.

한재현 작가의 단편소설 작품들도 많이 있지만, 이번에 첫 장편소설을 냈다. 천사의 분노!

내용은 제주 4·3사건 또는 4·3항쟁을 그 배경으로 한다. 1948년 5·10 총선거반대운동을 시작으로 1954년까지 제주도에서 일어났던 민중항쟁을 우리는 기억한다. 남한만의 단독정부수립을 반대하는 민중들을 미군정기의 군인들과 경찰, 극우청년단체인 서북청년단 등이 유혈진압을 한 것이다. 여기에 제주도 주민들이 반발을 했고 이 항쟁은 6·25 한국전쟁이 끝날 때까지 지속되었다. 이 과정에서 통계가 정확하지 않지만 2만 5천에서 3만 명의 사람들이 학살당했다. 무장대에 의해 희생된 군경들도 있었지만 대부분은 군경을 비롯한 극우청년단체인 토벌대에 의해 희생된 사람들이었다. 실로 엄청난 희생이 아닐 수 없다. 6·25와 함께 또 하나의 슬픈 비극이었다. 토벌대의 군인으로 참전한 민호가 이 사실에 분노하고 거부하다 투옥당하고 폐인이 된다.

소설의 내용은 여기에서 끝나지 않는다. 민호가 1953년 6·25 한국전쟁이 끝나면서 미군에 의해 미국으로 끌려간다. 거기서 미국의 비밀 국방 프로젝트에 참여하게 되고 약물에 의한 초능력을 갖게 된다는 것이다. 각종 테러 및 전쟁들에 미국의 용병으로 사용할 목적이었던 것이다. 하지만 이 계획은 세계적인 평화무드에 의해 폐기되고 민호와 동료들도 제거대상이 되고 만다. 민호는 여기에서 탈출하여 2018년 한국에 비밀리에 잠입하게 된다. 감격적인 귀국이었지만, 여전히 대한민국은 적폐청산이 되지 않아 모든 권력을 형식적 권력의 뒤에 숨은 거대 조직 흑암회를 통하여 쥐고 흔드는 나라였다. 또다시 민중들은 고통을 나날을 보내고 있었다.

작가는 민호가 되어 1948년과 2018년의 시대상황을 대비하고 있다. 그리고 민중들의 무력감을 대신해서 초능력이란 힘을 가지고 상상력의 세계에서 흑암회와 싸우고 있다. 천사의 분노를 가지고! 1948년과 2018년의 시대상황, 억울한 민중들의 희생과 초능력이란 힘, 흑암회와 천사의 분노는 비교법을 썼다. 천사는 신적인 명령을 수행하는 영적인 존재가 아닌가? 온갖 부정부패와 타락이 난무하는 세상 가운데 작가는 분노하고 있는 것이다. 이 책을 통하여 우리 모두가 타락한 권력 카르텔에 맞서 민주주의의 회복에 동참해야 할 것이다.

2021년 3월 1일 3·1절에
오 용 균 목사

본서 추천에 들어가면서…

본서는 문장이 간결하면서 이해하기 쉽고, 말로 참아 형언할 수 없을 정도의 상황 상황을 영화처럼 형상화 해서 사건을 전개해 다음 장면 장면이 궁금할 정도이기에 감히 추천 드린다. 추천자는 민주평화통일자문회의 자문위원을 역임하였고, 현재는 로펌에 연구실장으로 재직하면서 뉴스코리아월드 사회부 취재부장으로도 활동하고 있다.

천사의 분노를 쓴 작가는 연예계의 오피니언리더이자 신예작가이다.

본서 소재를 환타지 한 사건은 제주 4·3사건이다. 제주 4·3사건은 1947.3.1. 기점으로 1948.4.3. 발생한 소요사태 및 1954.9.21.까지 제주도에서 발생한 무력충돌과 진압과정에서 제주도민들이 희생당한 사건을 말한 것으로 알고 있다.

최근 대법원의 감동 깊은 판결문(판결선고 2021.1.21.)에서는, 당시 피해자들과 유가족을 위하며 영원한 민주화를 위한 판결문이 서려 있는 것을 저 혼자 보기가 아까워 본서를 빌어 게시하고자 한다. "해방직후 제주 4.3사건이라는 극심한 혼란기에 청.장년인 피고인들에게 반정부활동을 했음을 이유로 실형을 선고한 사건이다. 국가로서 완전한 정체성을 찾지 못한 시기 극심한 이념 대립 속에 셀 수 없는 개인이 희생되었는데, 특히 피고인들은 목숨마저 빼앗겼고 그 자녀 등 유가족들은 오랜 기간 연좌제의 굴레에 갇혀 지내왔다. 지금까지 그들이 무슨 생각을 하면서 삶을 살아냈는지 '과연 국가는 무엇을 위해 그리고 누구를 위해 존재하는가?' 몇 번을 곱씹었을지 우리는 알지 못한다. 다만 오늘 이 판결의 선고로 피고인들과 그 유족들에게 덧씌워진 굴레가 벗겨지고, 나아가 이미 고인이 된 피고인들은 저승에서라도 이제 오른쪽 왼쪽을 따지지 않고 낭푼에 담은 지실밥에 마농지뿐인 밥상이라도 그리운 사람과 마음 편하게 둘러앉아 정을 나누는 날이 되기를, 그리고 살아남은 우리들은 이러한 일이 두 번 다시 일어나지 않도록 다짐하는 계기가 되기를 바란다."

제주 4·3사건은 영원한 민주주의를 위하여
그동안 유례없는 감명 깊은 판결문이 본서와 함께 빛나기를 바라면서….

민주평화통일 자문위원 역임 및 뉴스코리아 월드 취재부장
한기석

　1949년 12월 18일. 토벌군이라는 명목으로 제주도에 파견된 민호의 부대는 좌익과 관련이 없는 무고한 주민들이 구좌읍의 어느 동굴에 은거해 있다는 첩보를 접수하고 파견되는데, 민호는 그곳에서 동굴을 불태우라는 중대장의 명령을 완강히 거부한다. 그 일로 좌익이라는 오명을 쓰고 군 영창에서 3년을 투옥하고 고향인 서울로 돌아오지만, 좌익의 꼬리표는 그를 계속 옥죄고 결국 폐인이 되어 간다. 그리고 1953년, 그런 그가 미군에 이끌려 공항으로 향한다. 만신창이의 모습으로 미국행 비행기에 몸을 실은 한민호(30). 그가 탄 비행기는 어느새 미국 네바다 사막을 가로지르며 날아가고 있다. 좌익이라는 오명으로 부모님의 주검을 욕보인 기억, 첫사랑인 경민(28)이 추악한 놈들에 의해 무참히 유린당하고 자살하는 것을 지켜만 봐야 했던 기억 등…. 악몽으로 갑자기 소리 지르며 잠에서 깨는데, 섬뜩한 의료진들로 가득한 특수 병실 안에 누워 있는 자신을 발견한다. 미국 네바다 사막의 비밀 국방프로젝트 연구소…. 그곳에는 여러 국적의 사내들이 침대에 묶여 있고 알 수 없는 약물의 주사제가 그들에게 들어가자, 핏줄이 팽창하면서 그들의 얼굴은 일그러지고 모두들 극심한 고통에 몸부림치며 결국엔 대다수가 핏줄이 터져 죽고 만다. 그들 중, 유일한 동양인인 한민호. 고통 속에서도 미소를 잃지 않는 그의 모습에 연구진들은 훨씬 많은 양의 주사제를 그에게 투여한다. 책임자 스티브 박사(53)의 만류로 투여가 중단되고 겨우 목숨을 건진 민호…. 일그러진 그의 얼굴엔 여전히 미소가 엿보인다. 몇 개월 후, 프로젝트에서 살아남은 7인은 더 이상 평범한 인간이 아닌 초능력을 지닌 모습으로 각종 테러 및 전쟁 등에서 용병으로 활약하게 된다. 작전이 끝나면 그들은 항상 스티브 박사가 주는 약을 반드시 먹어야 했는데, 약의 부작용으로 인한 고통은 인간의 한계를 초월했다. 30년 후(1990년), 민호를 비롯한 용병들은 30년 전과 같은 젊은 모습으로 여전히 비밀작전에 투입되고 있었다. 그러나 그 즈음 전 세계에 평화 무드가 조성되자 미국은 용병들의 존재에 부담을 느끼기 시작하고 엄청난 국제적인 비난과 고립에 빠질 수 있다는 위기감에 결국 그들을 제거하기로 결정한다. 그리고 우연히 이 사실을 알게 된 민호는 스티브 박사의 연구실에서 젊음과 초능력을 유지해 주는 약을 탈취해 프로젝트의 유일한 생존자로 탈출한다. 무적의 신분이었던 민호, 20년 넘도록 미국 전역을 전전하며 걸인으로 은둔 생활을 하게 되고…. 2018년, 우여곡절 끝에 한국으로의 밀항에 성공한다. 65년 만에 찾은 대한민국. 민호에겐 모든 게 낯설다. 잠시 방황하던 그는 부산에서 인연을 맺은 조폭 두목, 최두식(43)의 도움으로 신분을 숨기며 서울에서 은둔 생활을 하는데 65년 전과 마찬가지로 돈과 권력, 흉악범죄에 신음하는 한국 사회의 더럽고 추악한 현실을 보며 크게 실망한다. 구사일생으로 다시 찾은 조국의 모습은 그에게 전후의 처참했던 현실과 전혀 달라진 게 없어 보인다. 여전히 대한민국은 민주주의란 미명하에 수많은 부정과 범죄가 자행되고 약자들은 억압당하고 있었다. 우연찮게 연쇄 살인사건 현장과 연쇄 성폭행 현장을 지나게 된 민호. 경찰들이 놓친 범인들을 너무나 쉽게 제압해 일순간 여론과 경찰의 주목을 받는다. 이 일을 계기로 그는 본격적으로 대한민국에서 약자로 살아가는 사람들을 위해서 혼자만의 처절한 진흙탕 싸움을 시작하려 한다. 그리고 두식의 도움으로 신분을 세탁해 '한민호'로 돌아와 본격적으로 초능력을 사용하며 온갖 강력범죄들을 해결해 나가지만, 여전히 약을 먹을 때마다 느끼는 육체적, 정신적 고통은 상상을 초월했다. 일순간 시민들은 그의 활약상에 열광했고 언론과 SNS에서는 매일 그의 활약상을 대서특필하기에 이른다. 그러나 그의 존재에 부담을 느낀 장석호 경찰청장(47)은 엉뚱하게도 그를 구속하는데, 비밀리에 그를 지켜봐 온 국제범죄수사국 한국지부장 박선영(30)과 정보부장 윤영태(35)의 도움으로 무사히 풀려난다. 그 인연으로 영태와는 친구가 되고 선영은 그에게 이성으로서 관심을 갖는데, 이것이 민호와 박영근 검찰총장(57)과의 악연의 시작이 되었다. 선영이 바로 유력한 차기 대선주자이자, 감춰진 엄청난 부정부패단체인 '흑암회'를 이끄는 박 총장의 하나뿐인 딸이었던 것이다. 한편, 여론에 민감해진 청와대는 청장에게 지시하여 민호를 경찰청 미제사건전담반 팀장으로 특채하게 되는데 전부터 민호를 수상하게 여긴 언론의 대부, 조양일보 최명도 정치부장(48)이 민호의 뒤를 밟는다. 이젠 약간의 권력까지 갖게 된 민호는 경찰청 내에서 가장 청렴하고 폭력적이고 내성적인 인물인 김민호(53) 형사, 조진석(28) 형사, 김현정(27) 경위 등으로 팀원을 구성하며 본격적으로 부패한 권력자들과 흉악범죄에 맞서 싸운다. 그리고 시민들은 진정한 정의가 실종된 진창 속에서 순수한 분노로 피어난 꽃이라는 의미로 그를 '진창 속의 꽃'으로 묘사하기도 했다. 그렇게 활발하게 활동 중이던 민호, 우연히 미제사건파일 '코드7' 국제태아매매 사건의 피해자 이

수민(28)을 만나게 된다. 10년 전, 자살 시도를 한 그녀는 겨우 목숨은 건졌지만 현재는 식물인간 상태이다. 그런데 그녀를 보곤 마치 귀신이라도 본 듯이 놀라고 마는 민호…. 60년 전, 그의 첫사랑 경민과 너무 닮았다. 놀람도 잠시 그는 본격적으로 코드7 사건을 수사하기 시작하는데, 점점 드러나는 부패한 절대 권력과 국제범죄단체들의 추악한 짓거리가 드러나게 된다. 그 즈음, 코드7 사건의 또 다른 피해자인 고등학생 박지영(18)과 김유진(18)을 통해 결정적으로 범죄에 '프롬앨스'라는 악마의 약물이 사용되고 있다는 사실이 드러나고, 위협을 느끼던 박 총장과 도경그룹 김도경 회장(56)이 민호에게 수많은 테러를 가한다. 박 총장은 차기 대선을 위해 국제태아매매와 각종 마약범죄 등으로 수천억 원의 자금을 모으고 있었기에 민호가 눈엣가시였다. 결국 박 총장이 불러들인 거대한 국제범죄조직은 무고한 시민들과 경찰들을 처참하게 희생시키고, 그 와중에 조 형사는 범죄조직을 이끄는 수장인 '검은 그림자'(35)에게 당해 의식을 회복하지 못한다. 그리고 김 경위도 집단 강간을 당할 위기를 겨우 넘기게 되고 병실에 누워 있는 수민까지 테러를 당하자 민호의 분노는 하늘을 찔렀다. 결국 민호와 검은 그림자 무리들은 서울 도심에서 치열한 격투를 벌이며 도심은 일순간에 폐허가 된다. 한편, 최 부장은 민호가 초능력을 사용하는 장면을 교묘하게 편집해서 사람들의 시선을 현혹하는 '사이코 영웅'으로 보도하고 시민들의 태도가 바뀌기 시작한다. 그리고 민호를 제거하기 위해 미 정보부와 국제범죄단체는 새로운 약물을 과다 투여해 만든 초능력 킬러들을 한국으로 보내는데, 킬러들은 민호를 유인하기 위해 백주대낮에 살인과 어린 여학생들을 집단 강간하는 등 범죄를 저지르기 시작한다. 경찰특공대가 그들과 맞서 보지만 초능력을 지닌 킬러들에게 처참하게 전멸당하고, 민호는 몇 알 남지 않은 약을 먹고는 킬러들과 외로운 결전을 벌이지만 큰 부상을 당하고 어디론가 사라진다. 몇 개월 후, 다시 돌아온 민호는 그렇게 증오하던 박 총장 무리와 친밀하게 지내며 선영과 데이트까지 하는데, 달라진 그의 모습에 모두들 의아해하며 심지어 팀원들조차 그가 권력에 빌붙은 줄로 오해한다. 그 즈음, 조 형사는 의식을 회복하고 박 총장은 자신에게 슬며시 도전하던 김 회장과 최 부장을 프롬앨스에 중독시켜 제거하고 부검을 통해 이 사실을 알게 된 국과수 오정태 박사(53)마저 살해한다. 한편, 민호는 비밀리에 옛 친구 로버츠(83)를 통해 국제태아매매 관련 기밀문서와 영태의 자료를 얻는데, 그동안 그의 행동은 모두 박 총장 무리를 속이기 위한 위장술이었던 것이다. 그리고 드디어 검은 그림자 무리들과의 최후의 혈투를 벌이지만 또다시 큰 부상을 입으며 시민들의 도움으로 겨우 피신한다. 민호가 사라지자 검은 그림자 무리의 횡포에 서울은 폐허가 되어 가고 다급해진 청와대의 지시로 군 특수부대까지 동원되며 그들과의 치열한 전투가 벌어지며 공포에 질린 시민들은 다시 민호를 그리워한다. 그런데 부상당한 민호 앞에 뜻밖에 영태가 나타나고, 서서히 드러나는 진실들… 영태가 바로 베일에 싸였던 초능력 킬러들의 수장, '검은 그림자'였던 것이다. 영태는 부상당한 민호에게 최후의 일격을 가하고 뒤돌아서는데, 그렇게 민호는 친구의 뒷모습을 눈물로 보며 죽어 간다. 한편, 박 총장은 폐허가 된 서울 도심을 보며 회심의 미소를 짓는데, 민호가 만신창이의 몸으로 다시 나타난다. 민호를 보고 놀라는 박 총장과 영태. 결국 민호와 영태는 최후의 격전을 벌이는데, 부상당한 몸인 민호는 계속 밀리게 되지만 시민들의 응원으로 다시 일어선다. 그리고 주머니에서 떨어진 마지막 약을 먹고선 초능력으로 영태에게 최후의 일격을 날리는데, 영태는 그동안의 죄책감으로 방어하지 않고 끝내 죽는다. 영태의 주검 앞에서 처절하게 오열하던 민호…. 곧바로 박 총장을 찾아가서 제거하려 하는 순간, 뜻밖에 선영의 총탄에 쓰러지는 박 총장! 선영은 회한의 눈물을 흘리고, 드디어 정의를 위한 싸움은 끝난다. 이젠 초능력도 사라진 평범한 인간이 된 민호는 수민이 있는 병원으로 달려가는데, 수민은 기적적으로 깨어나서 회복실에 있었다. 그리고 두 사람은 행복한 모습으로 하나가 된다.

끝

언제부턴가 돈과 권력, 추악한 쾌락이 지배하는 진창 속에서도 우리는 너무나 자연스럽게 살아가고 있는 우리들의 자화상을 발견하곤 한다. 민주주의의 발전이란 명분 속에 벌어진 처참했던 투쟁의 과정에서 희생될 수밖에 없었던 이름 모를 수많은 이들을 망각한 지금의 현실에서 과연 올곧은 민주주의와 정의를 찾아 볼 수 있을까? 공정한 민주주의와 정의는 사라진 세상! 여전히 이념의 갈등으로 대립하며 만들어진 거짓된 진실들이 지배하는 현실의 윤리적 딜레마에도 불구하고 실체적 진실을 밝히려는 사람은 언제나 존재하기 마련이다. 제주 4·3 사건으로 모든 것을 잃고 자신의 운명을 저주하던 젊은 사내! 항상 죽음만을 생각하던 그가 미국에서 실시한 비밀생체실험을 통해 언제부턴가 원치 않는 불로(不老)와 초능력이 생기게 되고…. 그렇게 전혀 달라지지 않은 젊은 모습으로 65년 만에 대한민국에 돌아온다. 그러나 달라진 게 없는 부패한 절대 권력, 흉악범죄로 더럽혀진 대한민국의 현실을 보며 그는 분노한다. 사랑하는 연인과 이유 없이 희생되는 선한 사람들의 억울함을 위해서 그는 처음으로 삶의 의지가 생기며 선과 악의 처절한 혈투를 시작하는데…. 그의 이런 순수한 분노가 우리가 꿈꾸고 바라던 공정한 민주주의를 만드는 초석이 된다.

1

1949년 12월 18일. 다른 곳보다 그런대로 따뜻한 제주도지만, 그날만큼은 차갑고 매서운 칼바람이 휘몰아치며 옷깃을 여미게 하는 날씨였다. 민호는 함덕에 주둔한 9연대 제2대대 소속의 군인으로, 일명 '초토화 작전'을 수행 중이었다.

서울 토박이였던 그가 군입대를 하자마자 터진 제주 4·3 사건에 투입된 지 벌써 일 년이란 시간이 흐르고 있었다. 그러나 말이 좌익 불순세력을 초토화하는 작전이었지, 실상은 좌익과는 전혀 관계가 없는 민간인들의 피해가 8할 이상이었다. 이념과는 거리가 동떨어진 민간인들을 무조건 빨갱이로 몰아서 주변 마을들을 소개疏開하며 학살해 가는 과정은, 아직 어린 민호에게는 엄청난 악몽의 순간이었다.

일부 생존 주민들은 학살의 광풍을 피해서 실오라기 같은 생존 확률에 운명을 걸며 오롯이 목숨을 건 도피를 감행하기 시작한다. 민호의 부대는 제주도 구좌읍을 중심으로 좌익 불순세력들의 토벌을 담당하고 있었는데, 그곳에선 이미 수많은 민간인들이 제대로 된 재판 절차도 없이 서로 간의 불분명한 제보들과 고발로 인해, 마치 북한에서 자행되던 인민재판 형식으로 토벌군에 의해서 처참하게 처형되고 있었다.

그런 광풍 속에서 살아남은 일부 주민들은 제주도 구좌읍의 산간 지대에 있는 작은 동굴로 급히 피신하며 목숨을 연명하고 있었는데, 민호의 부대가 그곳에 있는 그들을 쫓기 시작한 것이다. 단순히 토벌군의 서슬 퍼런 총검이 무서워 도망간 주민들에겐 좌익이 무엇인지 우익이 무엇인지는 전혀 알 수도 없는 관심 밖의 일이었다. 그들에게 남아 있는 거라곤 오직 살아야 한다는 순수한 욕망뿐이란 걸 인지하는 부대원들이 그의 부대에서도 이미 여럿 있었다. 그러나 토벌군 내에서도 힘이 없었던 그들이 할 수 있는 일이란 없었고, 상명하복의 군대 체계에서 오직 명령만을 수행할 뿐이었다.

그리고 마침내 오늘!
그의 부대가 낮은 오름의 중턱에 위치한 어느 동굴 앞에 도착해서 주민들의 생명을 노리고 있는 것이다. 중대장은 민호에게 동굴 입구에 장작을 놓고 불을 피울 것을 명령했다. 그러나 동굴 안에서는 작게나마 어린 아이들과 부녀자들의 울음소리가 들리고 있었다.

"야, 이 새끼야! 빨리 불태워 버리란 말이야!"

"중대장님! 저 안에는 아이와 부녀자들이 있는 게 분명합니다. 저 소리를 들어 보십시오! 우선 저들을 밖으로 끌어내서 조사하는 게…."

"이 새끼가 미쳤나? 빨갱이들이 맞는데 무슨 조사를 해? 넌 배웠다는 놈이 '선참후보'라는 말도 몰라? 잔말 말고 어서 입구 봉쇄하고 불태워 버려!"

"그렇게 할 순 없습니다! 우리 토벌군에도 절차라는 게 있지 않습니까? 어떻게 분명하지도 않은 몇 사람의 제보만으로 저 많은 사람들을 무참히 희생시킨단 말입니까?"

"너! 죽고 싶어? 이게 어디서 배운 티를 내고 있어. 군은 상명하복에 죽고 사는 거 몰라?"

"저는 그렇게 못 합니다! 이건 토벌이 아니라 학살입니다. 과연 국민들이 이 사실을 알면 우리 토벌군을 뭐라고 하겠습니까? 명령을 철회해 주십시오!"

"한민호! 제주도에 일 년 넘게 있더니 너도 좌익 빨갱이 물들은 거냐? 이 새끼가 어디서 항명이야? 지금 당장 불태우지 않는다면 넌 명령 불복종으로 영창행이야! 알아?"

말없이 동굴 입구를 막고 서 있는 민호의 머리에 권총을 겨누며 협박하는 중대장! 그러나 이십 대의 어린 민호는 꿈쩍도 하지 않고, 결연한 표정으로 두 눈을 감는다. 결국, 중대장은 다른 부대원들에게 민호를 체포해 내려갈 것을 명령하고, 그렇게 그는 무장해제돼서 끌려 내려오고 있었다.

잠시 후, 산 중턱에선 검불 타는 냄새와 함께 자욱한 연기가 피어오르기 시작한다. 먼 거리지만, 동굴 안의 사람들이 질러 대는 아우성 소리가 들리기 시작하고, 민호는 이내 흥분하기 시작한다. 몸부림을 치며 다시 산으로 오르려 하지만, 포승줄에 묶여 있는 그가 할 수 있는 일은 아무것도 없었다.

"제발 막아야 해! 너희들도 알잖아. 이건 잘못된 일이야! 저들은 아무것도 모르는 무고한 민간인들이 대부분이라고. 지금이라도 올라가서 막아야 해!"

그러나 동료 부대원들은 고개를 숙이며 말없이 그의 양팔에 더욱 강한 힘을 주어 제압한다. 그들도 동굴 안에서 들리는 사람들의 비명 소리에 괴로워하는 눈치다. 민호는 온몸을 흔들며 더욱 흥분해서 날뛰는데, 산 중턱에서 피어오르는 연기는 더욱 거세게 하늘로 솟구치고 있었다.

"야, 이 새끼들아! 막아야 된다고! 저… 저건 살육이란 말이야!"

잠시 후, 수류탄 터지는 소리와 요란한 소총 소리가 연이어 들리는데,

민호는 묶인 손으로 양쪽 부대원들을 제압하고선 미친 듯이 산 중턱으로 뛰어 올라간다. 그리고 동굴 입구에 서 있던 중대장을 밀치고는 연기가 가득한 동굴 안으로 들어가는데, 그곳의 참상은 입에 담을 수 없을 만큼 처참했다.

동굴 구석과 땅속에 입과 코를 파묻고 죽어 있는 사람들과 눈과 코, 귀에서 피가 흐르며 질식사한 사람들로 가득했다. 거기엔 겨우 아홉 살 정도의 어린아이들도 보였다.

"이… 이런 일이!"

분노로 치를 떨며 잔불에 포승줄을 태워서 풀고는 동굴 밖으로 나오는 민호. 양쪽의 작은 동굴 근처에도 수십 명의 민간인들이 소총에 맞아서 주검으로 널려 있는 게 보인다. 그 모습에 민호는 이미 이성을 놓아 버리며 눈에서 붉은 불똥이 떨어지고 있었다.

"이 개새끼야! 네가 그러고도 사람이야? 너도 한번 죽어 봐!"

그는 온 힘을 실어서 중대장의 얼굴을 향해 주먹을 날렸고, 중대장은 그 한 방으로 바닥에 쓰러지며 정신을 잃는다. 분이 풀리지 않은 민호는 쓰러진 중대장의 면상에 계속 주먹을 날리는데, 갑자기 소총 개머리판이 민호의 머리로 날아든다. 퍽 하는 소리와 함께 쓰러지는 민호. 얼마의 시간이 지났을까? 겨우 정신을 차리는데, 그의 머리엔 피가 흥건하게 굳어 있다.

군 영창에 갇힌 민호는 다시 포승줄에 더욱 단단히 묶여 있었다. 아직도 조금 전의 처참한 참상이 또렷한데, 밖에선 또다시 어디론가 토벌이란 명목으로 부대원들을 실은 수십 대의 트럭이 출발하고 있었다.

"마… 막아야 해! 더 이상은 안 돼!"

몸부림치며 겨우 일어난 민호는 영창 밖을 향해 크게 소리치기 시작한다.

"더 이상 죄 없는 주민들을 살육하면 안 돼! 이건 명백한 살인 행위야. 제발 트럭을 멈춰! 멈추라고 개새끼들아…."

굳게 닫혔던 영창 문이 열리며 건장한 헌병들이 들어오더니, 또다시 그의 머리를 방망이로 수차례 가격한다. 힘없이 쓰러지는 민호. 일순간 무거운 정적이 흐르며 그의 눈에선 굵은 눈물과 함께, 분노의 흐느낌으로 어깨가 들썩이는 모습이 보인다.

4년 후, 1953년. 미국 본토의 황량한 네바다 사막의 뜨거운 지열이 만들어 낸 아지랑이가 하늘로 흩뿌려진다. 생명체라고는 존재하지 않을 것 같아 보이는 그곳에 작은 소리가 들리기 시작하는데, 소리에 놀란 도마뱀 한 마리가 마치 점프하듯이 모래 속으로 머리를 쑤셔 박는다.

잠시 후, 고요한 사막의 적막을 깨며 군용 비행기 한 대가 사막 지대를 빠르게 가로지르는 모습이 하늘 위에서 보인다. 모래 폭풍을 뚫고 지면으로 내려가는 군용기 안에서 들리는 비명 소리가 엔진 소리를 뛰어넘어서 하늘로 퍼진다.

"아… 안 돼!"

엔진 소리가 점점 커지더니, 쌍발 군용기가 거대한 모래 폭풍을 일으키며 사막의 지면으로 빠르게 내려가면서 천지사방이 까맣게 암전된다. 낡은 형광등이 어설피 비추는 천장이 보이면, 어느새 미국 국방연구소의 비밀연구실 안이다. 잠시 정적이 흐르는 듯하더니, 갑자기 암흑 속에서 남성들의 고통스러운 외침이 들리기 시작한다. 그 누구도 알 수도, 찾아올 수도 없는 곳…. 네바다 사막 어딘가의 지하에 미국이 만들어 놓은 일급기밀 국방연구소의 비밀연구실로 보이는 지하벙커 안! 침대에 누워 있는 여러 인종의 젊은 남성들의 고통스러운 외침이 더욱 크게 들린다.

"살려 줘! 으악! 제발, 그만!"

"으아! 아… 그만!"

"그만해! 그만. 제발… 야, 이 새끼들아. 그만하라고!"

방균복으로 중무장한 연구원들은 그들에게 알 수 없는 주사제를 계속 투여하는데, 그럴수록 그들의 고통스러운 외침은 더욱 커져만 간다. 얼굴은 고통으로 일그러지고, 온몸의 핏줄이 팽창하며 마치 괴물처럼 보이기 시작한다. 결국, 그들 중 몇 명은 핏줄이 터지고 눈과 코에서 피가 터지며 죽어 가는 처참한 모습이 보인다. 그런데 그들 중에 동양인으로 보이는 남자 한 명이 눈에 띈다.

　그런데 이게 어찌 된 일인가. 침대 꼬리표에 선명하게 'KOREA 한민호'라고 적혀 있다. 제주도에서의 항명과 상관 폭행 사건으로 징역 3년 형을 받고서 일 년 전에 출소한 민호. 무슨 이유에서인지 그는 지금 미군 특수부대원들의 삼엄한 경비가 이루어지고 있는 이곳에서 다른 사내들처럼 생체실험에 참여하고 있었다. 의류공장의 잡부로 일하는 가난한 부모 밑에서 자란 민호. 더욱이 군대 내에서 항명 사건으로 좌익의 오명을 쓰고 전과자라는 딱지까지 붙어 있는 그로서는 군 생활도 불가능한데 말이다.

　그는 출소하고서도 좌익이라는 누명을 쓰고 다니던 대학교에서도 퇴학당하며 열심히 검정고시를 준비하고 있었다. 자신의 전과 때문에 고통받던 부모님을 위해서라도 그는 주경야독을 하며 하루라도 빨리 돈을 벌어야겠다는 생각밖에 없었다. 그리고 사랑하는 연인, 경민과 함께 결혼하기 위해서 틈틈이 노동판에서 막일을 하며 돈까지 모으고 있었던 민호다. 항상 자신보다 부모님을 먼저 걱정하고 챙기며, 경민에게도 듬직한 남자였던 민호가 국적도 모르는 젊은 사내들이 끔찍한 비명을 지르며 핏줄이 터져서 죽어 가는 처참한 이곳에서 함께 있는 것이다.

그런데 이상하게 그는 주변에서 죽어 가는 다른 사내들과 달리, 전혀 고통스러워하지 않는 모습이었다. 오히려 고통을 즐기는 것처럼 일그러진 얼굴 사이로 언뜻 여유로운 미소까지 보여 준다.

　한편, 비밀연구실 밖에서는 대형 유리창을 통해서 이 모습을 지켜보는 사람들이 있었다. 비밀 프로젝트 총책임자인 스티브 박사와 미 국방부 고위직 간부였다. 스티브 박사는 연구실을 바라보며 근심 어린 표정으로 말문을 여는데, 국방부 간부는 대수롭지 않다는 반응이다.

　"과연 저들이 견뎌 낼지 모르겠군요."

　"박사님! 저 약이 인간에게 그렇게 고통스럽습니까?"

　"지금 고통이라고 했습니까? 내 말은 고통을 말하는 게 아닙니다! 과연 저들이 얼마나 살아남을지를 말하는 겁니다."

　"네? 설마 그 정도로 심할까요. 그냥 잠시 큰 고통을 느끼고는 잠잠해지지 않습니까? 그래도 저들 중에 반은 건지겠죠."

　"지금 무슨 말을 하는 겁니까? 반이라니…. 저들도 찌르면 아픔을 느끼고 기쁘면 웃는, 당신과 같은 인간이란 말입니다! 만약, 저들 중에서 단 한 명이라도 살아남는다면… 이 세상 그 누구도 막을 수 없는 존재가 되어 있을 것입니다."

스티브 박사는 다시 연구실 쪽으로 시선을 돌린다.

"저 약의 고통은 인간이 견딜 수 있는 한계를 수십 배 뛰어넘는 정도입니다. 마취를 하지 않고 수술하는 것보다도 몇 배 더 강한 고통이 지금 저들에게 가해지고 있는 것입니다. 자가면역체계가 파괴되며 핏줄이 터지고 쇼크가 오게 되고 그 후에는… 한 명도 살아남지 못할 수도 있다는 말입니다! 이제 저들이 겪고 있는 고통을 알겠습니까?"

"서… 설마."

국방부 간부의 이마에서 식은땀이 흐르기 시작한다. 그렇게 비밀연구실 안에서는 고통을 이기지 못한 사내들이 처참한 모습으로 죽어 가고 있었다. 그러나 여전히 민호만은 입가에 미소를 머금고 있다. 그러자 연구원들은 민호에게 더욱 많은 양의 주사제를 투여하는데, 고통의 외침은 점점 더 커져 가지만 아이러니하게 그럴수록 민호의 표정은 점점 편안해 보인다. 마치 고통 속에서 평안을 얻는 것처럼 말이다. 연구원들은 본분을 망각하고 그에게 주사제를 과량 투여하는데, 누군가 소리치며 연구실로 들어온다.

"너희들 미쳤어? 더 이상 약물을 투여하면 이자의 생명이 위험하단 말이야! 지금도 다른 이들에 비해 3배 이상 투여한 상태인데…. 이게 지금 장난인 줄 알아? 당장 중지해! 알겠나?"

스티브 박사의 호통에 연구원들은 한 발짝 물러서는데, 잔뜩 찌푸린 모습으로 민호의 모습을 바라보는 스티브 박사.

"이놈은 도대체 뭐지? 어떻게 그런 상상할 수 없는 고통을 느끼면서도 저렇게 미소를 지을 수가 있는 거지? 그 정도 투여량이면 벌써 죽었어야 하는데 말이야. 믿을 수가 없어!"

박사는 그가 누워 있는 침대로 다가가며 그를 노려보더니, 점점 눈가가 벌겋게 달아오른다.

"주여! 저희를 용서하소서. 저희가 신의 영역을 침범하고 말았습니다."

스티브 박사의 시선은 여전히 민호에게 고정되어 있다. 마치 세계 신기록을 세우는 육상선수의 경이로움을 보는 것처럼 넋을 놓고 그를 바라보고 있었다. 잠시 박사의 눈치를 보던 연구원들은 다시 사내들에게 뭔가를 주사기로 투여하기 시작한다. 그러자 다른 사내들의 고통에 찬 외침이 다시 들리기 시작하고, 민호의 일그러진 미소가 보이면서 암전된다.

37년 후, 1990년

중동 사막지역, 테러집단의 본거지. 온갖 총성과 폭음이 들리며 강렬한 불빛들과 엄청난 화염이 밤하늘을 수놓는데, 사막지역 테러조직의 근거지에서 엄청난 총격전이 벌어지고 있었다. 어디서 날아오는 총탄인지 모르겠지만 정확하게 테러범들만을 맞혀서 쓰러뜨리고 있었다. 섬광이 번쩍하는 순간, 여러 명의 테러범들이 하늘 위로 붕 뜨더니 바닥에 나뒹구는 모습이다. 테러조직의 사상자가 속출하며 속절없이 쓰러지고 있는데, 그들 속에서 초인적인 힘으로 건물 사이를 뛰어넘는 7인의 사내들이 보인다. 아무리 총알이 빗발쳐도 총탄 사이를 교묘하게 피하며 건물들 위를 날아다니며 테러범들을 제압하고 있었다.

"으악! 아… 사… 살려 줘!"

사내들은 너무 잔인하게 보일 만큼 테러범들의 사지를 부러뜨리며 제압하는데, 유일하게 상대방의 급소만을 타격하여 고통 없이 제압하는 이가 있었다. 그 모습이 점점 가까워지면, 한민호! 그였다. 그런데 어찌 된 일인지 그의 겉모습은 37년 전과 같은 젊은 사내의 모습이었다. 여전히 젊은 모습으로 테러범들과 싸우고 있는 것이다. 오히려 더욱 강해 보이는 육체와 결연한 표정으로 무장한 완벽한 전사의 풍모까지 보이는 민호는 더 이상 예전의 나약한 사내가 아니었다.

다른 사내들도 37년 전, 비밀연구소에서 그와 함께 실험에 참가했던 인물들로 보인다. 비록 인종과 국적은 달랐지만, 그들이 맞다. 지금 보이는 7인의 사내들은 그때 행해진 끔찍한 임상실험에서 살아남은 유일한 생존자들로, 현재는 대테러용병과 적국의 요인 암살 임무 등의 활동을 하고 있었던 것이다. 모든 사내들이 37년 전과 같은, 전혀 늙지 않은 모습으로 마치 로봇과 같이 잔인한 살인기계가 되어 테러범들을 제거하고 있는 것이다. 그러나 민호에게는 다른 용병과는 무언가 다른 점이 보인다. 그의 표정에서 간간이 보이는 망설임과 자비심···. 무표정한 용병들과 달리, 그는 흉악무도한 테러범들을 제압하면서도 얼굴의 미간을 찡그리며 불편해하는 모습을 보이고 있었다. 그렇게 정신없이 테러범들을 제압해 가는 그의 귀에 뭔가가 들리기 시작한다. 먼 거리에 위치한 낡은 건물 안에서 들리는 여자들의 비명 소리!

"살려 주세요. 제발··· 아이가 보고 있어요. 안 돼요!"

"아! 아파··· 흑흑."

"아··· 아저씨! 저는 14살밖에··· 제발··· 아··· 아파!"

민호는 귀를 세우고 소리가 나는 곳을 독기가 가득한 눈으로 바라보며 그곳으로 달려간다. 잠시 후, 문을 박차고 들어오는 민호···. 그의 눈에 들어온 참상은 그를 미치도록 분노하게 만든다. 흙으로 지은 낡은 건물 안에서 용병들이 젊고 어린 여자들을 무참히 강간하고 있었다. 그중에는 10대 초반의 어린 여자아이들도 끼어 있었다. 여자들의 옷은 사납게 찢겨져 있고, 용병들은 나체가 된 여자들 위에서 쉼 없이 허리를 움직이고 있었다. 이미 여자들의 하체는 피로 흥건한 상태였는데, 심지어 그 광경을 지켜보며 울고 있는 아이들도 있다.

분노로 가득한 민호의 눈!

그의 눈에는 37년 전, 연인 경민이 추악한 놈들에게 처참하게 유린당하는 모습이 겹쳐 보인다.

"그만해! 이 개새끼들아!"

강간하는 데 열중하고 있던 용병들을 순식간에 제압하는 민호. 용병들은 추풍낙엽처럼 바닥에 나뒹군다. 그중 한 명이 민호를 칼로 찌르려는 순간, 노인이 된 스티브 박사가 들어오며 소리를 지른다.

"모두 그만둬! 작전은 이제 끝났다."

민호는 용병의 손에서 빼앗은 칼을 놓지 않고 있는데, 분노로 칼을 든 손이 덜덜 떨리는 모습이다.

"한민호… 그만 멈춰! 더 이상은 용납 못 해."

서서히 칼을 내려놓는 민호의 손이 보이고, 저 멀리서 헬기 프로펠러 소음이 들리며 또다시 주위가 서서히 암전된다.

중동 사막지역, 이라크 상공 군용기 안!

소음이 커지면서 지친 모습의 용병들로 가득한 낡은 군용기 안이 보인다. 표정 없이 구석에 앉아 있는 민호. 그를 걱정스러운 눈으로 보던 스티브 박사는 눈을 돌려서 작전 중에 촬영된 캠코더 영상을 유심히 보고 있다. 그리고 잠시 후, 박사는 의무병에게 약통 한 개를 건네준다. 의무병은 약통을 열고는 용병들에게 알약을 하나씩 주는데, 용병들이 알약을 받아 들고는 이내 주저하지 않고 알약을 삼킨다.

잠시 그들의 핏줄이 팽창하면서 고통으로 얼굴이 일그러지더니 차차 안정을 찾아 가며 다시 괴력을 지닌 모습으로 돌아온다. 그리고 다음 작전 장소로 이동 중인 군용기 안에서 스티브 박사는 평소와 다르게 용병들을 향해 어렵게 입을 여는데, 눈가가 떨린다.

"이번 작전을 마지막으로 집으로 돌아간다. 이번이 너희에게 내려지는 마지막 작전이 될 것이다. 자, 다들 작전 시작해!"

용병들은 대답 대신에 낙하산을 메고는 군용기 문을 박차고 뛰어내리기 시작하는데, 끝까지 남아 있던 민호가 마지막으로 스티브 박사를 유심히 보며 뛰어내린다. 칠흑 같은 어둠이 내린 이라크 소도시 외곽의 낡은 건물 옥상 위로 착지하는 용병들. 초인적인 괴물로 변한 그들은 거침없는 모습으로 번개처럼 날아다니며 총을 쏘아 대는데, 그들의 총탄은 빗나감이 없이 정확하게 테러범들을 제거하고 있었다. 그러나 민호를 제외한 나머지 용병들의 제압 방법은 여전히 너무나 잔인해 보인다. 사지를 부러뜨리고 온몸을 총알로 벌집을 만드는 등 아무리 테러범들이지만, 죽음의 참상은 처참하게 보인다. 여기저기서 뼈가 부러지는 소리가 들리며 테러범들의 비명 소리가 하늘을 찌른다.

"악! 제… 제발 그만해!"

"아… 내 다리!"

그런데 민호가 한 곳을 유심히 보더니 용병 한 명을 무섭게 제지하고 나선다. 용병은 이미 죽은 테러범에게 마치 장난을 치듯 계속 총을 쏘고 있었다.

"STOP. STOP! 그만두라고! 미친 새끼야. 봐! 이미 죽었잖아. 다시 이러면… 내가 널 똑같이 만들어 주겠어. 알았어?"

용병을 노려보는 눈빛이 무섭다. 그는 용병을 넘어뜨리고는 총구를 용병의 입에 쑤셔 넣으며 죽일 기세로 그를 노려보고 있다. 잠시 후, 작전은 성공리에 마무리되며 테러범들은 모두 잔인하게 전멸한다. 이렇게 중동에서의 마지막 작전이 끝나고 돌아오는 군용기는 어느새 일본의 해안 지대를 가로질러 날고 있었다. 군용기 안에서 스티브 박사는 용병들을 유심히 살피더니 민호 앞에 멈춰 선다.

"전투 중에 무슨 일 없었나?"

민호는 말없이 자신의 총과 무기만을 점검하고 있는데, 민호에게 제압당했던 용병은 말없이 그를 노려본다. 스티브 박사는 민호에게 더 묻지 않고 작전 중에 촬영한 캠코더를 몰래 보고 있었다. 그 영상에는 민호가 용병을 제압하며 위협하는 모습이 고스란히 담겨 있었다. 스티브 박사는 머리를 흔들고 표정이 심각하게 변한다.

'이자는 뭔가 틀려! 감정이 느껴진단 말이야. 그 약을 먹으면 절대로 감정 따윈 느낄 수가 없는데…. 도대체 뭐가 이자를 이렇게 만든 거야? 설마… 우리 실험이 실패란 말인가.'

이틀 후, 군용기는 미국의 네바다 사막을 가로지르는데, 황량한 사막 한가운데에 드넓은 활주로가 나타난다. 활주로에 들어선 군용기가 모래 먼지를 일으키며 사막에 착륙하는데, 아무것도 없을 것만 같았던 사막의 모래언덕에서 갑자기 천둥이 치는 듯한 굉음이 나며 거대한 지하벙커 문이 열린다. 군용기에서 내린 용병들은 자연스럽게 각자의 개인 무기들을 챙겨서 지하벙커로 내려간다. 용병들의 시선을 따라가 보면, 지하벙커 안에는 각종 첨단 장비와 의료 장비들, 방균복을 입은 연구원들의 분주한 모습이 보인다. 그리고 중무장한 특수부대원들이 삼엄한 경비를 펼치고 있다. 용병들은 일급 비밀연구실로 들어가서는 알몸으로 각자의 침대에 누워 쉬는데, 민호도 자신의 침대에 누워 눈을 감는다. 그리고 전투 중에 있었던 처참한 광경들을 회상하는데, 테러범들의 비명 소리가 민호의 귓전을 때린다.

"아… 안 돼! 살려 줘! 제발…."

그때, 그의 귀에 누군가의 대화 소리가 들린다. 연구실 밖에서는 무거운 표정의 스티브 박사와 국방부 고위직 요원이 용병들을 지켜보고 있었다.

"저들은 이제 신도 막을 수 없는 존재가 되었어. 우리가 도대체 무슨 짓을 한 거지? 저들은 더 이상 인격이란 없는 괴물이 되고 말았어. 인간이 감당할 수 없는 괴물들…."

국방부 요원은 박사의 말에 두려움을 느낀다.

"그… 그럼 없애야죠. 이제 저들은 세상에 존재하면 안 돼요. 계획대로 시행하세요!"

"정말… 다른 방법은 없는 겁니까? 저들을 살릴 수 있는 방법은 없냔 말입니다."

"박사님! 지금은 냉전시대가 아닙니다. 소련과 동독의 상황을 잘 알고 계시지 않습니까? 만약 이럴 때 저들의 존재가 세상에 드러나면 우리 미국은 국제적인 고립을 면키 어렵습니다. 그리고 저들이 살아나가서 그동안의 작전들에 대한 기밀을 유출한다면 어떻게 하시겠습니까? 세계를 호령하는 위대한 미국이 저런 괴물들을 만들었다는 건 그 누구도 알아서는 안 됩니다. 절대로!"

국방부 간부는 말없이 고개만 끄덕이며 자리를 뜨는데, 박사는 분노한 표정으로 요원의 뒷모습을 노려본다.

"이런 개새끼들…. 이제 저들은 이용할 가치가 없다는 거지."

그때, 민호의 눈과 귀가 살짝 움직이기 시작한다.

"이제 우리가 쓸모없는 존재가 된 거군. 개처럼 부려 먹더니 이젠 제거 하겠다고? 너희 놈들도 우리가 제거한 테러범들과 다를 게 없는 악마들 이야."

민호는 이미 그들의 말을 듣고 있었던 것이다. 지금까지 다른 요원들보 다 훨씬 많은 양의 주사제를 투여받은 민호는 자신도 모르게 감청 능력까 지 갖게 되었고, 원치 않는 수백 미터 밖의 소리도 듣게 된 것이다. 그러 나 스티브 박사나 연구원들은 이 사실을 모르고 있었다.

비밀연구실 밖에서 연구원들을 모아서 마지막 브리핑을 마친 박사는 자신의 주머니에서 약통 한 개를 꺼낸다. 약통을 들고 있는 박사의 손이 평소와 다르게 심하게 떨린다. 연구원들에게 약통을 전해 주며, 그것을 용병들에게 투여할 것을 지시하는데, 연구원들은 평소와 같은 약으로 알 고는 태연하게 받아 들고 연구실 안으로 들어간다. 스티브 박사는 연구 실 밖에서 용병들의 마지막 모습을 기억하려는 듯이 한 명, 한 명을 유심 히 바라본다.

"미안하다! 나도 이것이 잘못된 일인 줄 알지만… 조국을 거역할 순 없 다. 부디, 잘 가라!"

연구실 안으로 들어간 연구원들은 용병들을 깨워서 평소처럼 박사가 준 알약을 먹이는데⋯. 그 모습을 실눈을 뜨고선 지켜보고 있는 민호!

"저것이구나. 우릴 제거할 최후의 한 방이⋯."

잠시 후, 알약을 삼킨 용병들은 얼굴이 일그러지더니 평소와는 반대로 서서히 힘을 잃는다. 용병들의 반응에 연구원들도 이상한 생각이 들어 밖의 스티브 박사를 쳐다본다. 그러나 스티브 박사는 연구원들의 눈을 피하며 뒤돌아선다. 용병들이 모두 알약을 삼키고 잠이 들고 있는데, 민호는 삼키는 척만 하며 알약을 몰래 뱉는다. 연구원들은 모두 급히 나가고 용병들만 남아 있고, 연구실 철문이 굳게 잠긴다. 그리고 얼마 후, 밖에서 대기하고 있던 특수부대원들이 철문 앞을 지키고 선다. 스티브 박사와 연구원들은 유리창을 통해서 용병들이 서서히 죽는 모습을 보고 있었다. 연구원들이 용병들의 상태가 이상하다며 연구실 안으로 들어가려 하자, 스티브 박사가 만류한다.

"박사님! 아무래도 저들의 상태가 전과 다르게 이상합니다. 지금까지 저 약을 먹고서 혈관이 확장되지 않은 적이 없지 않습니까? 지금 들어가 봐야⋯."

"들어갈 거 없어! 자네들도 저들의 얼굴을 기억해 두게. 이제 저들을 다시 볼 날은 없을 거야."

그리고 용병들에게 준 약이 평소에 주던 약이 아닌, 용병들을 제거하기 위한 극약이었음을 말해 준다. 그 말을 끝으로 스티브 박사의 얼굴에선 굵은 눈물이 흘렀다.

"미안하네. 정말… 미안하네."

용병들이 하나둘씩 쓰러져 가고, 생체기계가 멈춰 선다. 민호도 일부러 쓰러지는 척하며 자신의 생체기계를 꺼 버린다. 잠시 후, 연구실 문이 열리고 특수부대 병사들이 쏟아져 들어오는데, 신속한 동작으로 자루에 용병들의 주검을 담아서 급히 이동한다.

국방연구소 밖에 위치한 소각장
용병들의 시체가 들어 있는 자루가 마스크를 쓴 병사들에 의해 하나씩 소각장 안에 집어 던져진다. 용병들이 소각되는 연기와 냄새가 사막에 진동하는데, 멀리서 사막여우들을 비롯한 동물들이 냄새를 맡고 몰려드는 모습이 보인다. 마지막으로 민호가 담긴 자루가 던져지려는 순간! 자루가 칼로 찢어지면서 열리더니 민호가 튀어나온다. 빠른 동작으로 특수부대원들을 소음 없이 제압해 가는데, 전혀 힘이 빠진 모습이 아니다. 번개처럼 빠른 동작으로 특수부대원들을 제압하고, 그들의 옷으로 갈아입고는 소각장을 빠져나오는 데 성공하는 민호.

"어디로 가지? 아… 그래! 저들과 나를 괴물로 만든 그 약…"

그는 다시 지하벙커 쪽으로 포복 자세를 하며 최대한 비밀스럽게 기어서 접근해 간다. 지하벙커 입구의 중무장한 경비병들을 제압하며 연구실 쪽으로 향하는데, 본능적으로 스티브 박사의 연구실에 침입해서 유리문을 부수고는 익숙한 알약 한 병을 주머니에 집어넣는다.

"이거면 내 몸은 스스로 지킬 수 있을 거야. 그런데 여기서 어떻게 탈출하지? 그래! 스티브 박사… 날 괴물로 만든 장본인…. 그놈을 이용하는 거야. 그놈만 따라가면 돼."

그는 서둘러 비행기 계류장으로 달려가는데, 그의 예상대로 스티브 박사와 국방부 요원이 군용기에 탑승하고 있었다. 그는 탈취한 약통을 꺼내서 확인하고는 안주머니 깊숙하게 넣는다. 그 약은 그동안 용병들에게 불로不老의 생명력과 초능력을 유지시켜 주었던 약이다. 비행장 주위의 병사들을 일거에 제거하며 비행기 계류장으로 몰래 잠입하고는 화물칸에 몰래 타는 데 성공하는 민호. 군용기가 이륙하자, 안에 있던 경비 병력들을 순식간에 제압하고 조심스럽게 객실로 잠입한다. 갑자기 나타난 민호를 보고 놀라는 표정의 스티브 박사.

"아… 아니, 자네가 어떻게 여길…."

그는 박사에게 달려들며 박사의 목에 칼을 대고는 분노를 표출한다. 그러나 박사는 무덤덤하다.

"다행이네. 자네라도 살아남아서 말이야! 내가 용서받지 못할 죄를 지은 건 사실이지만, 난… 내가 할 일을 했을 뿐이네. 자네한테는 미안하지만, 나한테는 어쩔 수 없는 선택이었다!"

그는 분노의 눈으로 스티브 박사의 목에 댄 칼에 힘을 준다.

"말도 안 되는 궤변이야! 당신은 우리 모두를 살릴 수 있는 방법을 찾아야 했어. 지난 30년 동안 당신들 지시대로 우린 백정처럼 사람들을 죽여왔어! 그들이 비록 테러범들이라지만, 우리가 받았을 죄책감을 생각해본 적 있어? 난… 밤마다 내 손에 죽은 이들의 비명 소리 때문에 잠을 이룰 수가 없었어. 그 고통을 네가 아냐고?"

스티브 박사는 눈을 질끈 감고는 어렵게 말문을 연다.

"냉전은 이제 끝났네. 자네들의 존재가 국제사회에 알려지는 순간, 미국은 끝이란 말이야! 난 조국을 배신할 수는 없었다. 그러나 이제 내 유일한 친구들이었던 자네들이 모두 사라졌는데… 나 또한 살 이유도 없고 살고 싶지도 않으니까, 자네 손으로 날 죽여라. 나는 신의 영역을 침범한 용서받지 못할 죄인이야. 죽여!"

민호는 분노의 표정으로 괴성을 지르며 칼을 높이 드는데, 스티브 박사는 눈을 감고선 가만히 있다. 순간, 정적이 흐르며 민호의 칼이 박사의 머리 옆 벽에 박혀 있는 모습이다.

"이제 나는 이 세상에 없는 존재야! 우리를 이렇게 만든 악마들에게 그렇게 보고해. 계획대로 모두 처리했다고! 그리고 당신… 앞으로 남은 생은 속죄하며 평생을 죄책감으로 살아!"

결국, 그는 스티브 박사를 살려 준다. 그런데 옆에서 겁에 질려 있던 국방부 요원이 재킷 안주머니에서 총을 꺼내서 민호를 쏘려 한다. 민호는 비호같은 동작으로 벽에 있던 칼을 뽑아 던져서 요원을 제거한다. 박사는 자신이 가지고 있던 모든 현금과 귀중품을 민호에게 주며 한국으로 돌아갈 것을 권유한다.

"이젠 자네의 조국인 한국으로 돌아가게. 그곳은 여전히 자넬 따뜻하게 받아 줄 거야. 이것이 내가 자네에게 하는 마지막 명령일세. 그럼… 잘 가게!"

그는 비웃는 표정을 지으며 박사를 바라본다.

"끝까지 명령조구만. 나한테 조국이란 게 있을 거 같아? 난… 이미 30년 전에 조국을 버렸어. 아니, 조국이 날 버렸다는 게 맞을 거야. 당신 같은 사람들은 이해 못 하겠지. 조국도 힘없고 돈 없는 사람들에게는 아무런 힘이 되어 주지 못한다는 걸…. 암튼 난 조국을 내 머릿속에서 지워 버렸어! 당신이나 미국이라는 거대한 조국에 충성하라고. 지금처럼 말이야!"

민호가 뒤돌아서는데, 갑자기 총성이 울린다.

탕!

놀라며 뒤돌아서는데, 머리에서 피를 흘리며 쓰러지는 박사의 모습이 보인다.

"뭐… 뭐야! 이런 젠장….."

—— 27년 후인 2017년, 미국의 지저분한 LA 빈민가 골목

차디찬 바람이 골목을 따라서 휘몰아치는데, 신문지들이 정신 사납게 바람에 날리는 모습이다. 흑인과 백인 노숙자들이 뒤섞이어 축축하고 어두운 골목에서 박스와 신문지를 덮고 줄지어 누워 있다. 날씨가 쌀쌀한지 모두들 몸을 최대한 웅크리고 바닥에 누워 있는데, 갑자기 회오리바람이 휘몰아치더니 바람에 신문지가 날리며 낯익은 모습이 보인다. 장발의 산발한 머리가 바람에 휘날리며 턱수염이 덥수룩한 얼굴이 보이는데, 민호다! 비록 몰골은 형편없지만 미국에 온 지 65년이 지났는데도 여전히 젊은 모습 그대로다. 몹시 추운지 몸을 잔뜩 웅크리며 돌아눕더니 부스스 몸을 일으켜 벽에 기대고 앉아서 뭔가 혼잣말을 하는 모습이다.

"한민호….. 이게 사는 거냐? 이렇게 살 바엔 차라리 죽어라. 죽어! 왜 죽지도 못하는 거야. 뭐가 아쉬운 게 남았다고….."

그때, 바람에 실려 꼬깃한 전단지 한 장이 그의 앞에 날아온다. 무심결에 전단지를 펴 보는 민호.

"밀항 대행! 수수료 천 달러! 절대 안전 보장!"

갑자기 민호의 동공이 확장되면서 전단지의 내용을 꼼꼼히 살피는데, 손이 부르르 떨리는 모습이다. 그리고 27년 전, 스티브 박사가 민호에게 했던 마지막 명령이 귓가를 맴돈다.

> "자네 조국으로 돌아가게! 한국으로 돌아가란 말이야! 그곳은 여전히 자넬 따뜻하게 대해 줄 걸세. 이건 내가 자네한테 하는 마지막 명령이야!"

그는 전단지에서 눈을 떼고는 밤하늘의 별을 하릴없이 바라본다.

"이제 여기도 지겨워졌어! 숨어 다니는 것도 지긋지긋하고 말이야. 아픈 추억만 있는 곳이지만, 돌아가자."

며칠 후, 그는 밀항 브로커가 알려 준 대로 LA항구 쪽으로 가서 한국행 선박을 찾는다. 겨우 브로커를 만나 돈을 주는데, 그들은 밀항 국제범죄 단체들이었다.

"한국으로 간다고? 그럼 이 돈으로는 어림없는데…. 한국은 태평양을

횡단해야 하니까 돈이 더 많이 들지. 암….”

갑자기 더 많은 돈을 요구하며 10명이 넘는 조직원들이 그를 에워싸고 협박한다.

“얼마면 되는데?”

“아니, 뭐… 그렇게 비싼 건 아니고, 지금 가져온 금액에 0 하나만 더 붙이면 될 거 같은데.”

“뭐? 그럼 만 달러란 말이야? 고작 화물선 창고에 처박혀 통조림이나 먹으며 한 달을 넘게 가는데, 크루즈 여객선 요금보다 비싼 게 말이 돼?”

“싫으면 말고! 아… 내가 말 안 했나? 네가 가든 말든 지금 준 천 달러는 우리 차지라는 걸. 그건 불문율이야!”

“이런 날강도 같은 놈들!”

“이것 봐라! 이 자식이 죽으려고 환장했나. 지금 우리 욕한 거 맞지?”

“돈 그냥 돌려줘라. 그러면 아무도 안 다쳐. 아니면, 모두 다치게 될 거야! 물론, 지금 받은 돈의 열 배는 내야 되고….”

"저 자식, 미친 게 분명하군! 그래, 우리가 죽여주마!"

조직원들은 민호를 비웃으며 칼과 쇠파이프를 들고 공격하는데, 순식간에 격투장으로 변한 부둣가. 그는 용병 시절 사용하던 특공무술로 그들을 제압해 가는데, 조직원들은 순식간에 컨테이너에 부딪치며 여기저기 나뒹구는 모습이다.

"내가 그냥 보내 달라고 했을 텐데…. 그래도 죽이진 않겠다."

그런데, 멀리서 그들의 조직원 30여 명이 무리 지어 나타난다. 민호는 급히 옷에서 알약을 꺼내 먹는데, 갑자기 그의 핏줄이 팽창하고 고통스러워하더니 괴물처럼 얼굴이 일그러진다. 그 모습에 잠시 당황하는 조직원들에게 날아가듯이 달려드는데, 총을 쏘아 대는 그들을 초능력으로 모두 제압하기 시작한다. 총알을 피하며 조직원들의 급소를 가격하고 관절을 부러뜨리며 쓰러트린다.

"아… 이 자식 뭐야?"

"자… 잘못했습니다. 살려 주세요!"

총알처럼 빠른 동작으로 조직원들을 가격하는데, 30여 명이 모두 부둣가 바닥에 널브러져 있다.

"내 말을 들었어야지. 약속대로 돈은 내가 가지고 간다."

바닥에 쓰러진 조직원 두목에게 이 말을 남기고는 급히 한국행 컨테이너 선박에 몸을 싣는 데 성공하는 민호!

며칠 후, 태평양 한가운데를 항해하고 있는 한국행 컨테이너 선박 창고에서 누군가 고함치는 소리가 들린다.

"아… 안 돼! 이 개새끼들아! 그들은 아무 죄도 없어! 어린아이들도 있다고! 겨… 경민아! 미안해! 제발… 그만해! 나… 나는 빨갱이가 아니란 말이야! 아악! 그만둬! 이 개새끼들아! 아이들이 보고 있잖아. 이 짐승만도 못한 놈들!"

며칠 동안 계속 악몽을 꾸는 민호. 제주도에서 있었던 끔찍한 기억들과 경민이 짐승들에게 처참하게 유린당하는 모습. 그리고 용병 시절, 전투 과정에서 자신이 죽인 사람들과 동료 용병들이 테러범들을 잔인하게 죽이는 모습들이 계속 떠오른다.

"STOP, STOP!"

잠시 후, 고통스러운 외마디 비명을 지르며 깨는데, 민호는 식은땀으로 온몸이 젖어 있다.

"차라리 죽는 게 낫지. 매번… 너무 힘들다! 휴!"

민호의 옆으로 쥐와 바퀴벌레들이 득시글거리는 모습이다. 손바닥으로 바퀴벌레를 하나둘씩 탁탁 치며 잡는데, 갑자기 동작을 멈춘다.

"누가 누굴 죽이고 있는 거야? 내가 저놈들보다 나은 게 하나도 없는데 말이야. 그래, 오늘은 너희들을 친구 삼아 자야겠다."

다시 눈을 감고 잠을 청하는 그의 얼굴 위로 벌레들이 기어 다니는데, 아랑곳하지 않고 그대로 누워 있다. 잠시 후, 바퀴벌레들과 구더기, 쥐들이 그의 얼굴과 온몸으로 기어오르는 모습이 보인다.

2

　대한민국, 부산항.

　컨테이너 선착장에 도착한 거대한 컨테이너 선박이 항만에 접안을 마치고 선원들은 분주하게 움직이고 있다. 창고 밖에서 들리는 사람들의 시끄럽고 번잡한 소리에 잠에서 깨는 민호.

　"무슨 소리지? 벌써 도착한 건가?"

　민호는 창고 문을 살며시 열고는 밖을 조심스럽게 살피는데, 선원들과 짐꾼들은 이미 자신들에게 할당된 무거운 짐들을 나르며 밖으로 이동하고 있는 모습이다. 선박 밖에는 항만 직원들의 검문이 삼엄할 게 뻔하다. 지금 기회를 놓치면 육지로 나가기 힘들 것을 알기에 기회만 엿보다가 이동하는 짐을 나르는 노동자들 사이에 끼어서 큰 짐들로 얼굴을 가리며 겨우 선박 밖으로 나온다. 날쌘 동작으로 컨테이너 운반 트럭의 밑바닥으로 기어 들어간 민호는 그대로 트럭 바닥에 매달려 항구를 빠져나간다.

드디어 우여곡절 끝에 대한민국의 부산 시내에 도착한 민호. 트럭이 정차한 틈을 타서 겨우 탈출하며 골목으로 들어가는 데 성공한다. 그리고 다시 조심스럽게 거리로 나와선 도심을 둘러보는데, 65년이 지난 대한민국의 모습은 모든 게 몰라보게 달라졌다. 더 이상 민호의 기억 속에 있던 피난민들로 가득한 굶주리고 못살던 나라가 아니다. 고층 빌딩이 즐비한 도심과 모든 게 풍족해 보이는 사람. 미국과 다름없는 젊은이들의 화려한 옷차림들과 번쩍이며 도심 거리를 달리고 있는 고급 승용차들의 모습.

"피난민들로 가득했던, 더럽고 냄새나던 부산이 이렇게 변했을 줄이야…. 내 기억 속의 부산은 이제 없는 건가?"

그는 밝은 빛이 싫은지 눈을 손으로 가리며 미간을 찡그린다. 어지러운지 몸을 비틀거리더니, 그대로 도심의 차가운 바닥에 쓰러져 정신을 잃고 마는 민호. 몇 시간 후에 정신이 드는데, 그가 있는 곳은 건물 사이의 골목 쓰레기통 옆이다. 그의 옷은 모두 벗겨져 알몸이 되어 있었고 소지품은 전부 없어졌다.

"뭐… 뭐야! 내 옷은 어떻게 된 거야? 거기에… 내 옷에 천 달러가 들어 있는데…."

당황한 기색이 역력한 민호는 주변을 살피며 옷을 찾아보지만, 골목에는 아무것도 보이지 않는다. 불빛이 보이는 큰길로 나가 보려 하지만, 알몸인 상태로 사람들이 가득한 밝은 곳으로 나갈 수는 없었다.

"어… 어떻게 하지? 이런 젠장! 65년 만에 찾아온 조국에서 날치기를 당하다니…."

그때, 골목 끝에 뭔가가 얼핏 보이는데, 민호의 옷이다. 그런데 하필 큰길 앞이라 지나는 사람들이 그의 옷을 발로 밟고 다니고 있었다. 알몸으로 그 옷을 가져오기에는 무리로 보이는데, 잠시 망설이다가 조심스럽게 큰길 쪽으로 다가간다. 민호의 얼굴엔 전투에서도 볼 수 없었던 식은땀까지 흐른다. 그런데 누군가가 뒤에서 그를 부르는 소리가 들린다.

"아저씨! 가면 안 돼요."

놀라며 얼굴이 사색이 되어 뒤돌아보는데, 교복을 입은 어린 여학생이 그를 바라보고 있다.

"지금 그 꼴로 큰길 나가면 변태 취급당하고 바로 붙잡혀 가요. 옷은 제가 가지고 올게요."

여학생은 큰길 쪽으로 가더니, 사람들이 밟고 다니던 민호의 옷을 주워들고 골목으로 들어온다.

"자요! 빨리 입어요."

"고맙긴 한데… 넌 누구냐? 언제부터 여기에 있었던 거야?"

"질문하는 거 다 좋은데요. 그것 좀 가리시죠? 아무리 중학생이지만 알
건 다 안다고요."

"이… 이런!"

급한 대로 다 찢어진 청바지와 티를 입고는 민망한 표정을 짓는 민호.

"그… 그런데 너는 여기 왜 있는 거야? 여긴 위험한 곳인데…."

"저는 원래 이런 데 좋아해요. 학교에서 왕따거든요. 그리고 일진 언니,
오빠들이 괴롭혀서 일부러 눈에 안 띄려고 골목으로만 다니는 거예요.
그러다가 발가벗겨진 아저씨를 발견한 거구요. 근데 아저씨는 왜 여기
있었어요? 혹시 퍽치기당했어요?"

그는 도통 그 아이가 쓰는 단어들을 이해할 수가 없다.

"저기… 왕따는 뭐고, 퍽치기는 뭐야?"

"아휴, 생긴 건 훈남 오빤데 그런 것도 몰라요? 외계인도 아니고. 쯧! 암
튼 그런 게 있어요. 무조건 이유 없이 따돌림당하는 게 왕따고요. 망치나
몽둥이로 뒤통수 까고 돈 뺏는 게 퍽치기예요!"

"아… 그래."

"저도 학교에서 심한 왕따거든요. 그냥 저희 집이 구질하게 못산다는 이유로 날 괴롭히잖아요. 그래도 열심히 사시는 부모님 생각에 나름 공부는 열심히 하고 있답니다. 나중에 간호사로 취업해서 빨리 돈 버는 게 제 꿈이구요. 암튼, 전 이만 가 볼게요. 아저씨도 조심히 들어가세요."

여학생이 뒤돌아서 가는데, 먼발치에서 다시 돌아선다.

"아 참···. 아저씨 팬티는 쓰레기통에 있어요. 그리고 아저씨가 걱정돼서 지금까지 곁에 있어 줬던 거니까 나쁜 아이는 아니라고요. 그럼 잘 가세요!"

그는 얼굴이 벌겋게 상기되며 여학생의 뒷모습을 멍하니 바라본다.

"당돌한 아이잖아? 그나저나 이 일을 어쩐다. 그나마 있었던 천 달러를 잃어버렸으니···. 등신 같은 놈! 테러범들은 그렇게 죽이고는 좀도둑한테 당하다니, 한심하다."

다시 도심으로 나온 민호는 화려한 불빛을 보며 다시 어지러움을 느끼기 시작한다. 급히 다시 골목으로 들어가는 민호. 휘황찬란한 불빛을 피하며 도심의 변두리 달동네로 이동한 그는 그곳에서 겨우 안정을 찾는다. 그리고 잠시 부산 시내를 먼발치에서 멍하니 바라보며 뭔가를 생각하는 모습이다.

"이… 이게 내 조국, 대한민국이란 말이야? 어떻게 이렇게 변할 수가….
내 기억 속에 있는 건 아무것도 없어! 이제 어디로 가야 하지? 그래! 내 고
향, 서울로 가자. 거기엔 뭔가 기억에 남는 게 있을 거야. 그런데… 어떻
게 가지?"

다음 날 아침, 미국에서처럼 골목에서 신문지를 덮고 하룻밤 노숙을 하
고는 부산 도심에서 갈피를 못 잡는 민호. 그가 할 수 있는 일이라곤 서울
표지판을 보며 무작정 그쪽으로 걷는 것이었다. 그렇게 하릴없이 계속
표지판만 보며 걷고 있는데, 엉뚱하게도 근처 골목에서 여자들의 비명 소
리가 들린다. 불량배 여러 놈이 여자들을 희롱하는 소리가 그의 귓가를
맴돈다. 민호는 냉담하게 무시하며 가던 길을 계속 가려는데, 이상하게
거리가 점점 멀어지면 질수록 여자들의 비명 소리가 그의 귓가를 더 세게
때린다.

"아… 아파! 하지 마! 흐흑, 안 돼. 아프단 말이야."

"야! 이 새끼들아! 그 짓 하려면 차라리 날 죽여! 아… 그만해!"

괴로운 듯, 귀를 막고선 머리를 심하게 흔들어 보지만 여자들의 비명
소리는 점점 또렷하게 들린다. 그리고 65년 전, 경민의 울부짖음과 겹쳐
서 들리기 시작한다.

"제발… 안 돼요! 하지 마요! 저… 결혼할 사람이 있어요. 제발 그 짓만

은 하지 마세요. 뭐든지 시키는 건 다 할게요. 제발… 제 몸만은 건들지 마세요. 아… 민호 오빠! 너… 너무 아파! 아… 어떡해…. 오빠!"

몸을 부르르 떨며 결국, 다시 방향을 틀어 골목으로 향하는 민호.

"한국도 마찬가지군. 저런 추악한 놈들은 여전히 존재하는 거 보면 달라진 게 없는 거야."

민호는 분노한 얼굴로 불량배들에게 다가가서 짧게 한마디 한다.

"그만두지? 죽기 싫으면…."

불량배들은 웃으며 민호 쪽으로 다가와서 날카로운 칼끝으로 그의 얼굴과 가슴을 쿡쿡 찌른다.

"넌 뭐냐! 왜? 저년들 기둥서방이라도 되냐? 우리가 잠깐 재미 좀 보겠다는데 네가 뭐라고…."

불량배의 말이 끝나기도 전에 퍽 하는 소리와 함께 민호의 주먹이 연이어 날아들고, 한 놈은 하늘로 붕 뜨더니 곧 바닥으로 떨어진다.

"으아!"

그러자 다른 놈들이 일시에 그를 향해 달려든다.

"이 개새끼가!"

퍽! 놀란 여자들의 비명 소리와 함께 시시하게 쓰러져 버리는 불량배들.

"아… 제발! 자… 잘못했습니다. 그만하세요! 제발 살려 주세요! 아…
그만하라고. 이 개새끼야!"

민호는 멀찌감치 구석에서 벌거벗겨진 모습으로 겁에 질려 있는 여자
들을 보며 동작을 멈춘다. 그제야, 구석에 있던 여자들이 나오며 옷을 챙
겨 입는다.

"고맙습니다…. 정말 감사합니다. 그쪽 아니었으면 큰 봉변을 당할 뻔
했습니다."

여자들이 인사를 하며 그에게 다가오자, 뒷걸음치며 물러선다.

"이 은혜를 어떻게 갚아야 하죠? 정말 감사드립니다. 이거 얼마 안 되지
만, 사례라도 하고 싶은데…."

지갑에서 돈을 꺼내며 민호에게 건네주지만, 민호는 당황하며 뒤로 물
러난다.

"됐습니다. 앞으로는 밤늦게 돌아다니지 마세요. 저런 놈들은 어딜 가나 있으니까요."

"그래도 이렇게 그냥 보내드려도 될는지…. 너무 감사하고 염치없는 일인데요."

여자들은 민호의 차림새를 흘깃 보는데, 낡은 티에 찢어진 바지가 전부다.

"그럼 날씨가 쌀쌀한데 이 돈으로 옷이라도 사 입으세요."

민호는 잠시 망설이더니, 여자들을 향해서 뜻밖의 말을 꺼낸다.

"그럼… 저기… 서울에 갈 수 있는 방법만 알려 주세요."

여자들은 동시에 민호를 황당한 표정으로 바라보는데, 멋쩍은지 민호는 머리를 긁적이는 모습이다. 다음 날 새벽, 민호는 여자들이 알려 준 대로 KTX 부산역으로 향한다. 새벽이라 그런지 도심의 눈부셨던 불빛들은 온데간데없이 사라졌다. 그나마 마음 편하게 역사 안으로 들어서는데, 새벽인데도 기차를 타려는 손님들로 역 안은 분주한 모습이다.

그런데 모두들 민호를 피하며 수상한 눈으로 힐끗 보는 모습이다. 그도 그럴 것이 그의 차림새는 누구나 쳐다볼 수밖에 없는 형편없는 모양새였다. 여자들이 준 돈으로 서울행 기차표를 구매하고는 역 안에 있는 대형 유리창에 비치는 자신의 모습을 보는데, 낡아서 다 찢어진 옷과 신발, 장발에 덥수룩한 수염은 누가 봐도 영락없는 젊은 노숙자 차림이었다.

"이런… 내 꼬락서니가 이 정도였다니!"

자신의 모습에 놀라서 급히 화장실로 숨어 들어가는데, 세면대에 누군가 쓰고 버린 일회용 면도기가 놓여 있는 게 보인다. 일단 일회용 면도기로 머리와 수염을 다듬는데, 점점 드러나는 그의 얼굴에서 훈남의 빛이 난다.

"얼굴은 이 정도면 된 거 같은데, 옷이…."

남은 돈을 들고선 역사 근처의 노점상으로 가는데, 그곳에서 가장 싸구려 청바지를 사서 갈아입는다. 그제야 어느 정도 평범해 보이는 행색으로 변신하는 데 성공하지만, 문제는 배에서 계속되는 소리였다.

"꼬르륵!"

주머니를 뒤져 보는데, 남은 돈이 2천 원밖에 없다. 잠시 망설이다가 역사 안의 작은 식당에 들어가 보는데, 가장 싼 김밥이 한 줄에 2천 원이라고 적혀 있는 걸 본다. 차림새에 어느 정도 자신감이 붙은 민호는 김밥을 열심히 말고 있는 아줌마에게 조심스럽게 다가선다.

"저기… 아줌마. 김밥 한 줄만 주세요!"

"딸랑 김밥 한 줄이요? 딴 거 안 드시고요? 드시고 가실 건가요?"

"아… 아니, 그냥 밖에서 먹겠습니다."

은박지에 싼 김밥을 들고 조금은 자신감이 꺾인 모습으로 식당을 나와 선 대합실 의자에 자리를 잡고 앉는 민호.

"이거라도 어디야. 허기만 채우면 되지."

은박지를 풀어헤치고 김밥을 한입 물려고 하는 순간, 가까운 곳에서 뭔가 웅성대는 소리가 들리기 시작하고 사람들이 동요하는 모습이다. 급히 자리를 피하는 사람들도 보이는데, 반사적으로 민호도 그쪽을 향해 고개를 돌려 본다. 그런데 한 무리의 사내들이 점점 불안하게 그가 있는 곳으로 달려온다. 직감적으로 어젯밤에 싸웠던 불량배들로 생각되는데, 그놈들이 다시 찾아와 대략 30여 명 정도의 조직원들과 함께 민호를 에워싸며 위협한다.

"혀… 형님. 저기 저놈입니다."

"저 새끼란 말이지? 내 부하들 불알 터트린 놈이? 뭐야…. 너 지금 김밥 먹으려던 참이었냐? 내 참, 어이가 없네. 피 같은 내 부하들 불알을 다 터트러 놓고선 자기는 편하게 앉아서 김밥을 드시겠다? 저런 어린놈의 새끼가 겁도 없이…. 완전 샌님처럼 생겼잖아. 야! 뭐해? 반병신을 만들든가, 아니면 그냥 죽여 버려!"

불량배들이 칼과 쇠파이프, 야구방망이를 들고 민호를 공격하기 시작한다. 주변 시민들은 놀라서 비명을 지르며 흩어지고, 역사 안은 민호를 중심으로 불량배들만이 가득 메우고 있다. 그런데 민호가 들고 있던 김밥이 불량배들에 의해 그만 땅에 떨어지고 만다.

"이… 이런, 젠장!"

떨어진 김밥을 보는데, 민호의 얼굴이 다시 벌겋게 상기된다. 손으로 주우려고 하는데, 두목으로 보이는 놈이 땅에 떨어진 김밥을 발로 밟아 버린다.

"야! 이거라도 먹고 싶으면 바지 벗고 바닥에 누워라. 그러면 내가 네놈 거시기를 밟아 주고 난 후에 먹게 해 줄게. 참고로 난, 여기 부산을 접수하고 있는 두식파의 최두식이다! 거시기 터지기 전에 내 이름이라도 알아 둬야 억울하진 않을 거 아니야. 하하!"

두식의 말에 조직원들은 그를 보며 조롱하듯이 웃고 있다. 서서히 자리에서 일어나며 두식을 노려보는 민호.

"지금 그냥 가면 아무도 안 다친다. 김밥값은 안 받을 테니까 그냥들 꺼져라."

"이 새끼가 미쳤나? 너… 지금 그거 나한테 씨부린 말이냐? 이 자식이 죽고 싶어서 환장했… 헉!"

말이 끝나기도 전에 민호의 주먹이 두식의 턱을 강타하고, 두식은 그대로 땅에 곤두박질한다.

"혀… 형님! 괜찮으십니까? 뭐… 뭐야! 이 자식이….."

조직원들은 일제히 그를 향해서 달려든다.

"으아! 아… 아파!"

조직원들의 관절을 부러뜨리고 급소만을 공격하는데, 그들은 추풍낙엽처럼 바닥에 나뒹굴고 만다. 민호는 약을 먹지 않고서도 지난 수십 년 동안 전투 현장에서 연마한 간단한 특공무술로 30여 명을 순식간에 제압해 버린다. 민호의 환상적인 무술 솜씨에 감탄하는 조폭 두목 최두식. 민호가 두식 앞으로 다가오는데, 두식이 무릎을 꿇으며 민호의 발 앞에 머리를 조아린다.

"혀… 형님! 저희가 몰라봤습니다. 죽을죄를 지었습니다. 죄송합니다.

형님! 사… 살려 주십시오. 아… 아니, 저희를 거두어 주십시오!"

그때, 역사 안으로 들려오는 안내 방송!

"잠시 후, 05시 30분 서울행 무궁화호 열차가 승강장에 도착할 예정입니다. 승객 여러분들께서는 지금 곧 승강장으로….".

민호는 급히 기차표를 확인하고는 승강장으로 들어가는데, 갑자기 두식이 그를 뒤쫓아 바짓가랑이를 잡고 늘어진다.

"아이고, 형님! 어딜 가십니까? 저희가 모시겠습니다."

그는 바지가 반 정도 내려간 상태로 당황해하며 두식의 팔을 꺾어 보지만 놔주지 않는다.

"이… 이거 놔요! 내가 왜 당신 형님이야. 나보다 나이도 한참이나 많은 분이….".

막무가내로 민호의 바지를 놓아주지 않는데, 점점 내려가던 바지는 무릎까지 벗겨진다.

"아닙니다! 제가 조폭 생활한 지 20년이 넘었지만요. 형님 같은 분은 처음 봅니다. 직접 보지는 못했지만… 제가 존경하는 장군의 아들, 김두한 형님보다 훨씬 훌륭하실 겁니다! 잠시라도 저희가 모실 수 있도록 기회를 주십시오. 형님!"

민호는 가까스로 두식의 팔을 떨치고는 급히 승강장으로 향한다.

"저는 힘없는 사람들과 여자들을 괴롭히는 사람들과는 상대 안 합니다. 그만 가 보세요. 그리고 다시는 힘없는 사람들 괴롭히지 마세요. 아시겠죠?"

민호가 뒤돌아서 걸음을 옮기는데, 두식이 다시 그의 바짓가랑이를 잡고 늘어진다.

"아이고, 그건 오해십니다! 비록 제가 나쁜 짓은 많이 했지만요. 힘없는 서민이나 여자들은 건드린 적이 없습니다."

"내 눈으로 똑똑히 봤는데도 거짓말입니까?"

"아닙니다. 그건 형님이 오해하신 겁니다. 형님이 구해 준 젊은 년들은 저희가 피땀 흘려서 모아 놓은 돈 4천만 원을 사기 쳐서 떼어먹고 몰래 일본으로 밀항하려던 나쁜 년들이었습니다. 정말입니다!"

"아… 아무리 그래도 힘없는 여자한테 폭력은 절대 안 됩니다."

두식이 갑자기 자리에서 벌떡 일어나며 민호 앞에서 90도로 허리를 굽힌다.

"네. 앞으로는 절대로 그런 일은 없게 하겠습니다. 형님!"

두식의 뒤에는 조직원들이 몰려들어 두식과 함께 민호에게 90도로 허리를 굽히고 있는 모습이다.

"형님!"

민호는 당황한 표정이 역력한데, 민호는 일순간에 조직폭력배의 두목이 된 모양새다.

한 달 후, 부산항 여객터미널에서 두식의 조직원들이 길게 나열하며 누군가에게 90도로 인사를 한다. 그 사이를 당당하게 걷고 있는 민호. 전과는 완전히 다르게 슬림한 검은 정장에 선글라스를 낀 모습인데, 누가 봐도 멋진 훈남의 모습이다. 그가 지나가자, 조직원들은 일제히 그를 향해 인사를 한다.

"형님! 다녀오십시오!"

어찌 된 일인지 민호 혼자서 여객선을 타고 있다. 그를 그림자처럼 따라다니며 추종하는 두식은 그저 눈물을 훌쩍이며 부둣가에서 민호를 바라보며 서 있다.

"형님! 약속 꼭 지키셔야 됩니다. 형님 없으면 저희들은 못 삽니다. 아시죠?"

험상궂게 생긴 중년의 조폭 두목이 부둣가에서 손수건을 흔들며 울고 있는 모습은 누구라도 웃게 만들 것이다. 민호는 선상에서 그런 두식을 보는데, 창피함이 밀려와 급히 객실로 들어가 버린다.

"저 사람은 다 좋은데 좀 창피하단 말이야. 오늘 저녁이면 오는데 왜 저 난리야. 나 참⋯."

그렇게 부둣가에서의 눈물 어린 배웅이 끝나고 여객선은 어디론가 빠른 속도로 항해를 시작한다. 객실에 머물던 그는 배가 망망대해로 들어서자 선상으로 나와서 바닷바람에 몸을 맡기며 70년 전, 토벌대에 섞이어 제주도로 가던 일을 회상해 본다.

"그때는 멀미도 참 심했었는데⋯. 지금은 아무렇지도 않구나. 그래도 그 시절엔 지금 가는 이 길이 참 설레고 두려웠었는데⋯. 지금은 아무런 감흥이 없어. 아직은 올 때가 아닌 것인가. 하긴, 그때의 기억은 내 삶에서 영원히 지우고 싶은 악몽일 뿐이야!"

잠시 서귀포항에서 보이는 제주도의 모습을 보는데, 또다시 동굴에서 몸부림을 치며 죽어 간 무고한 주민들의 아우성이 그의 귓전을 때린다. 갑자기 어지러움을 느끼며 바닥에 쓰러진 민호는 여객선 직원들에 의해 객실로 옮겨진다. 그렇게 훗날을 기약하며 짧은 항해를 마치고 부산항으로 돌아오니 두식이 마중을 나와 있다.

"형님! 오셨군요. 정말 눈 빠지는 줄 알았습니다. 하하!"

민호는 어이가 없는 표정이다. 말없이 부둣가를 빠져나가는데, 두식은 약간 촐싹대며 그의 뒤를 따른다.

"그런데 제주도에 내리시지도 않을 것을 왜 굳이 가신 겁니까? 혹시 제주도에 형님을 괴롭히는 놈들이라도 있는 거 아닙니까? 그렇지 않고서야 그냥 배 위에서 섬만 보고 오실 이유가 없지 않습니까?"

두식의 물음이 이어지지만, 그는 현재로선 그 어떤 대답도 해 줄 수가 없다. 그저 스스로가 겁이 나서 내리지 못했다고 말할 수가 없는 것이다. 두식은 그런 민호의 모습에 약간 움찔하며 더 이상 묻지 않고 묵묵히 뒤따르는데, 두 사람의 모습이 부둣가에 물든 노을 속으로 서서히 사라진다.

며칠 후, 민호와 두식은 서로 실랑이를 하며 부산역 승강장에 들어온다.

"형님! 꼭 서울에 가셔야 합니까? 여기서 저희랑 있으면 부산 접수는 시간문제라니까요? 그깟 서울보다 더 돈 되는 곳이 부산이라고요. 아이

참… 답답하네!"

"저는 돈 때문에 가려는 게 아니라고 몇 번이나 말씀드렸습니까? 꼭 확인해야 할 것들이 있어서 가는 겁니다. 그리고 지난 며칠 동안 조직의 복잡한 일들은 모두 해결해 주지 않았습니까?"

"아… 물론 형님이 칠성파 놈들과 자갈치파 놈들을 붕괴시켜 주셔서 제가 부산을 통일할 수 있었던 건 사실입니다. 그러니까 형님이 더욱 부산에 계셔야 한다니까요? 안 그러면 언제 또 그놈들이 다시 고개를 들지… 형님! 형님?"

민호는 또 붙잡힐까 말없이 달려가서는 기차에 오른다. 두식은 어쩔 수 없이 조직원 몇 명과 함께 민호를 따라서 동행한다. KTX 특등실에 마주 보며 앉아 있는 민호와 두식. 민호는 창가를 바라보며 달라진 한국의 모습을 눈에 담는데, 두식은 민호 앞에 앉아서 어디론가 전화를 하느라 정신없다.

"그래. 부탁 좀 하자! 나한테는 큰 형님이나 마찬가지니까 지내시는데 불편하면 안 돼! 야, 김두한 형님보다 훨씬 뛰어나신 분이라니까. 뭐? 내가 김두한 형님을 왜 못 봐? 〈야인시대〉 너 그거 못 봤어? 훨훨 날아다니잖아! 그러니까…."

민호의 눈이 감기더니 두식의 목소리가 작아지고 기차 소음만 들린다.

'내 고향… 서울의 모습은 어떻게 변했을까? 내 기억에 남은 곳이 있을까? 두렵고 무섭다.'

65년 만에 서울역 광장 가운데에 서 있는 민호.
그가 서울역 주변에 있는 고층 건물들의 꼭대기를 돌아보고 있다.

"아… 아니, 이게 정말 서울이란 말이야? 도대체 어디가 시작이고 끝인지…. 이건 부산보다 더 웅장하잖아!"

두식은 민호를 잡아끌며 주차장으로 향한다.

"아휴, 형님! 여기서 이러시면 촌놈 소리 들어요."

기차역 주변에는 두식이 준비한 고급 승용차들이 길게 도열해 있는데, 두식과 함께 차를 타고 급히 어디론가 사라지는 민호. 며칠 후, 두식이 제공해 준 은신처인 서울의 성북동 옥탑방 위에서 은둔 생활을 하며 달라진 서울의 밤거리를 바라보고 있다. 멀리서 보이는 헤아릴 수 없이 많은 건물들에 달려 있는 화려한 네온 불빛들과 자동차에서 내뿜는 전조등 불.

"서울도 마찬가지야! 기억이 없어. 내가 기억하는 장소, 사람들, 모두 사라졌어! 이제 어떻게 하지…. 난 왜 여기에 온 걸까. 왜…."

그렇게 65년 만에 다시 찾은 서울은 전혀 알아볼 수 없는 도시로 변해 있었다. 오히려 미국의 LA보다 더 화려한 도시로 변한 것이다. 다음 날, 그는 자신의 옛 기억이 있는 장소를 찾아가 보기로 하고 서울의 거리를 헤매고 있다.

"여… 여긴 우리 집터가 있던 곳인데…. 여기가 맞는 거 같은데…. 아닌 가?"

미아리 고개 근처와 명동 거리를 거닐며 예전에 살던 집과 부모님과의 추억이 있던 곳들, 경민의 집 등을 찾아다녔지만, 고층 빌딩들로 가득한 도심은 민호의 기억을 지우고 있었다.

"내가 살던 집터도… 경민이가 살던 집도… 도저히 찾을 수가 없다. 도대체 어디가 어딘지 정말 아무것도 모르겠어."

크게 실망한 민호는 그날 저녁, 다시금 추억을 찾으며 시끌시끌한 서울의 유흥가로 발걸음을 옮긴다. 너무나 풍요해진 모습의 도심과 사람들의 모습들…. 그러나 밤이 되자 술에 취해 싸우는 취객들과 거리에서 폭력을 일삼는 폭력배들의 모습, 젊은 남녀가 주위 시선은 무시하며 길거리에서 진한 키스를 하는 모습들이 눈에 띈다. 아이러니하게 그런 풍족한 이들 속에서 파지를 줍고 있는 노인들과 거리에 널려 있는 노숙자들의 희망 없어 보이는 표정들이 대비되어 보인다. 그는 결국, 모든 것이 변해 버린 서울에 환멸을 느낀다.

"이것이… 내가 보고 싶었던 대한민국의 본성이란 말인가! 이런 이중적인 조국의 모습을 보려고 그 먼 길을 왔단 말이야? 이젠 어디로 가야 하는 걸까…."

다음 날, 누군가가 아침부터 옥탑방 방문을 시끄럽게 두드리고 있다. 놀라서 눈을 뜬 민호는 조심스럽게 문틈으로 상대를 확인하곤 문을 열어 준다.

"아이고, 형님. 잘 지내셨습니까? 제가 형님 보고 싶어서 부산에만 그냥 있을 수가 있어야죠. 어젯밤에도 형님 생각에 한숨도 못 잤다니까요. 하하!"

양손에 한 보따리를 들고 들어온 두식은 냉장고를 열고 사 온 식재료를 집어넣는다.

"쯧쯧! 내 이럴 줄 알았어. 아니, 형님 뭐 먹고 사세요? 저번에 사다 놓은 것도 그냥 있네. 이거 봐라! 컵라면만 드셨구만. 안 되겠네. 형님! 우리 나갑시다! 고기 먹자구요. 고기!"

대꾸도 없이 다시 자리에 눕는 민호. 답답한 두식은 민호 옆에 앉아서 한숨만 쉰다.

"휴. 아니 그 좋은 기술을 가지고 이게 뭐야! 이게 사람 사는 거냐고. 나원 참…. 형님! 차라리 부산으로 내려갑시다! 형님하고 저하고의 인연을 이어 준 제2의 고향, 부산! 어차피 서울, 볼 거 다 봤잖아요? 갑시다. 부산!"

두식의 말에 그의 양미간이 움직이며 혼잣말을 한다.

"그래! 내가 더 이상 여기 있을 이유가 없지. 차라리 부산에 가서 다시 미국이든 어디든, 다른 나라로 가서 살자!"

그날 오후, 강남대로를 달리고 있는 검은 승용차 무리에 민호와 두식이 나란히 뒷자리에 앉아 있다. 민호는 마지막으로 서울의 모습을 눈에 담으려는지, 창밖의 도심에서 눈을 떼지 못하는 모습이다.

"형님! 이제 그만 보십시오. 이런 삭막한 서울에 뭐 그리 미련을 가지십니까? 우리 이제 부산에 내려가서 회도 마음껏 드시고 바다 구경도 하면서 편하게 지내십시다."

민호는 두식의 말을 듣는 둥 마는 둥 연신 창밖만을 바라보며 앉아 있다.

그런데 갑자기 어디선가 나타난 검은 승용차들이 두식의 차를 가로막아 선다.

끼이익!

민호가 탄 차가 급하게 정지하며 뒤 차량들도 연이어 급정거를 한다.

어림잡아도 7~8대가 넘는 승용차와 승합차들이 거우 3대뿐인 두식의 차를 에워싼다. 급정거를 하자, 당황하며 놀라는 두식.

"저… 저 자식들이 죽으려고 환장했나? 뭐 해? 내려서 해치워!"

상대편 승합차와 승용차에서 30여 명이 내리는데, 두식의 부하는 고작 10명 정도다. 두식이 차 안에서 누군가를 발견하는데….

"아… 아니, 저 자식들은 명동파 아니야? 아이 씨발…. 어떻게 알고 왔지? 큰일이네. 형님은 여기 그냥 계십쇼. 제가 오랜만에 실력 발휘해 보겠습니다. 야! 뭐 하냐? 연장 챙겨라!"

민호는 별로 놀란 기색이 없이 그저 창밖만을 바라보고 있다. 명동파와 두식의 부하들이 강남대로 위에서 격투를 벌이고 있는데, 수적으로 상대가 안 되는 만큼 명동파는 두식의 조직원들을 일거에 제압한다. 그 와중에 두식은 쇠파이프로 머리를 강타당하며 큰 부상을 입는다.

"야! 이 자식들아! 부산 촌 동네에서 서울에 왔으면 우리 형님한테 인사를 드려야 하는 게 당연한 거 아니야? 어딜 몰래 내려가려고…."

"아… 됐다! 이놈들이 뭘 알겠나? 촌 무지렁이들인데…. 네가 최두식인가? 부산에 있는 내 동생, 자갈치를 묵사발로 만들었다지?"

"그… 그건 정당한 세력 싸움이었다. 그리고 자갈치 그놈이 얼마나 야비한 짓을 했는지 알아? 어린 여자아이들을 인신매매해서 중국에 팔아넘기는… 헉!"

다시 몽둥이가 날아와서는 두식의 머리를 강타한다.

"이 자식들… 안 되겠네. 야! 이놈들 모두 재껴라!"

홀로 차 안에서 지켜만 보고 있던 민호가 서서히 움직이기 시작한다.

"저놈들은 좀 만만치가 않을 거 같은데…. 한국을 떠나는 마당에 이제 이 약도 아낄 필요가 없어. 그래도 나한테는 잘해 준 사람들인데 구해 줘야 하겠지. 은혜는 갚는 게 사람이니까."

민호는 약병에서 알약을 꺼내서 한 개를 삼키는데, 잠시 얼굴이 일그러지며 고통스러워하더니 차에서 내린다. 그리고 천천히 격투 현장으로 걸음을 옮기는데, 마치 느와르 영화에서 보듯이 동작이 매우 느리게 보인다. 명동파 조직원들 사이를 비집고 들어가서는 피를 흘리며 쓰러져 있는 두식을 일으켜 세우고는 차에 태우는 민호. 너무나 자연스럽고 당당한 민호의 행동에 명동파 조직원들은 잠시 당황하며 멍하니 구경만 하는 모습이다. 그제야 명동파 조직원들은 서로의 얼굴을 바라보며 그의 모습에 어이없다는 표정으로 웃는다.

"하하! 저건 뭐야? 또라이 아니야? 야! 이 새끼야. 너 뭐야?"

마치 미친놈 보듯이 민호를 보던 명동파 조직원들이 그에게 달려들기 시작하는데, 비호처럼 날아다니며 명동파 조직원들의 급소를 타격하며 뼈와 관절을 부러뜨리고 있는 민호!

"저… 저 자식 뭐야? 저게 사람이 맞아? 야! 뭐해? 빨리 해치우지 않고… 헉!"

명동파 보스가 민호의 발차기에 하늘로 뜨더니 쿵하고 바닥에 나뒹군다. 그러자 나머지 조직원들이 사력을 다해 그에게 달려드는데, 귀신같은 몸동작으로 팔, 다리 관절을 부러뜨리고 급소만을 타격하며 순식간에 모두 쓰러뜨린다. 차 안에 있던 두식은 정신이 들며, 민호의 모습을 보고 있다.

"저, 저게 사람이란 말이야? 아니, 어떻게 30명이 넘는 놈들을 혼자서…. 하… 하늘을 날고 있잖아? 어떻게 저럴 수가 있지?"

명동파 조직원들은 강남대로 위에서 비명을 지르며 널브러져 있는데, 그는 털끝 하나 다치지 않은 모습으로 두식에게 다가온다. 두식은 차에서 나와서 민호에게 무릎을 꿇는다.

"혁… 형님! 정말 존경스럽습니다! 제가 본 게 꿈은 아니겠죠?"

민호는 두식을 일으켜 세운다.

"아무래도 서울에 남아야 하겠습니다. 더 알아볼 것도 있고요."

"그래도 형님….."

두식은 아쉬운 눈으로 그를 보지만, 민호의 고집을 알기에 더 이상 붙잡을 수가 없었다.

"형님! 그래도 제가 마련해 준 집… 그냥 쓰세요! 그리고 매월 생활비는 몰래 가져다 놓겠습니다. 형님… 사랑합니다!"

민호는 두식에게 손을 흔들며 강남대로를 따라서 서울 도심을 향해 천천히 걸어간다.

며칠 후.

도곡동 변두리 골목을 지나고 있는 민호의 모습이 보인다. 민호의 귀에선 어디선가 사람들의 비명 소리와 경찰들의 호루라기 소리가 요란히 들린다. 소리는 점점 민호의 귀에서 크게 번져 나가며 그를 괴롭게 만들고 있다. 잠시 후, 주변 건물 옥상으로 올라가는 민호. 그곳에서는 수십 명의 경찰들을 때려눕히며, 칼을 휘두르는 범인들의 모습이 보인다. 선량한 일반 주민들도 범인들이 휘두른 흉기에 무참히 쓰러져서 피를 흘리고 있고, 뒤이어 경찰특공대가 도착한다. 그러나 범인들은 갑자기 기관총을 꺼내더니 특공대의 차량에 사정없이 총을 쏘며 공격하기 시작한다.

탕! 탕!

생각지도 않았던 범인들의 총기 공격에 당황하는 경찰특공대!

도심 주택가에서는 치열한 총격전이 벌어지고, 경찰들보다 한 수 위의 첨단 무기를 지니고 있는 범인들에 의해 결국 처참하게 괴멸되는 경찰과 특공대원들…. 주변에 있던 경찰과 시민들 모두 피를 흘리며 죽어 가고 있다.

"아… 살려 주세요!"

"누가 저희 아이 좀 도와주세요! 초… 총에 맞은 거 같아요."

"여기도 사람이 다쳤습니다. 제발… 도와주세요."

범인들은 경찰들과 주민들의 아우성과 비명 소리를 듣고는 즐겁다는 듯이 서로를 보며 웃고 있다.

"거봐라! 미리 총을 준비하길 잘했지. 하하!"

"경찰 놈들도 별거 아닌데요. 이거 뭐 군대가 와도 해 볼 만하겠어요."

"자! 그럼 우리는 전리품이나 챙기자고. 야! 저기 교복 입고 있는 여자애들은 차에 꼭 실어라! 오늘 밤 저 애들한테 쌓인 회포나 실컷 풀어야겠다."

범인들은 여중생과 여고생들을 승합차에 밀어 넣는다.

"아… 아저씨! 살려 주세요."

주변 시민들은 범인들의 위세에 눌려 여학생들을 구할 엄두를 내지 못하며 누구도 나서지 않는 모습이다. 민호는 그 모습을 보고 분노하며 치를 떤다.

"저… 저런 죽일 놈들! 어떻게 저런 어린아이들을…."

주변에 널브러진 사람들이 죽어 가는 모습에 분노하며 주저 없이 약통을 꺼내서는 알약을 삼킨다. 범인들이 돈과 귀중품들, 여학생들을 승합차에 모두 싣고는 현장을 빠져나가려 한다. 잠시 후, 민호가 건물 옥상을 이용해 날아올라서 범인들 사이에 착지한다. 민호의 등장에 화들짝 놀라며 뒷걸음질하는 범인들.

"너… 넌 뭐냐? 너도 경찰이냐? 죽고 싶지 않으면…."

민호는 범인의 말이 끝나기도 전에 그의 팔을 부러뜨리고 칼로 범인의 아킬레스건을 잘라 버린다. 다른 범인들도 급소만을 타격해서 제압한 후, 사지를 부러뜨린다. 쓰러져 있던 주변 시민들은 조금은 잔인한 민호의 모습에 약간 겁먹은 표정이다.

"저… 저 사람은 누구야? 경찰인가? 아닌 거 같은데…."

"맞아! 분명 경찰은 아니야. 나도 저런 무술은 처음 보는데."

"마치 사람이 아닌, 외계인 같기도 하고…."

휴대폰을 들어 민호의 모습을 동영상으로 찍는 사람들도 보인다. 잠시 후, 경찰차들의 요란한 사이렌 소리가 들리며 수십 대의 경찰특공대 차들이 현장에 도착한다. 그때, 갑자기 시민들이 민호를 에워싼다. 그는 급히 건물을 타고 오르며 자리를 뜬다.

"아니, 사람이 어떻게 저렇게 하늘로 사라질 수가 있어? 저게 인간이야? 마… 말도 안 돼."

사람들은 민호가 사라진 건물 위를 멍하니 바라보고 있다.

다음 날, 옥탑방에서 자고 있던 민호가 TV 소리에 놀라서 잠이 깬다. 두식이 TV를 설치하며 리모컨으로 채널을 찾고 있는 모습이다.

"아… 아니, 여긴 왜 또 왔습니까? 그냥 부산으로 내려가시라니까."

"아이고, 형님! 놀라셨습니까? 저번에 제 생명을 구해 주신 일도 있고 해서요…. 제가 돈 드린다고 받을 분도 아니고, 이거 하나 샀습니다. 심심하실 때 보시라고요. 이거 채널이 200개도 넘습니다. 야한 것도 많이 나와요. 하하!"

민호는 무표정하게 두식을 보다가 다시 자리에 눕는다.

"형님. 피곤하신가 보네. 그럼 끌 테니까요. 나중에…."

"잠깐! 끄지 마세요."

두식은 화들짝 놀라는데, TV에서 뉴스가 나오고 있다.

"어젯밤에 드디어 도곡동 부유층 부녀자 연쇄 강도, 강간살인범들이 검거되었습니다. 이들은 지난 10년 동안 부유층의 부녀자들만을 상대로 묻지 마 살인과 귀중품을 강취하고 어린 여성들을 상대로 성폭행을 저지르며, 사체의 일부를 절단해서 전리품으로 보관해 온 것으로 밝혀져 온 국민을 경악하게 하고 있습니다. 그동안 경찰의 추적을 따돌리며 범행을 계속해 오며, 앞으로의 범행 계획도 세워 놓은 것으로 알려졌습니다. 이들은 10명으로 조직된 극도로 반사회적 성격을 가진 범죄단체를 만들어 귀금속을 소지하고 고급 외제차를 몰고 다니는 부유층들에 대한 이유 없는 증오심을 갖고 있었던 걸로 밝혀졌습니다. 한편, 어제 검거 과정에서 총격전이 벌어지며 경찰과 시민 수십 명이 사상되는 등 피해가 큰 것으로 확인되었습니다. 그런데 이상한 점은, 시민들은 범인들을 검거한 것이 경찰이 아니라 젊은 남자 한 명이었다고 말하고 있습니다. 시민들은 그가 건물 위로 날아서 사라졌다고…."

순간, 당황한 민호가 갑자기 TV를 끈다. 두식은 TV가 꺼지자 잠시 당황한 표정이다.

"아니, 저런 나쁜 놈들이 있나. 그래도 잡혔으니 다행입니다."

"묻지 마 살인이 뭡니까?"

"아이 참… 형님도…. 어디 달나라에서라도 오셨나. 그건, 아무 이유 없이 죽인다는 거죠. 원한 관계나 금전 관계도 없는, 말 그대로 일면식도 없는 사람들을 그냥 이유 없이 죽이는 거죠."

"왜요?"

민호의 뜬금없는 질문에 두식은 멍하니 답을 생각하는 표정이다.

"그거야 뭐… 저놈들 마음이겠죠. 저런 놈들이 한두 놈이래야 말이죠."

민호는 자신이 잡은 범인들이 10년 동안 죄 없는 부녀자를 20명 넘게 살해한 흉악한 범인들이란 걸 알고 더욱 분노한다.

한편, 도곡동 사건 뉴스를 보던 장석호 경찰청장은 화를 내며 화분을 바닥에 집어 던진다. 청장 앞에 서 있던 팀장들은 화분 파편을 피하느라 우스꽝스러운 모습을 연출한다.

"내가 언론 통제하라고 했지? 대체 너희 놈들 뭐하는 놈들이야."

"죄… 죄송합니다. 청장님."

"뭐? 경찰이 검거한 게 아니라, 하늘에서 나타난 젊은 남자가? 너희들… 경찰 얼굴에 똥칠할 생각이야? 빨리 언론 통제해! 그리고 그 뭐냐…. SS…."

"SNS입니다."

"그래! 그건 잘 아는 놈들이 이 모양이야? 그 SNS도 빨리 통제해."

팀장들이 나가고, 청장은 TV를 켜고 뉴스를 다시 본다.

"도대체 저놈은 누구야? 사실… 우리가 잡은 건 아닌데 말이야. 아휴, 잘못하면 경찰이 못 한 일을 저놈이 한다고 난리겠구만. 어떻게 해서든 그런 일은 막아야 하는데…."

그날 밤, 민호의 방에선 계속해서 뉴스 소리가 들리고 있다.

"다음 소식입니다. 차기 유력 대선주자인 박영근 검찰총장이 조만간 대선 출마를 선언할 것으로 보입니다. 그동안 여러 권력형 비리에 관련되었다는 루머에도 불구하고 여전히 대선주자 선호도 1위를 기록하고 있는 박 총장은 범죄 없는 세상을 모토로 걸고 대선에 뛰어들 것으로 알려졌습니다. 한편, 박 총장이 국제범죄단체와 연관 있다는 루머는 사실이 아닌 것으로…."

민호는 TV를 끄고 자리에서 일어난다.

"저놈도 분명 부패한 정치인일 뿐이야. 저런 놈들이 대권을 노리고 있는 건 어쩌면 당연한 일인지도 모르지. 그것이 권력을 가진 놈들의 속성이니까. 이미 70년 전에 제주도에서 그랬던 것처럼 말이야."

며칠 후.
민호는 65년 전의 기억을 되살리려고 옛날 추억이 조금이라도 살아 있는 신림동 고시촌 골목을 지나고 있는데, 경찰 두 명이 민호를 부른다.

"잠시 검문 있겠습니다. 협조해 주시면 감사하겠습니다."

민호는 당황한 기색이 역력하다. 그도 그럴 것이 그는 65년 만에 미국에서 돌아왔기 때문에 신분증이 전혀 없다. 자신의 신분을 증명할 만한 그 무엇도 가지고 있지 않은 것이다.

"무… 무슨 일이죠?"

"요즘 이 동네에서 연쇄 강간, 살인 사건이 발생해서 그럽니다. 특별 단속 기간이니까 협조 부탁드립니다! 신분증 좀 보여 주십시오."

민호는 머뭇거리며 움츠러든다. 당황한 민호는 잠시 땅을 보는 척하더니 경찰 두 명의 급소를 가격한다. 힘없이 쓰러지는 경찰들.

"미안합니다. 지금은 제가 보여 드릴 것이 없습니다. 잠시 후면 고통 없이 깨어날 겁니다."

민호는 급히 자리를 피해서 원룸촌 쪽으로 뛰어가는데, 어디선가 다급한 소리가 들린다. 모른 척하고 지나가려는데, 젊은 여자의 아우성과 비명이 그의 귓가에 들린다.

"살려 주세요. 제발! 안 돼… 저, 결혼할 사람이 있어요."

"앞으로 10명은 더 강간하고 죽여야 내 계획이 완성되는 거야. 너는 그저 재수가 없었다고 생각하고 나한테 즐거움을 주고 죽어 주면 되는 거야!"

민호는 귀를 막고 자리에 앉아서 괴로워하고 있지만, 귀를 막을수록 여자의 비명은 점점 더 또렷이 들린다.

"아… 안 돼요! 저는 사랑하는 사람이 있어요. 그… 그럼 시키는 대로 다 할 테니까 목숨만은 제발 살려 주세요!"

"시키는 대로 다 한다? 그러면 네가 애인한테 해 주는 것처럼 나한테도 해 줄 수 있어? 그러면 내가 생각 좀 해 보지."

"어… 어떻게 하면 되는지…."

"야! 이게 어디서 내숭이야? 너 몇 살이야? 애인 놈이랑 해 볼 건 다 해 봤을 거 아니야?"

"23살이에요. 그리고… 저는 아직…."

"이게 애인이 있다는 말도 다 거짓말이구먼. 요즘 중학생들도 하는 걸 그 나이 되도록 못 해 봤다는 게 말이 돼? 어디서 거짓말이야?"

"저… 저는 천주교 신자예요. 그래서 혼전 순결을 지키고…."

"지랄을 한다. 혼전 순결? 그래! 네가 처녀인지 어디 한번 내가 확인해 주지. 지금부터 내가 뭘 하든 넌 가만히 있으면 돼! 알았어? 그러면 너 하는 거 봐서 살려 줄지 생각해 볼게."

점점 더 생생하게 들리는 현장의 목소리에 민호는 괴로워한다.

"어떻게 하지…. 난 지금 예전 기억을 되살리는 게 중요한데…. 계속 남의 일에 끼어들었다간 잘못하면 내가 잡혀갈 수도 있는데…. 그렇다고 저 어린 여자를 그냥 두면 안 되는데…."

망설이는 민호의 표정엔 복잡하고 미묘한 감정이 뒤섞여 보인다. 잠시 후, 여자의 비명 소리와 범인의 음흉한 목소리가 점점 크게 들리기 시작한다.

"아… 안 돼요!"

"그래! 그렇게 하는 거야. 아! 자… 잘하는데."

잠시 소리가 멈춘다. 그제야 민호는 귀를 막았던 손을 떼는데….

"미… 미안합니다! 지켜 주지 못해서…."

잠시 후, 가던 길을 가려고 골목을 빠져나오는데, 다시 여자의 비명 소리와 다급한 아우성이 들리기 시작한다.

"아… 시… 시키는 거 했잖아요? 그런데 왜 옷을 벗겨요? 아… 안 돼요! 저는 천주교 신자라고요. 제발…."

"가만히 있어! 내가 그걸로 끝내고 갈 줄 알았어? 이제 네가 정말 순결한 처녀인지 알아볼 차례야."

"아… 안 돼! 이 나쁜 놈아!"

"그래. 그렇게 앙칼지니까 더 흥분되잖아? 우와! 하얀 팬티잖아. 어디 속살 좀 볼까? 아주 매끈한데. 흐흐! 자, 이제 본격적으로 놀아 보는 거야. 각오해!"

"아… 아파! 아파! 제발… 거긴 안 돼! 아… 너무 아파! 흐흑. 나… 어떻게 해!"

와장창!

방문이 부서지며 민호가 들어온다. 범인은 이미 여대생으로 보이는 여자의 바지와 팬티를 벗기고는 위에 올라타고 계속해서 강간하고 있었다. 여자의 하체에서는 처녀막 파열로 인한 피가 흥건하게 흐르고 있다. 그 모습에 민호는 극도의 분노로 벌겋게 상기된 얼굴로 주먹을 불끈 쥐고는 범인에게 달려든다.

"이 개새끼야! 결혼할 사람이 있다고 말했잖아."

민호는 범인을 사정없이 벽에 집어 던진다. 쓰러진 범인을 주먹으로 난타하는데, 범인의 얼굴엔 피가 흥건하다. 그리고 부엌으로 들어가더니 칼을 들고 나온다. 범인은 이미 정신을 잃었다.

"너 같은 놈은 죽이는 것도 아까워. 대신 평생 그 짓은 못 하게 해 주
마!"

민호는 범인의 상체를 누르고 앉더니, 손으로 범인의 성기를 잡고선 칼
로 잘라 버린다.

"으아!"

범인의 비명 소리가 원룸 안으로 퍼진다. 그리고 겁에 질린 여자에게
다가가는데, 여자는 민호를 보며 두려움을 느끼는 표정이다.

"괜찮습니다. 저 나쁜 사람 아닙니다. 어서 옷 입으시고 경찰에 신고하
세요. 아… 너무 늦게 와서 정말 미안합니다. 저놈이 그 짓을 못 하게 막
았어야 했는데….

피투성이가 된 몸으로 방을 나서려는데, 여자가 민호를 부른다.

"저기요! 근데… 제가 결혼할 사람이 있다는 건 어떻게 아셨어요? 그
건… 저와 남자친구밖에 모르는 사실인데요."

민호는 순간 멈칫하더니, 아무 말 못 하고는 잠시 망설이다가 급히 방

을 나간다. 여자는 민호의 뒷모습을 애잔하게 보며 눈물을 흘린다. 그날 밤, 민호는 불 꺼진 방에서 피 묻은 옷을 그대로 입고선 쭈그리고 앉아서 울고 있다.

"경민이도 분명 너무 두렵고 아팠을 거야. 내…내가 지켜 줬어야 했는데…. 아까 그 여자도… 좀 더 서둘렀더라면 순결만은 지켜 줄 수 있었을 텐데…. 또 늦고 말았어. 난, 언제나 이런 식이야. 매번…. 그래. 앞으로는 절대로 망설이지 말자. 절대로!"

한동안 민호의 방에서는 억눌린 울음소리가 들려왔다.

다음 날, 경찰청 청장실 TV에서는 밤새 민호가 처단했던 연쇄 성폭행범에 대한 뉴스가 나오고 있다.

"어젯밤, 드디어 신림동 일대의 연쇄 성폭행 살인범을 검거했습니다. 지난 8년 동안 30여 명의 여대생과 부녀자를 강간하고 살인을 저지른 범인은 어젯밤에도 범행을 하던 중 경찰의 신속한 대응으로 검거됐다고 밝혔습니다. 한편, 범행 현장에서는 범인의 것으로 추정되는 잘린 남성의 성기가 발견되었으며, 피해자는 범인을 검거한 경찰에 감사한 마음을 전한다고 말했습니다. 그리고…."

"도대체 어떤 놈이야. 아니, 어떤 놈인데 벌써 강력 미제사건을 두 건이나 해결한단 말이야. 아휴, 이거 정말 미치겠네."

그때, 청장실 문이 열리고 비서가 놀란 표정으로 급히 들어온다.

"처… 청장님. 큰일 났습니다. 지금 SNS에 난리가 났습니다."

"나도 방금 뉴스 봤어! 우리 경찰을 칭송하는 내용이겠지."

"그… 그게 아니라요. 경찰을 비난하는 글이 쇄도하고 있습니다. 특히… 청장님을 비난하는 글이 너무 많아서요."

"그게 무슨 소리야? 날 비난하다니…."

비서가 휴대폰으로 글들을 보여 준다.

"공을 가로채는 경찰들."

"부패한 청장은 물러나라."

"사기꾼 경찰."

청장이 다시 TV를 켜자 뉴스에서는 정정 보도가 나오고 있었다.

"국민 여러분께 사과드립니다. 좀 전에 보도해 드린 신림동 연쇄 성폭행 살인범 검거에 대한 잘못된 내용을 정정 보도해 드립니다. 앞서 경찰이 검거한 것으로 보도해 드렸으나 피해자의 진술과 사건 당일 원룸에 설치되어 있던 CCTV 분석 결과 다른 제3의 인물이 범인을 검거한 것으로 알려졌습니다. 더욱 충격적인 사실은 CCTV에 찍힌 인물이 바로 얼마 전에 도곡동 연쇄 살인범을 제압한 인물과 동일하다는 것입니다. 이제부터 보내드리는 화면을 잘 보시면 분명 동일 인물인 것을 누구나 쉽게 아실 수 있을 것입니다. 경찰은 그의 존재를 전혀 파악하지 못하고 오히려 그가 검거한 범인들을 마치 자신들이 검거한 것처럼 은폐하기까지 했다는 의혹도 받고 있습니다. 그 중심에는 경찰청장인….”

대형 TV 화면에서는 민호가 도곡동 연쇄 살인범들을 제압하는 장면과 신림동 원룸에서 피투성이가 된 모습으로 나오는 장면이 녹화된 CCTV가 방송되고 있었다. 시민들은 분노하며 대형 TV 화면을 지켜보고 있다.

“아니… 저게 사실이야? 어떻게 저럴 수가…. 저러고도 경찰이냐.”

“저 사람 진짜 멋있다. 우와! 사람이 어떻게 저렇게 빠를 수가….”

시민들은 대형 TV를 보며 흥분하고 있고, 지나던 차들도 TV를 보느라 정지하여 도심 일대의 교통이 마비될 지경이다.

한편, 대한민국 굴지의 그룹, 도경그룹의 김도경 회장이 누군가와 TV를 통해 뉴스를 보고 있다. 말없이 무거운 침묵만이 흐르며 TV 소리만 들리던 공간에서 말소리가 들리기 시작한다. 회장실 안에는 희뿌연 담배 연기 속에서 그들의 대화만이 들린다. 그런데 김 회장과 대화를 나누는 목소리가 심상치 않다. 김 회장은 그에게 극존칭을 쓰며 조심스럽게 말을 건네면서도 약간 비굴하게 보이는 모습이다.

"저거, 그냥 둬도 될까요? 대체 저놈의 정체가 뭘까요?"

"저놈이 누군가가 중요한 게 아니라, 우리 편으로 만들 수 있는 놈인가가 중요한 거지!"

"지당한 말씀이십니다. 역시 총장님은…."

"우리 편이 안 된다면 제거하면 되죠. 뭐 그게 힘들겠습니까."

"대한민국은 여론이 움직이는 나라입니다. 제가 있는 한 걱정 붙들어 매십시오!"

김 회장과 함께 있던 인물들은 다름 아닌, 차기 유력 대선주자 박영근 검찰총장이었다. 그리고 옆에 있는 인물은 조양일보 정치부의 최명도 부장으로 대한민국 언론을 쥐락펴락하는 언론계의 대부다! 이들 세 명이 모여 있다는 것이 과연 무엇을 뜻하는 것일까? 차기 유력 대선주자인 박 총장은 무소불위의 권력을 가진 인물이었고, 도경그룹 김 회장은 엄청난 재력을 가진 인물이었다. 그리고 조양일보 최 부장은 대한민국 언론을 순식간에 장악할 수 있는 인물로, 이들이 힘을 합친다면 대한민국을 자신들의 입맛에 맞도록 쉽게 움직일 수도 있다는 의미인 것이다! 도경그룹 회장실을 아지트처럼 쓰고 있는 이들의 웃음소리가 점점 커진다. 그때, 회장실 문이 열리며 경찰청장이 들어온다. 김 회장과 박영근 검찰총장, 그리고 조양일보 최명도 정치부장의 얼굴이 문 쪽을 향한다. 급히 들어온 청장은 한자리에 모여 있는 그들의 모습에 얼굴이 사색이다.

"아… 아니, 어르신이 어떻게 여기에…."

박 총장은 청장의 당황함에 화답이라도 하듯이 반갑게 맞아 준다.

"놀랄 거 없네. 한 식구끼리 놀라긴. 우리가 여기 모인 게 어디 하루 이틀 일인가? 하하! 어서 앉게."

반면, 김 회장과 최 부장은 청장을 노려보며 못마땅한 듯이 꾸짖는 모습이다.

"장 청장! 일을 도대체 어떻게 처리했기에 이 모양이야? 이게 무슨 망신인가! 그러고도 자네가 일국의 경찰 수장이라고 할 수가 있겠는가?"

"그러게요. 김 회장님 말씀이 맞습니다! 우리 청장님. 이거 어떻게 하나. 벌써 SNS에 쫙 퍼져 나가서 이걸 막을 방법이 없을 거 같은데…."

청장은 최 부장 옆에 앉더니, 손을 꼭 잡고선 머리를 조아린다. 일국의 경찰 수장의 모습이라곤 믿기지 않는 비굴한 태도였다.

"도와주시게! 우리 최 부장이라면 할 수 있지 않나? 우리나라 언론은 자네 손에 달려 있는 거나 다름없는데…. 안 그런가? 최 부장! 조양일보만 움직여 주게! 제발 좀 부탁하네."

그때, 박 총장이 주위를 환기시키는 굵은 한마디를 한다.

"구속시키게!"

"네? 그래도 어르신, 지금 여론이 저놈에게 쏠려 있는데 무턱대고 구속을 시키면 저희 경찰의 입장이…. 네, 알겠습니다."

청장은 좀 전과는 다르게 서슬이 퍼런 박 총장의 표정에 잔뜩 겁을 집어먹은 눈치다. 한편, 민호의 옥탑방 옥상에서는 고요함 속에 누군가가 나타나서는 문고리를 손으로 잡는다. 그리고 갑자기 옥탑방 방문이 확 열리더니, 뜻밖에 두식이 들어온다. 민호는 예상한 듯, 놀라지 않는 표정이다. 두식은 뉴스에 나오는 사람을 지목하며 흥분한다.

"형님. 저거 저… 형님 맞죠? 아니, 어떻게 하시려고…."

민호는 말을 끊으며 자리에서 일어난다.

"신분증 하나 만들 수 있나요?"

두식은 갑작스러운 민호의 말에 잠시 머뭇거리는 모습이다.

"아니, 뭐… 그건 어렵지 않은데요. 그래도 형님에 대한 기본 정보가 있어야 만들 수 있는데…. 아이, 그런데 어쩌시려고 저놈 거시기를 자르셨어요? 아무리 나쁜 놈이지만 같은 남자로서 쫌…."

민호가 정색을 하며 보는데, 두식은 움찔하며 뒤로 물러선다. 그리고 두식에게 자신의 기본 정보를 적은 종이 한 장을 던져 주는데… 민호의 정색에 두식은 말없이 그것을 받아 들고 나간다. 잠시 후, 민호는 옥탑방 밖으로 나와서 서울 도심의 차갑고 매서운 바람을 맞으며 밤하늘을 바라보고 있다.

"언제까지 숨어 다닐 수는 없지. 대한민국… 너무 썩었다. 이제부터 망설이지 말고 본격적으로 시작해야 돼! 70년 전에는 아무런 힘이 없었지만, 지금은 내게 저주받은 능력이 있잖아. 그걸 마지막으로 이용하는 거야!"

굳은 결심을 한 듯 민호가 결연한 표정으로 서울의 화려한 도심을 물끄러미 바라보고 있다.

며칠 후, 강남의 변두리 도심에서 지금껏 잡히지 않던 흉악한 연쇄 살인범이 인질극을 벌이고 있다. 연쇄 살인범의 무술 실력이 워낙 뛰어나서 무장 경찰들도 속수무책으로 당하고 있다. 살인범은 일반 시민들에게 무참히 흉기를 휘두르며 도주하고 있었다. 그 시간, 민호는 한강 강변에서 예전 경민과 데이트를 하던 추억을 떠올리고 있다.

"그때도 이렇게 강물이 파랗게 빛났었지. 경민은 하얀 안개꽃을 수줍게 들고 있었고…."

한강 주변은 이미 최고층 건물들이 가득 들어서 있고, 나룻배 대신에 호화 유람선이 물보라를 일으키며 강을 가로지르고 있다.

"역시 예전 모습이 아니야! 추억이 되살아나려다 사라지곤 해. 이젠 어디로 가 봐야 내가 알 수 있는 장소와 사람들이 있을까…."

그때, 또다시 민호의 귀에서는 원치 않는 소리들이 계속 들리기 시작한다.

"살려 주세요! 아… 제발…."

"가만히 있어! 넌 이제부터 내 인질이 되는 거야. 알았어?"

"시… 싫어요!"

"죽고 싶어? 잠자코 따라와!"

민호는 먼 곳에서 들리는 범죄 현장의 생생한 소리들 때문에 귀가 아픈지 몹시 괴로워한다. 부상당하고 쓰러지는 시민들의 모습과 귀를 막고 괴로워하는 민호의 모습이 겹쳐 보인다. 민호는 그 자리에 주저앉아서는 귀를 막고 몸을 웅크린다.

"아… 너무 괴롭다. 이 소리…. 도대체 왜 나한테만 이런 원치 않은 능력이 생긴 거야?"

강남 변두리 도심에서는 살인범이 무고한 시민들을 인질로 삼고선 태연하게 경찰특공대와 대치 중이다.

"이봐! 내가 무사히 빠져나가도록 길을 열지 않으면 여기 있는 인질들을 10분에 한 명씩 죽여주마! 이들의 생명은 네놈들 책임이란 거 명심해!"

경찰특공대는 살인범의 경고에 이러지도 저러지도 못하고 있는 모습이다. 그 모습을 지켜보는 시민들은 안타까운 시선으로 한탄을 쏟아낸다.

"저걸 어떻게 해. 아휴, 경찰들은 뭐 하는 거야?"

"경찰들이라고 별수 있겠어? 인질들이 저렇게 죽어 나가는데…."

"이러다 정말 저기 있는 사람들 다 죽는 거 아니야?"

잠시 후, 민호는 경찰특공대와 대치 중인 살인범의 뒤로 몰래 다가간다. 민호의 등장에 화들짝 놀라는 살인범.

"너… 너는 누구냐?"

"이 사람들… 그만 풀어 주고 자수해라! 그러면 고통은 없을 거다."

"이거 미친놈 아니야? 내가 누군 줄 알고…."

"버러지지! 세상에서 가장 더럽고 추한 벌레일 뿐이야. 너는!"

"이 새끼가 죽으려고 환장했나?"

살인범이 민호를 향해서 흉기를 치켜든다. 그 모습에 인질들은 공포 속에 비명을 지르며 눈을 가린다.

"아악! 헉!"

살인범의 손에서 떨어지는 흉기…. 그리고 살인범은 바닥에 나뒹군다. 특공무술로 격투 끝에 범인을 제압한 민호는 범인의 발을 잡으며 인질들에게 뒤돌아서서 귀를 막을 것을 당부한다. 인질들이 돌아서서 양손으로 귀를 막자, 민호는 범인의 양발의 아킬레스건을 모두 절단한다. 살인범의 고통스러운 비명 소리가 서울 도심 속으로 퍼져 나갈 정도로 커진다.

"아악! 아… 사… 살려 줘! 자… 잘못했습니다. 아… 아악!"

살인범의 비명 소리에 놀란 경찰특공대는 급히 작전을 개시한다.

"아무래도 인질들에게 무슨 일이 생긴 거 같다. 작전 개시!"

경찰특공대가 총기로 무장하고 현장을 포위하는데, 인질들은 돌아서서 민호를 보며 눈물을 흘리며 고마워한다.

"정말 감사드립니다! 이 은혜를 어떻게 갚아야 할지…."

"저는 어린 딸을 두고 죽는 줄만 알았습니다. 감사드립니다!"

특공대는 쓰러져 있는 살인범을 검거하고는, 민호를 중심으로 모여드는 시민들을 못마땅한 표정들로 바라본다. 시민들은 민호를 둘러싸며 의인으로 칭송하지만, 경찰들은 오히려 그를 의심의 눈초리로 바라본다. 특공대 대장은 어디론가 급히 전화를 한다.

"청장님! 살인범은 검거했습니다. 그런데… 저번에 뉴스에 나왔던 그 놈이 여기에 있는데 어떻게 하죠?"

"뭐야? 또 그놈이야? 설마 이번에도 그놈이 살인범을 잡은 건 아니겠지?"

"저… 그게… 맞습니다! 저희가 현장에 도착했을 때에는 이미 상황이 종료된 후였습니다."

"이런 변변치 못한 것들! 아니, 기관총으로 무장한 놈들이 살인범 하나를 못 잡아서 그놈한테 또 공을 빼앗겨? 아휴, 이런 못난 놈들!"

"죄… 죄송합니다. 그런데 저놈을 어떻게 할지…. 지금 시민들이 저놈 주위에 몰려들며 의인으로 칭송하고 있는데요."

"뭐… 뭐야? 의인? 이거 미치겠네. 또 개망신당하게 생겼구만. 일단, 그놈 잡아 와! 어떤 놈인지 얼굴이라도 보게 말이야!"

"그런데… 무슨 명목으로…."

"무슨 말이 그렇게 많아? 그냥 잡아 오라면 잡아 오는 거지."

"네, 알겠습니다!"

대장은 잠시 난처한 표정을 짓더니 민호를 체포할 것을 명한다. 특공대원들은 대장의 명령에 망설이는 눈치인데, 엉뚱하게도 대장이 총을 겨누며 민호를 위협한다.

"엎드려! 꼼짝 말고 그 자리에서 엎드리란 말이야."

그 순간, 인질로 잡혀 있던 여성과 주변 시민들이 경찰특공대를 뚫고 들어와서 민호를 감싸 준다. 처음에는 수십 명이더니, 시간이 지나자 수백 명으로 늘었다.

"날 구해 준 분한테 왜 이러는 겁니까?"

"맞아요! 당신들이 잡지 못한 살인범을 잡은 의인이라고요!"

"네. 당신들이 못 한 일을 해낸 영웅이라고요!"

시민들의 완강한 반응에 특공대는 어쩔 수 없이 그를 풀어 준다. 특공대가 물러나자, 민호를 에워싸고 환호하는 시민들! 다음 날, 경찰청장은 경찰청 안의 기자회견장에서 인질극을 벌인 살인범 검거 사건에 대해서 기자회견을 한다.

"모든 작전이 청장인 저의 지시로 이루어진 것입니다. 수많은 인질들의 생명이 위협받는 순간, 경찰특공대를 적시에 투입해 범인을 검거할 수 있었습니다. 검거 과정에서 인질들의 피해는 전혀 없었으며 용맹무쌍한 저희 경찰특공대는 주어진 임무를 완벽하게 수행하며…."

한순간 영웅이 된 청장은 여론의 주목을 받는다. 기자회견을 마치고 경찰청을 나오는 청장에게 기자들의 카메라 플래시가 터지며 질문들이 쏟아지고 있다.

"청장님! 이번에 검거한 범인은 지난 5년 동안 20여 명을 살해한 흉악범이었는데, 검거하신 소감 한마디 부탁드립니다!"

"뭐, 당연한 일을 했을 뿐인데 소감이랄 게 있겠습니까? 그냥 저는 국민의 생명과 치안을 책임지고 있는 자리에서 그 임무를 성실하게 수행했을 뿐입니다."

"그런데 경찰특공대의 투입을 직접 지시하셨다는데 그게 사실입니까?"

"그럼요! 아니, 청장인 저 말고 누가 그렇게 신속하게 경찰특공대를 움직일 수가 있겠습니까? 이게 다 미리 준비해 놓은 시나리오였음을 알려 드립니다!"

"그런데 이상한 점이 있습니다. 검거된 살인범의 아킬레스건이 양쪽 모두 절단되었다는데 그게 사실입니까? 혹시 특공대원들이 그렇게 만든 건 아닐까요? 그게 사실이라면 너무 잔인한 진압 방식이 아닌가 하는 비난도 있는데요."

"그게 무슨 말입니까? 저놈은 그동안 무고한 시민들을, 그것도 20명이

나 죽인 흉악범입니다. 이제 저놈도 그 죗값을 치른 것뿐입니다."

옥탑방에서 TV로 청장의 인터뷰를 보고 있는 민호. 사발 라면을 먹다가 청장의 인터뷰를 보고는 사레가 걸려서 캑캑대는데….

"컥컥. 뭐… 뭐야? 저 인간 정말 웃기네! 하긴 저 인간도 권력에 찌든 놈들과 다를 게 없겠지만…. 그런데… 저건 너무 뻔뻔하잖아."

잠시 후, 서울 도심. SNS에 이상한 동영상이 뜨기 시작한다. 그 동영상은 포털사이트를 통해서 일파만파 퍼져 나가기 시작한다. 도심 거리를 거닐던 시민들은 각자의 휴대폰을 통해서 동영상을 보며 웅성거리는 모습이다.

"이게 뭐야. 또 그 사람이잖아?"

"맞네! 저번에 그 사람…."

"아니, 분명 청장은 경찰특공대가 검거했다고 했는데…."

"뭐야! 청장이 또 거짓말을 한 거야?"

"이… 이건 아니지! 청장이라는 사람이 매번 거짓말이야?"

SNS 동영상에는 민호가 범인을 혼자 제압하는 장면과 이후 도착한 경찰들이 쓰러져 있는 범인을 체포하는 과정, 경찰특공대가 오히려 민호를 위협하며 총을 겨누는 장면과 그것을 시민들이 에워싸서 제지하는 장면 등이 담겨 있었다. 동영상은 말 그대로 바람처럼 퍼져 나갔고, 청장은 일순간에 희대의 사기꾼이 되고 말았다. 그리고 시민 중 한 명이 민호를 둘러싸고 외친 소리가 화제가 되어 SNS에서 떠돌고 있었다.

"저분은 진창 속에 빠진 우리들을 구한, 진정한 영웅이라고요!"

그날 밤, 서울. 남산타워 위에서 화려한 서울 도심을 바라보며 민호가 차가운 바람 때문인지 분노 때문인지 손을 떨고 있다.

"어떻게 저런 흉악하고 거짓된 인간들이 세상을 움직이고 있는 거야! 세상은 이렇게 화려한데…. 이게 다 허상이란 말이야?"

잠시 후, 누군가 민호에게 다가오는데…. 두식이 봉투를 한 개 들고 나타난다.

"형님! 식사는 하셨습니까? 형님이 저를 먼저 부르시다니 참…. 저도 인터넷으로 형님이 그놈을 잡는 걸 봤습니다. 역시 우리 형님이구나 생각했죠. 근데요. 대한민국은 이게 정상입니다! 잡아야 할 놈은 안 잡고, 정작 힘없고 빽 없는 놈들만 잡는 세상! 그게 대한민국입니다. 돈 있고, 권력을 가진 놈들은 절대로 처벌받지 않는 세상! 반면에 분유 몇 통 훔친 아버지는 쉽게 처벌받는 세상입니다."

두식의 말을 듣고는 긴 한숨을 내쉬며 혼잣말을 하는 민호!

"70년 전이나 지금이나 달라진 게 없어! 혹시나 하고 왔는데….”

지켜보던 두식은, 무섭게 변한 민호의 표정이 무서운지 뒷걸음친다.

"괜찮습니다. 부탁드린 건 가져오셨습니까?”

"여기 있기는 한데요. 다시 생각해 보시는 게…. 잘못하다가는 형님, 죽을 수도 있습니다! 형님이 무슨 일을 하려는지 알고 있습니다. 근데 너무 위험합니다! 그들을 전부 잡는다고 해도 어디선가 다른 놈들이 독버섯처럼 자라날 게 분명하니까요.”

"또 잡으면 되죠! 제가 잠시 망설이는 동안 결혼을 앞둔 어린 여자가 더럽고 추한 놈에게 순결을 빼앗기고 말았습니다. 이젠 더 이상 그런 일들이 일어나서는 안 되는 거잖아요? 누군가는 해야 할 일입니다.”

"아니, 언제 그런 일이…. 설마, 저번에 형님이 거시기 자른 놈이…."

"네, 맞습니다! 그때, 제가 망설이지만 않았더라도 그 어린 애는 순결을 지키고 사랑하는 사람과 결혼할 수 있었을 겁니다. 그 애는 천주교 신자였는데, 이제 수녀가 된다고 하더라고요."

"그런데 형님…. 이건 끝이 보이지 않는 싸움입니다! 그리고 분명 저들을 비호하는 엄청난 권력과 돈이 뒤에 있을 겁니다. 그러면 형님이 다치신다고요."

"저는 이미 살아도 산 게 아닌 놈입니다. 70년 전, 제주도에서 죽은 사람이니까요!"

"아휴, 우리 형님…. 왜 이렇게 고집이 세실까? 형님이 사서야 그나마 대한민국의 정의가 지켜질 게 아닙니까? 시민들 반응 못 보셨습니까? 형님을 의인이다. 천사다. 칭송하는 걸요."

"저는 그런 허울 따윈 필요 없습니다. 제게 필요한 건 그저 힘없고 돈 없는 사람들의 눈물을 닦아 줄 작은 용기와 결단력뿐입니다."

"그래도… 제발 다시 생각해 보십시오."

민호의 말 없는 표정이 더욱 무섭게 느껴진다. 결국, 두식은 민호에게 한국에서 가장 흉악한 범죄인들의 리스트를 넘겨준다.

다음 날, 서울의 모처에 있는 허름한 창고 안…. 민호가 천장 환풍기 통로를 통해서 창고 안을 염탐하고 있다. 10대 초반으로 보이는 어린 여자

애들이 겁에 질린 표정으로 줄지어 어디론가 들어가고 있는 모습이다. 칸막이가 설치된 급조한 사무실 안에서는 하얀 가운을 입은 사람들이 대기하고 있다. 문이 열리며 어린 소녀가 들어오는데, 건장한 남성들이 소녀를 침대에 강제로 눕히고는 바지를 벗긴다.

"아… 안 돼요! 이거 봐요. 아… 벗기지 마!"

그리고 속옷까지 완전히 벗기는데 아직 어린 소녀의 하얀 속살이 그대로 드러난다. 소녀는 수치심과 두려움에 흐느끼는 모습이다.

"흐흑…."

잠시 후, 의사로 보이는 사내가 소녀의 다리 사이로 얼굴을 들이밀더니 성기를 손으로 자세히 살펴본다.

"매끈한 게 외관상으로는 성경험 흔적은 없는데…. 어디 볼까?"

의사는 손가락으로 소녀의 성기를 벌리더니 알 수 없는 기계를 성기에 집어넣는다. 소녀는 아픈지 소리를 지르는데, 의사는 소녀의 비명 소리에 상관없이 더욱 깊숙이 기계를 집어넣는다.

"어? 있네. 확실히 살아 있네. 처녀가 맞아!"

그 말이 떨어지자, 사내들이 소녀를 데리고 나가고, 의사는 밖을 향해
소리친다.

"다음!"

그러자 이번엔 10살이 갓 넘어 보이는 어린 소녀가 들어온다. 사내들이
소녀를 침대에 눕히고는 강제로 바지와 팬티를 벗기는데….

"아… 아저씨! 살려 주세요. 저… 집에 데려다주세요. 아앙!"

의사는 다시 소녀의 다리를 벌리고 성기를 손으로 살핀다.

"애는 볼 것도 없어. 처녀야! 그런데 아직 털도 안 났는데…. 이건 너무
어린 거 아니야?"

그 말에 사무실 안에 있던 사내들이 의사를 노려본다.

"아… 알았어! 알았다고. 다음!"

민호가 환풍기 통로에서 그 모습을 보며 분노로 치를 떤다.

"저… 저 자식들! 어떻게 인간의 탈을 쓰고 저런 짓을…."

잠시 후, 또 다른 어린 소녀가 들어온다.

사내들이 침대에 눕히고 바지를 벗기려 하자, 발버둥 친다.

"이거 놔! 더러운 손 치우라고!"

거우 사내들이 침대에 눕히고 바지를 벗기려고 하는데….

"야! 하지 마! 하지 말라고…. 아… 아파!"

사내들이 완력으로 소녀의 타이트한 청바지를 벗기고는 팬티에 손을 댄다. 울먹이는 소녀. 사내들에 의해 소녀의 팬티는 무릎 아래로 내려가고 하얀 속살이 그대로 드러난다. 의사는 다시 소녀의 다리 사이로 얼굴을 들이밀고 성기를 만지작거리며 살핀다.

"이것 봐! 애는 처녀가 아니야. 이미 오래전에 성경험이 있었다고. 아휴, 이런 어린 것이…. 세상 참 말세야. 말세! 애는 다시 돌려보내!"

민호는 자신도 모르게 손에 힘이 들어가며 환풍기 밖을 노려본다.

"그… 그래. 조금만 참고 기다리자! 너희 놈들을 한 번에 해치우려면 지금은 아니야. 내가 너희들… 끝장을 내 주마!"

그날 밤, 인신매매 조직원들 30여 명이 부둣가에서 어린 소녀들을 컨테이너에 태우는 현장에 민호가 나타난다. 낮은 포복 자세로 컨테이너 위로 올라타서는 30여 명의 사내들이 모여 있는 곳으로 다가간다.

"저놈들이란 말이지? 처녀막 검사를 해서 순결한 어린 소녀들만 외국 부유층 놈들에게 팔아먹는다는 놈들이…. 이런 죽일 놈들!"

주저하지 않고 알약을 삼키고는 극심하게 고통스러워하더니, 얼굴이 괴물처럼 일그러진다. 다시 평온을 찾은 민호는 쇠파이프를 땅에 질질 끌며 조직원들이 있는 곳으로 다가간다. 그때, 철로 된 뭔가가 바닥에 떨어지며 쨍그랑 소리가 난다.

"야! 무슨 소리 못 들었냐?"

"네. 분명 소리가 난 거 같은데요."

"형님! 제가 한번 살펴보겠습니다!"

그때, 컨테이너 위에서 뛰어내리는 민호.

"아이고, 깜짝이야! 어? 너… 너는 TV에 나온 그놈…."

픽! 픽! 순간적으로 30여 명의 조직원들과 격투가 벌어진다. 총과 칼,

쇠파이프와 망치 등 온갖 무기를 들고 민호에게 달려드는 조직원들! 민호는 그들과 대항해 사지를 부러뜨리며 제압해 나간다. 그러나 수적으로 열세이기에, 그도 여러 차례 쇠파이프 등으로 얻어맞는다. 여기저기서 관절이 부러지는 소리와 조직원들의 비명 소리가 들린다.

"이 자식 뭐야?"

"아악! 사… 살려 줘!"

"내… 내 팔!"

민호의 힘이 실린 한 방에 하늘 위로 붕 날아가서는 바닥에 나뒹구는 조직원들도 보인다. 부둣가는 순식간에 마치 전쟁터를 방불케 하는 전투 현장으로 변한 모습인데, 이 모습이 여러 대의 CCTV로 촬영되고 있었다. 잠시 후, 어디선가 나타난 30명이 넘는 조직원들이 두목으로 보이는 사내와 등장한다.

"야! 애들 먼저 챙겨라! 저것들 다 돈이란 말이야. 어서!"

"네, 형님!"

조직원들이 어린 소녀들을 향해 달려드는데, 소녀들이 놀라서 소리를 치며 여기저기로 흩어진다. 조직원들이 우왕좌왕하는 모습인데, 그들을 가로막는 민호!

"어딜 가려고? 저들은 그냥 가게 내버려 두지! 너희는 내가 상대해 줄 테니까."

"이… 이런 미친놈이!"

순식간에 다시 민호를 향해 공격하는 조직원들! 민호는 힘을 아끼려는지 조직원들의 급소만을 가격하며 쓰러뜨린다. 평소 같으면 사지를 부러뜨리며 자신의 분노를 표출했을 텐데, 이제 민호에게 남아 있는 힘이 별로 없다. 급소를 가격당한 조직원들은 자리에서 일어나지 못하며 고통의 비명을 질러 대는데, 그들의 두목이 민호를 향해 총을 겨눈다.

"너, 이 자식! 내가 죽여 주마."

탕! 탕!

부둣가에 울려 퍼지는 총소리! 잠시 후, 조직 두목이 피를 흘리며 쓰러진다. 총을 쏘려는 두목을 보고는, 민호가 바닥에 있던 칼을 집어 들고선 두목의 가슴에 맞힌 것이다.

"비열한 놈! 끝까지 야비한 짓뿐이구나."

잠시 후, 어디선가 우르르 몰려나오는 어린 소녀들이 민호 앞에 다가선다.

"아저씨! 고맙습니다. 흐흑."

"우리 이제 집에 가도 되는 거죠?"

"저희는 꼼짝없이 죽는 줄만 알았어요."

"그런데 아저씨는 누구세요?"

민호는 잠시 망설이더니 어렵게 말문을 연다.

"이제 다들 집에 돌아가도 돼! 그리고 나는… 그냥 오늘만 기억하고 잊어라! 앞으로는 절대로 기억하지 말고….."

잠시 후, 요란한 사이렌 소리가 들리며 수십 대의 경찰차들이 부둣가로 들어온다. 민호는 약간 지친 모습인데, 모여 있는 소녀들을 보며 이내 힘을 내어 다시 일어서서 경찰이 도착하기 전 급히 부둣가를 빠져나간다. 다음 날, 그가 범인들을 제압하는 모든 장면들이 고스란히 주변 CCTV에 포착되어 SNS와 언론에 빠르게 퍼져 나가기 시작한다. 시민들은 촬영된 영상을 보며 경악을 금치 못하는 모습이다.

"아니, 50명도 넘는 깡패들을 어떻게 저렇게 쉽게 해치우지?"

"그냥 깡패가 아니었다나 봐! 잔인하기로 소문난 국제인신매매조직이었다는데?"

"말도 안 돼! 그런 놈들을 혼자서…."

마치 하늘을 나는 것처럼 보이는 모습과 범인들의 급소만을 타격하며, 생명은 절대로 해치지 않는 모습들이 환상적인 장면으로 연출되어 서울광장 대형 TV를 통해서 방송되고 있었다. 아무런 가면도, 변장도 하지 않은 채, 선글라스를 낀 멋진 훈남의 모습으로 흉악범들을 제거하는 민호의 모습을 보며 대한민국의 모든 사람들이 열광하기 시작한다.

"저 사람은 누구일까? 사람이 아닌 거 같아!"

"정말 멋있다!"

사람들은 점점 그의 정체에 엄청난 관심을 갖게 되고, 그를 '진창 속의 영웅'으로 묘사하며 폭발적인 지지를 보낸다.

한편, 청장실에서는 경찰청장이 박 총장과 통화를 하고 있다.

"영웅인가 뭔가 하는 놈 때문에 죽겠습니다. 도대체 그놈의 정체가 뭔지 전혀 파악이 안 됩니다."

"그놈이 어떤 놈이든, 우리 편으로만 만들 수 있다면 차기 대선에서 승리한 거나 다름없다는 걸 명심해! 반드시 그놈의 정체를 밝히고 내게 데려오게!"

"그럼 여론은 어떻게 합니까? 지금 여론이…."

"우리에겐 '킹메이커'가 있잖나. 조양일보 최 부장 말이야! 그가 언론을 장악하고 있는 이상, 뒷일은 걱정할 거 없네!"

"네. 어르신! 알겠습니다."

청장은 박 총장과의 전화를 끊고 담배에 불을 붙인다.

"그래. 영웅인지 뭔지 너도 이제 끝이다. 끝! 어르신이 움직이면 아무도 막을 수가 없지. 그럼! 하하."

서울 모처에 있는 국제범죄수사국, 한국지부장실.
마치 청와대의 안가처럼 삼엄한 경호와 첨단 장비로 무장한 비밀 아지트의 모습이다. 지부장실 문 앞에는 외국인으로 보이는 건장한 요원들이 철통 경계를 하고 있고, 복도마다 신체 스캔 시스템이 작동되고 있어서 누구도 그곳을 통과할 수가 없는 구조다. 잠시 후, 문이 열리며 비서로 보이는 여자가 찻잔을 두 개 들고서 들어와 탁자에 올려놓고는 곧바로 나간다. 드디어 드러나는 국제범죄수사국 한국지부장의 모습. 한국지부장 선영과 정보부장 영태가 찻잔을 사이에 두고 민호의 SNS 동영상을 보며 대화를 나누고 있다.

"지부장님! 아무래도 이건 뭔가 수상한데요? 분명히 조작 흔적은 없었습니다."

"어떻게 사람이 저렇게 빠를 수가 있죠? 정보부장님도 군 출신이니까 저런 움직임에 대해 뭔가 알고 있지 않나요?"

"저도 군 특수부대에서 대테러 요원들의 훈련 모습을 봐 왔지만, 저런 움직임은 처음 봅니다."

"그래요? 그럼 군인도 아니라는 건데….."

"지부장님, 제가 따로 UN과 미국에 자료 요청을 해 놨습니다. 어쩌면 미 정보부에서 보낸 팩스 내용이 사실일지 모르니까요."

"팩스라면… 65년 전, 비밀 국방프로젝트 말인가요?"

"네. 맞습니다. 좀 더 알아보고 보고드리겠습니다."

영태는 사무실을 나가고, 선영은 화면 속의 민호 얼굴을 확대해서 자세하게 보고 있다.

"이렇게 잘생긴 사람이 싸움도 잘하고. 매력 있는데…."

며칠 후, 아수라장이 된 동대문 시장.

상점들은 폐허가 되어 있고, 물건들은 땅바닥에 내동댕이쳐져 있다. 상인들이 공포에 질린 모습으로 웅성거리는 모습이다. 상인들은 주저앉아 울고 있고, 조폭으로 보이는 사내들이 무참히 가게들을 부수고 있다.

"자릿세가 왜 이렇게 밀린 거야? 돈 내놔. 돈!"

"아니, 일주일 전에 받아 가고 또 오면 우리는 뭘 먹고 살아?"

"아이 씨발! 그건 너희들 사정이고. 야! 다 부셔 버려! 모조리!"

"차라리 날 죽여. 이놈들아. 물건은 건들지 마!"

"그래! 그게 원이라면 죽여주지!"

조폭이 상인을 향해 쇠파이프를 내리치는 순간, 퍽 하는 소리가 들린다. 힘없이 쓰러지는 조폭의 뒤에 서 있는 민호! 쓰러진 조폭의 머리에서 피가 흐르고, 주변은 일순간 정적이 흐른다. 상인들은 민호를 보며 웅성

대는 모습이다.

"아… 아니, 저 사람은 누구지?"

"가만…. 얼마 전에 TV에 나왔던 사람 아니야?"

"맞아! 그 뭔가… 의인인가 영웅인가 하는 사람이야!"

그때, 어디선가 갑자기 몰려오는 조폭들. 50명이 넘어 보인다. 순간, 민호도 당황하는 눈치다.

"이런…. 내 힘만으로는 힘들겠는데…."

상인들은 몰려드는 조폭들의 모습에 혼비백산해서 상점 안으로 숨어든다. 칼과 몽둥이와 쇠사슬을 들고선 민호에게 달려드는데, 중과부적인지 그가 밀리기 시작한다. 쇠사슬에 온몸이 감기며 쇠파이프에 무차별 가격을 당하는데, 민호의 머리에선 굵은 피가 흐르는 모습이다. 상인들은 민호의 모습을 안타깝게 바라보다가 상인 한 명이 몽둥이를 들고서 조폭에게 달려든다.

"이 자식들아! 이 사람은 아무 죄도 없어."

그러나 조폭이 휘두른 쇠파이프에 머리를 맞고 쓰러지는 상인!

민호는 순간, 놀라며 소리친다.

"아… 안 돼! 이 새끼들아. 그분은 힘없는 노인이란 말이야!"

조폭은 아랑곳하지 않고 상인의 얼굴을 구둣발로 밟는다.

"이 노인네가 겁도 없이 어딜 달려들어?"

그때, 갑자기 주변 상인들이 손에 잡히는 대로 무기를 들고선 조폭들을 향해 달려든다.

"와아! 우리가 저 사람을 구하자!"

처음에는 당황한 조폭들이 밀리는 형세이더니, 상인 한 명이 조폭이 휘두른 칼에 찔리며 쓰러지자 상인들이 다시 겁을 먹고서 물러선다.

"봤지? 너희들도 이렇게 되고 싶지 않으면 가만히 있어라! 괜히 영웅 행세하지 말고."

민호가 그 틈을 타서 쇠사슬을 풀고는 주머니에서 알약 한 개를 겨우 꺼낸다.

"너희들, 내가 용서하지 않는다!"

상인들을 위해서 아껴 온 알약을 먹고 고통스러워하더니 초능력을 사용하는데, 조폭들을 순식간에 쓰러뜨리기 시작한다. 당황한 조폭 두목은 조직원들 뒤로 물러나 숨는다.

"뭐… 뭐야! 저 자식이 어떻게 다시 일어선 거야? 좀 전까지 다 죽어 가던 놈이…."

민호가 주먹을 휘두를 때마다 조폭들은 추풍낙엽처럼 바닥에 나뒹구는 모습이다. 아무리 강한 무기로 민호를 가격해도 다시 일어나서 조폭들을 향해 주먹과 발을 날리는 민호의 모습! 그 모습은 상인들과 시민들에 의해 모두 촬영되고 있었다.

"우와! 진짜 뉴스에 나왔던 사람이야."

"맞아! 저 사람은 인간이 아니야. 우리처럼 힘없는 사람들을 도우라고 하늘에서 내린 '천사'가 맞아."

조폭들이 모두 쓰러지자, 상인들이 벌떼처럼 나오며 민호를 반기는 모습이다. 민호를 얼싸안으며 좋아하는 상인들!

"고맙습니다. 정말 고맙습니다!"

"지금까지 힘없는 우리를 위해 이렇게 목숨 걸고 싸워 준 이는 없었습니다.”

“이런! 우리 때문에 머리에서 피가 나잖아? 어떻게 해!”

민호는 얼굴에 흐르는 피를 손으로 닦으며 멋쩍어한다. 잠시 후, 경찰차 사이렌이 울리는데, 상인들의 불만이 터져 나온다.

“저런…. 내가 전화한 지가 언제인데 지금 오고 지랄이야?”

“저것들은 항상 깡패들의 행패가 끝나면 도착한다니까!”

“맞아! 저번에도 늦게 와서는 깡패는 한 놈도 안 잡아갔잖아?”

“높은 분들이 뭘 받아 처먹었는지, 원….”

상인들의 말에 민호는 사이렌 소리가 들리는 쪽을 바라본다.

‘역시 내 예상처럼 여기도 부정한 관리가 개입해 있었어!’

경찰들이 거의 도착하자, 민호는 상인들을 뒤로하고 홀연히 사라진다.

그날 밤, 옥탑방 집으로 향하는 민호의 몰골이 말이 아니다. 낮에 있었던 조폭들과의 싸움에서 당한 부상으로 온몸이 성한 데가 없어 보인다.

혹시 알아보는 사람들이 있을까 골목으로 길을 잡고 집으로 가는데, 골목에서 여중생들의 비명 소리가 들린다. 가까운 거리가 아닌 듯, 민호의 귀에선 좀 멀리 들리는 소리다. 민호는 잠시 골목에 주저앉아서 숨을 고르는 모습이다. 일진 패거리들에게 괴롭힘을 당하고 있는 여중생들. 으슥한 골목에서 겁에 질린 채, 고등학생 일진 놈들에게 성추행을 당하고 있다.

"야! 인마. 그만 만지고 빨리 하자."

여중생을 벽에 밀치고는 강제로 키스하고 있는 모습도 보인다. 한 놈이 벽에 붙은 놈을 떼어 내는데, 벽에는 성기에서 피가 흐르는 어린 여중생의 모습이 보인다.

"이제 내 차례다."

"그… 그만해요! 저… 지금 너무 힘들어요. 제발…."

일진 놈은 아랑곳 않고 신음소리까지 내며 어린 여중생의 몸을 탐닉한다.

"아… 제발… 그만…."

"야. 이쁜데? 속도 매끈하고…."

"아… 안 돼요. 하지 마요!"

"가만히 있으면 곱게 보내… 헉!"

일진 한 명이 외마디 비명을 지르며 쓰러지는데, 어디선가 나타난 민호가 일진의 얼굴을 밟고 서 있다. 괴롭힘을 당하던 여학생들이 급히 민호의 뒤로 몸을 숨긴다. 일진 놈들은 민호를 가소로운 듯이 바라본다.

"어이, 아저씨! 그냥 갈 길 가요. 우린 재미 좀 보려니까."

"아니면 우리가 재미 다 보고 난 후에 아저씨도 재미 좀 보든가."

"어때요? 저런 어린 애들은 어디서도 쉽게 못 건드리는데…. 아저씨는 운도 참 좋아! 얼른 애들 보내고 조금만 기다려요. 네?"

여중생들의 공포에 질린 흐느낌이 민호의 귓전을 때린다. 뒤돌아서 여중생들을 안심하도록 다독여 주는 민호!

"걱정하지 마! 이제 저놈들은 너희들 털끝 하나도 못 건드릴 테니까! 이제 집에 가도 돼! 얼른 큰길로 나가서 사람들한테 도움을 구해. 알았지?"

여중생들은 울먹이며 민호를 뒤로하고 큰길 쪽으로 나간다. 그 모습에 일진 놈들은 당황하며 여중생들을 잡으려 달려든다.

"아… 이 새끼가 미친 거 아니야? 왜 우리 식사거리를 지 맘대로 보내고 지랄이야."

"이거 완전 또라이 아니야? 좋은 말로는 안 되겠다. 얘들아! 우리가 누군지, 얼마나 위대한 놈들인지 보여 주자!"

일진 놈들이 일제히 민호에게 달려드는데, 민호는 잠시 멍해진다. 너무나 어리고 힘없는 여중생들의 모습이 순간, 경민의 모습과 겹쳐지면서 극도로 분노하는 민호!

"이 쓰레기들아! 죽어! 너희 같은 추악한 놈들은 인간도 아니야. 바퀴벌레보다 더 못한 놈들!"

일진 패거리들을 조금은 잔인한 방법으로 제압하기 시작하는데, 그야말로 인정사정 보지 않고 일진들의 관절을 부러뜨리고 있다.

"아악. 살려 줘!"

"잘못했어요. 제발. 아아!"

"아… 아파!"

10여 명의 패거리들은 팔과 다리가 부러지며 비명을 지르고 있다. 그들

중에는 고통에 못 이겨 실신을 하는 놈들도 보이는데, 민호는 아직도 분이 풀리지 않은 모습이다. 일진 놈들의 비명 소리에 몰려든 시민들로 골목은 가득 차 있다. 민호는 잠시 망설이더니, 일진 놈들의 성기를 집중적으로 밟기 시작한다.

"아… 아파! 하… 하지 마!"

"아악! 거긴 안 돼! 이 씨발 새끼야! 아….."

일진 놈들은 모두 성기가 파열되며 실신한 모습으로 거리에서 널브러져 있었다. 그때, 신고를 받은 경찰들이 도착하는데, 주위에 있던 시민들도 민호의 행동에 놀란 모습이다. 평소 언론에서 보던 모습이 아니다. 자비로운 모습은 보이지 않았다. 경찰은 벽에 기대고 서 있는 민호에게 조심스럽게 다가가서는 손에 수갑을 채운다. 이번에는 주변 시민들도 민호를 은근슬쩍 피하는 모습이다.

다음 날 새벽, 수갑을 찬 모습의 민호가 형사 앞에 앉아 있다.

"이거… 국민적 영웅을 취조하다니. 미안합니다. 우리도 이러고 싶지 않은데요. 일진 패거리들 중에 우연치 않게 장관의 아들 등 고위직 관료 및 대기업 손자들도 끼어 있었어요."

말없이 형사의 말을 듣고 비웃듯 웃고 있는 민호. 갑자기 취조실 문이 쾅- 하고 열리더니 경찰청장이 들어온다.

"어! 한민호! 네놈이구나. 그동안 경찰 얼굴에 먹칠을 한 놈이…. 그래, 너 오늘 내 손에 한번 죽어 봐! 내가 그동안 너 때문에 당한 수모가 얼만 줄 알아?"

청장은 수갑을 차고 있는 민호를 바닥에 쓰러뜨리며 쇠파이프로 정신 없이 때린다.

"이 새끼야! 죽어! 죽으라고."

주변 형사들이 청장을 말려 보지만 소용이 없다.

"처… 청장님! 이러시면 안 됩니다! 진정하세요."

"놔! 이거 안 놔! 이 자식들이 감히 누굴 말리는 거야?"

그때, 갑자기 취조실 문이 열린다. 그리고 국제범죄수사국 한국지부장, 선영과 정보부장 영태가 들어온다. 형사들이 선영을 가로막는데….

"누군데 함부로 들어와요? 여긴 아무나 들어오는 데가 아니야."

영태가 형사들에게 신분증을 제시한다.

"국제범죄수사국 한국지부장님이십니다. 어서 물러나세요!"

형사들이 영태의 신분증을 보고는 움찔하는 모습이다. 선영은 피를 흘리며 바닥에 널브러져 있는 민호를 보고는 청장을 심하게 다그치기 시작한다.

"이게 무슨 짓입니까? 선량한 시민을 구한 영웅을 구속하다니, 당신 책임질 수 있어요?"

그제야 경찰청장은 움찔하며 뒤로 물러선다.

"아니. 아가씨가 여긴 어쩐 일로…."

뒤따라 들어온 영태가 바닥에 쓰러져 있는 민호를 일으킨다.

"한민호 씨는 이제 우리가 조사할 겁니다!"

영태의 말에 당황하는 청장!

"무슨 일로 국제범죄수사국에서…. 이 사람은 그냥 지나가던 무고한 고등학생을 무차별 폭행한 혐의로 현장에서 체포되어 온 현행범입니다. 아무리 국제범죄수사국이라도 이건 월권 아닌가요?"

"무고한 고등학생이요? 듣기로는 그놈들이 어린 여중생들을 집단으로 성폭행하고 있었던 것을 여기 이 사람이 구했다고 들었는데요. 아닌가요?"

"그… 그건…. 아무리 그래도 전도가 유망한 어린 고등학생 10명을 평생 성불구로 살도록 만든 놈입니다. 이건 살인 미수나 다름없다고요!"

"제가 들은 바로는 그 어린 고등학생들이 대부분 사회 고위층의 자녀들이라고 하던데, 청장님은 그것 때문에 신경 쓰시는 거 아닙니까?"

"아… 아니, 무슨 말을…."

"그리고 그놈들, 13살짜리 어린 여자아이들을 집단 성폭행한 적도 있었다는데 그것도 청장님이 풀어 줬다는 말이 있더군요. 어디 한번 털어 볼까요?"

"아… 아니, 그걸 어떻게…."

"청장님! 저놈들은 비록 어리지만, 악마들입니다! 저놈들한테 성폭행당한 13살 여중생은 충격으로 자살까지 했답니다. 과연 저들이 인간일까요? 평생 자신의 추악한 성욕을 채우려고 또 다른 범죄를 저지를 게 뻔한데, 저 사람이 거세했다니까 앞으로의 성범죄를 막은 거나 다름없지 않습니까?"

"그건 좀 지나친 비약인 거 같은데요? 아무리 그래도 법이 있는데….”

"만약 처음부터 법대로 저놈들을 처리했다면 오늘처럼 또 다른 피해자들이 생기진 않았겠죠. 이 사실이 언론에 밝혀지면 청장님이 과연 그때에도 대한민국 경찰청장의 높은 자리에 앉아 있을까 심히 걱정됩니다.”

"저… 그것만은 제발….”

선영이 영태를 만류하며 청장에게 영장을 건네준다.

"그만들 하세요! 여기 인계영장도 가져왔습니다.”

청장은 선영이 건네준 영장을 읽어 보지도 않고 주머니에 넣는다.

"알았습니다. 아가씨까지 왔으니…. 아 참, 검찰총장 어르신은 잘 지내시죠? 안부 좀….”

"알았습니다. 아버지께 말씀드리죠.”

그 말에 움찔 놀라는 민호!

'저 여자가 검찰총장의 딸? TV에서 나왔던 그 사람….’

"차기 유력 대선 후보 박영근 검찰총장은 현재 각종 비리와
국제범죄단체와의 연관성으로 수많은 의혹을 받고 있는 가운
데에서도 당선 가능성이 가장 높은 후보로 여론 조사 결과가
나왔습니다. 한편…"

영태가 민호의 팔에 있는 수갑을 풀려 하자, 선영이 영태의 손을 제지
하며 민호의 팔을 잡는다.

"제가 하죠! 실제로 보니 그렇게 무섭게 생기진 않았네요. 이런…. 얼굴
이 많이 상했네요. 잘생긴 얼굴이…. 청장님! 이거 폭행 아닙니까?"

청장은 뒤로 물러서며 멋쩍은 표정을 짓는데, 영태가 민호에게 선영을
소개한다.

"이분은 국제범죄수사국 지부장이십니다. 국제범죄수사국은 아시죠?
주요 국가에만 지부를 두는 독립된 국제사법기관이죠. 형식적으로는 UN
의 산하 기구지만 UN도, 어느 국가도 우리 기관을 통제할 수 없습니다!
치외법권을 가졌으니까요."

선영은 민호에게 다가가며 악수를 청하려는 듯 손을 내민다.

"우리 앞으로 친하게 지내요. 자! 악수나 한번 하죠?"

민호는 선영의 손을 뿌리치며 옆에 있던 영태에게 손을 내민다. 당황한 영태는 머뭇거리며 악수를 하는데, 선영의 표정은 상기된다.

"이제 한민호 씨는 자유입니다! 여기서 나가서도 됩니다. 나는 국제범죄수사국 정보부장 윤영태라고 합니다. 나이도 비슷한 거 같은데요. 우리, 앞으로 친구처럼 지내죠!"

대답 대신에 미소를 지어 보이는 민호!

선영은 두 사람의 뒤에서 여전히 상기된 얼굴로 서 있다. 잠시 후, 민호가 경찰청 정문을 열고 나오는데, 시민들의 거센 함성 소리가 들린다.

"나왔다!"

"저기야. 저기 우리 영웅이 나온다."

"진창 속에서 우리를 구해 준 영웅이야!"

시민들은 분노와 환호로 경찰청을 뒤덮고 있었다. 온갖 악행을 저지른 일진 패거리들이 고위층 자녀들이었다는 것이 이미 SNS상에 신상털기로 알려지며, 그들의 부모가 경찰에 압력을 행사한 사실도 퍼져 나갔다. 영태가 급히 민호를 끌어당기는데….

"안 되겠어요. 뒷문으로 나갑시다."

정문이 시민들로 아수라장이 되자, 선영은 청장에게 호통을 친다.

"경찰들은 뭐 합니까. 저것들 통제 못 합니까? 어서 빨리…."

민호가 선영의 손을 잡으며 제지하는데….

"그냥 두시죠! 저들이 뭔 죄가 있겠습니까? 다 내 죄죠."

민호와 영태는 다시 경찰청으로 들어가고, 민호의 빈정대는 말에 선영의 얼굴은 다시 벌겋게 상기된다. 한편, 청장실에서는 뭔가 깨지는 소리가 심하게 들린다.

와장창!

청장이 좀 전에 취조실에서 있었던 일로 분을 이기지 못하고 또다시 화분을 바닥에 집어 던진 것이다. 놀란 비서가 뛰어 들어오는데….

"무… 무슨 일이십니까?"

"아냐! 됐으니까 나가 봐! 도대체 국제범죄수사국에서 왜 저놈에게 관심을 가지는 거지? 거긴 UN 소속인데. 이상하네. 아무튼 어린 것이 지 아버지 뒷배만 믿고…. 아휴, 열 받아!"

밖에서는 여전히 시민들의 함성 소리가 들린다.

"의인을 석방하라."

"나를 대신 잡아가라."

"썩어 빠진 경찰보다 우리는 영웅을 믿는다."

"차라리 그를 경찰로!"

"우리는 그 같은 경찰을 원한다."

경찰청장은 신경질적으로 창문을 닫으며 자리에 앉는다.

"어휴, 내가 저놈 때문에 제 명에 못 살겠네!"

조양일보, 정치부장실.

TV 화면을 통해 시민들의 함성으로 가득한 경찰청의 모습이 보인다.

"저놈, 분명 뭔가 있어. 저놈의 비밀만 안다면… 박 총장을 밀어내고 순식간에 대선주자도 될 수 있겠어."

최 부장은 담배를 입에 물더니, 어디론가 전화를 한다.

"나야! 모든 언론사에 알려. 앞으로 '한민호'에 대한 모든 보도는 사전에 조양일보에 보고하라고 해. 야! 인마. 누구긴 누구야? 조양일보가 나야! 나! 알았어? 병신 같은 새끼!"

경찰청 밖에서는 모여드는 시민들의 구호 소리가 더욱 커진다.

"우리는 진정한 경찰을 원한다."

"부패 경찰 물러나고 영웅을 보내라!"

청장은 시민들이 점점 더 모여들자 불안한 기색이 역력하다.

"아! 뭐야. 소리가 더 커지네. 이런 버러지 같은 놈들!"

"청장님. 큰일 났습니다. 지금 서울광장에도 시민들이 모여들고 있답니다."

"뭐… 뭐야? 아니 이런 젠장…. 이거 일이 커지는 느낌인데. 이를 어쩌나?"

"어떻게 할까요? 저들의 요구를 들어줘야 하지 않을까요?"

그때, 청장에게 전화가 오는데, 발신번호를 보고 사색이 되는 청장의 얼굴!

"처… 청와대."

전화기 건너편에서 들리는 소리….

"비서실장입니다. 윗분의 지시입니다. 지금 말하는 대로 따르세요!"

"네. 네…. 아… 알겠습니다. 그렇게 하죠. 휴, 이거 박 총장이 가만히 보고만 있지는 않을 텐데. 잘못하다가는 양쪽에서 얻어맞게 생겼구만."

잠시 후, 경찰청 기자회견장에서 청장이 청와대 지시사항을 발표한다.

"우리는 국민들의 외침을 거역할 수가 없는 국민의 녹을 먹고 있는 공직에 있는 사람들입니다. 더 이상 국민들의 요구를 거역할 수가 없기에 저희는 국민들이 원하는 대로, 의인 한민호를 서울지방경찰청 미제사건전담반 팀장으로 특채할 것을 국민 여러분께 약속드립니다. 앞으로 그는…."

대형 TV를 보는 시민들은 환호한다.

다음 날 아침, 청장실에서 민호와 청장이 마주 보고 앉아 있다.

"이봐요! 당신도 TV로 봤지? 내가 엿 되는 거…. 암튼 뭐, 어떻게 하나? 청와대의 지시사항이니 할 수 없지. 아! 그리고 어제 일은 내가 좀 심했다 싶네. 자네도 알겠지만, 내가 워낙 자네 때문에 고통을 받았어야지. 그 울분이 한순간에 그냥 확…."

민호는 말없이 입가를 올려 미소만 짓고 있다.

"나도 죽기보다 싫지만 대한민국 맨 윗분의 지시니 할 수 없지. 이거 받고 나가! 꼴도 보기 싫으니까."

그런데 민호는 팀장 신분증을 받지 않는다.

"조건이 있습니다."

"조건?"

"팀원들은 내가 직접 뽑겠습니다. 그렇지 않으면 이 제안은 거절하겠습니다."

"아… 아니, 인사권을 달란 말인가? 그게 무슨 말도 안 되는…."

"인사권뿐 아니라, 언제든 경찰특공대를 움직일 수 있는 권한도요."

"아니, 뭐 이런 놈이 다 있어? 네가 뭐 대단한 놈인 줄 아나 본데…."

"싫으면 관두시든가요. 그럼 전 이만, 갑니다! 밖에 있는 기자들한테 청장님이 제게 주신 영광의 상처나 보여드려야겠네요."

"아… 알았네! 대신 모든 보고는 직접 나한테 하는 거야."

그제야 민호는 말없이 신분증을 챙기며 나가는데, 청장은 또 화분을 집어 던진다.

"아휴. 열 받아. 그래. 어디 두고 보자!"

다음 날, 서울의 모처에 있는 카페에서 민호와 영태가 만나고 있다. 두 사람은 마치 오래된 친구처럼 자연스럽게 보인다. 영태는 민호에게 특히나 호감을 보이려 노력하는 모습이다.

"민호야! 나는 너를 정말 종잡을 수가 없구나. 동에 번쩍, 서에 번쩍…. 아니, 도대체 너한테 어떤 능력이 있는지 감이 안 잡힌다. 하하!"

"나도 너와 같은 평범한 인간일 뿐이야."

"어떻게 평범한 인간이 하늘을 나는 것처럼 그렇게 신출귀몰하게 범인들을 제압할 수가 있는 거냐? 너한테는 분명 내가 모르는 특별한 능력이 있는 게 분명하다니까!"

"아니야! 난 그런 거 없다니까. 정말이야!"

"그리고 범죄 현장은 어떻게 그렇게 미리 알고서 나타나는지…. 통 영문을 모르겠단 말이야. 경찰들이 수백 명을 투입하고도 찾지 못한 장소들이나 범죄자들을 너는 금방 찾아내잖아? 그것도 항상 결정적인 순간에 말이야. 지금 생각해도 정말 멋있다니까. 도대체 어떻게 알아낸 거야?"

"그런 거 없다니까…."

"에이, 나한테만 얘기해 주면 안 돼? 절대 비밀 엄수!"

민호는 난처한 기색이 역력하다.

"그래! 나한테는 저주받은 능력이 있기는 하지. 그런데… 그게 날 얼마나 힘들고 고통스럽게 하는지 넌 모를 거야! 그건… 인간이 견디기 힘든 극한의 고통이야!"

영태는 민호의 진지한 말투에 잠시 머뭇거리며 머쓱해진다.

"아… 아니, 난 그냥 장난으로 물어본 건데. 정말 뭔가 있긴 있는 거구나?"

"이 정도만 말해 줄게! 더 이상은 친구라도 곤란해!"

"아… 알았어. 그만할게!"

잠시 분위기가 냉랭해지는데, 영태가 다시 분위기를 밝게 풀려고 노력하는 모습이다.

"아, 청장 얘기는 들었다! 하하. 역시, 너라면 청장을 다룰 수 있을 줄 알았어. 잘했어! 그 청장 놈…. 이미 썩을 대로 썩었다고 들었어. 내가 힘이 되어 줄 테니까 열심히 해 봐! 우린 이제 친구같아?"

영태의 말에 민호는 오랜만에 얼굴이 밝아 보이는데, 정말 행복한 미소를 짓는다. 그런데 갑자기 선영이 카페에 등장하고, 민호한테 다가온다. 영태는 불편한 기색으로 자리에서 일어나며 인사를 한다.

"지부장님이 여긴 어떻게 알고…."

"내가 뭐… 못 올 데라도 왔나요?"

"아… 아닙니다. 자리에 앉으세요."

"좀 전에 보니까 윤 부장님께는 고맙다고 하던데…. 나한테는 고맙지 않나요? 나도 고생 많았는데. 처음으로 아버지께 사적인 부탁도 하고 말이야."

"지부장님이 그런 고생을 하신지는 정보부장인 저도 몰랐습니다."

"당연하죠. 제가 어디 사적인 부탁이나 하고 다니는 사람입니까? 비밀로 해야죠."

"그런데 아버님께서 지부장님의 부탁을 순순히 들어주셨습니까?"

"왜요? 안 들어주셨을 거 같습니까?"

"아니요. 그게 아니라… 워낙 대쪽 같은 분으로 유명하셔서요."

"하나밖에 없는 자식의 부탁인데 어떻게 하겠습니까. 아버지도 별수 없으셨던 거죠."

"아무튼 민호를 위해서 지부장님이 그렇게 애를 쓰셨는지는 정말 몰랐습니다. 친구인 제가 다 고맙네요."

"부장님이 고마워할 일은 아니죠. 어차피 두 분도 친구가 된 지는 며칠 안 됐지 않습니까. 그리고 보면 저도 민호 씨의 친구가 될 자격이 충분한 거 같은데요. 아닌가요?"

"아… 그럼요! 당연히 그렇죠. 지부장님 같은 분이 민호의 친구가 되어 주신다면 민호의 앞길은 앞으로 탄탄대로가 열리는 걸 겁니다."

"글쎄요. 과연 민호 씨도 그렇게 생각하고 있을지는 모르겠네요."

민호는 선영과 영태의 대화를 듣고만 있는데, 영태는 어떻게 해서든 선영과 민호의 관계를 친밀하게 만들려고 노력하는 모습이다.

"민호야! 너도 지부장님께 고맙다고 말씀드려야지. 이게 어디 내 힘으로 될 일이냐? 이제 보니 지부장님이 총장님께 말씀드려서 네가 경찰청에서도 쉽게 나올 수가 있었던 거였네."

"뭐, 그렇게까지 비약할 필요는 없구요. 저는 그냥 부장님과 마찬가지로 민호 씨와 친하게 지내고 싶을 뿐입니다."

"아휴, 그건 당연한 일이지요. 민호도 분명히 그렇게 생각하고… 어? 민호야!"

민호는 말없이 자리를 일어나서 카페를 나가고, 영태가 급히 따라 나간다.

"민호야! 한민호."

선영은 민호가 마시던 커피 잔을 들고선 마시기 시작한다.

"그래. 네가 언제까지 나한테 뻣뻣한지 두고 보자!"

영태가 카페 앞으로 뛰어나와 민호를 잡는다.

"야. 너 지부장님께 왜 그래! 왜 그렇게 예민하게 굴어?"

"난 그냥… 저 여자가 싫어!"

"그래도 널 위해서 지부장님이 어려운 일도 하셨는데…. 그렇게까지 까칠하게 나올 필요는 없잖아?"

"뭐, 그 여자 아버지?"

"그래! 지부장님은 원래 아버지와의 사이가 별로 안 좋아. 그런데도 널 위해서 사적인 부탁을 하셨다는 건…."

"누가 그러라고 했어? 난 그런 거 필요 없었다고."

"민호야! 알고 보면 지부장님도 마음이 여린 분이야! 네가 좀 더 잘해 줘."

"싫어! 버릇없잖아. 항상 자기중심적이고…. 나한테는 권력 위에서 군림하는 부정한 관료로밖에 안 보인다."

"야! 뭘 또 그렇게 말하냐? 지부장님은 절대 그런 분이 아니라니까."

"암튼 난, 저 여자가 마음에 안 들어! 너도 저 여자 조심해! 뭔지 모르게 기분이 나빠!"

"지부장님은 그런 분이 아니라니까?"

"네가 날 친구라니까 걱정해서 해 주는 말이야. 그럼 난 이만 간다. 잘 들어가라!"

민호는 영태에게 손을 흔들며 도심 거리로 나간다.

"그래. 잘 가라! 민호야! 내일 연락할게. 우리 사무실도 한번 놀러와!"

영태는 민호의 뒷모습을 한참이나 뚫어지게 바라보고 있다.

"저 자식은 뭐지. 저렇게 까칠한데도 그냥 마음이 끌리는데…. 사람의 마음을 끌어들이는 뭔가가 있단 말이야. 암튼 오랜만에 좋은 친구를 둔 거 같아서 좋다."

그날 밤, 옥탑방에서 이불 위에 누워 있는 민호…. 오랜만에 입가에 미소가 번진다.

"윤영태! 친구라…. 친구!"

3

서울지방경찰청, 정문 앞.

기자들과 시민들이 가득한 모습이다. 민호의 경찰청 첫 출근의 모습을 취재하려는 기자들과 잘생긴 영웅의 모습을 보려고 몰려든 시민들의 모습으로 보인다.

"김 기자! 오늘이 한민호 씨 첫 출근 맞는 거지?"

"네. 그렇다니까요. 몇 번이나 물어보세요?"

"아니, 난 그냥… 새벽부터 이 장면 하나 찍으려고 여기 죽치고 앉아 있었는데, 다른 데로 새면 김빠질까 봐 그러지."

"걱정 마세요! 확실한 내부 정보를 통해서 알아본 결과니까요."

"알았어. 지금 8시니까… 조금 있으면 나타나겠구만."

"그런데 선배님! 그 사람… 좀 이상하지 않아요?"

"뭐가?"

"아니, 어떻게 사람이 그 높은 건물을 자유자재로 뛰어넘으며 경찰들도 감당 못 하는 흉악범들을 그렇게 쉽게 제압하는지…."

"그러니까 국민적인 영웅 아닌가? 평범하다면야 시민들이 저렇게 열광할 일이 있겠어?"

"하긴, 벌써 한민호 씨 팬 카페까지 생겼다지요? 그 뭐라더라…. 아! '진창 속에 핀 안개꽃'이라나…."

"그게 뭐야?"

"말 그대로 하얀 안개꽃처럼 순수해 보이는 저 사람이 세상의 불의와 부정부패, 그리고 흉악범죄로 가득한 진창 속에서 신음하는 사람들의 모습을 보고 분노하며 그들을 응징한다는 의미죠! 인간의 본성에서 나오는 순수한 분노! 멋있지 않나요?"

"저거 봐요! 시민들이 아주 벌떼처럼 모여드네요. 이거 잘하면 특종 잡겠는데요?"

"그런데 교복 입은 여학생들이 왜 저렇게 많이 보이는 거야? 쟤들 학교에 안 가나?"

"학교가 문제겠습니까? 쟤들한테는 지금 한민호 씨가 미래의 남편 1순위인데요. 아, 얼마 전에 일진 놈들한테 성폭행당한 여중생들을 한민호 씨가 구해 줬잖아요. 그뿐인가요? 인천에서 성노예로 외국으로 팔려갈 뻔한 10대 초반의 순결한 어린 여자아이들도 민호 씨가 구했고요. 저 애들한테 말 그대로 영웅이자 최고의 이상형인 거죠. 하하!"

"그래? 그래도 학교는 가야지."

"학교가 문젭니까? 저기 애들이 써 온 플래카드 좀 보세요."

"이거 정말 난리네. 한 사람이 대한민국을 들썩이게 하는구만."

"아! 선배님. 이제 들어오나 봅니다."

"어? 어디… 어디?"

민호가 걸어서 경찰청 정문에 나타난다. 기자들과 시민들은 민호 쪽으로 우르르 몰려드는데…. 의경들이 나서서 통제를 해 보지만, 워낙 많은 사람들이 한꺼번에 몰리는 바람에 경찰청 밖은 아수라장이 된다. 민호는 아무런 말 없이 정문을 통과해서 현관 쪽으로 향한다. 워낙 혼잡한 상황이라 겨우 사람들 사이를 비집으며 현관으로 향한다. 그때, 기자가 민호에게 큰 소리로 질문을 한다.

"어? 한민호 씨다. 맞죠? 단숨에 경찰청 팀장으로 특채된 소감 좀 한마디 해 주시죠."

"오늘부터 본격적으로 미제사건들을 해결해 나가실 겁니까?"

"팀원들은 본인이 직접 선발한다고 하던데, 선발 기준은 어떻게 됩니까?"

"향후 활동 계획을 말씀해 주십시오."

쏟아지는 질문을 뒤로하고 현관문으로 들어가는데, 여학생들의 아우성이 거세다.

"오빠! 저랑 결혼해 주세요."

"사랑해요! 오빠."

"멋있어요. 오빠 짱!"

여학생들의 외침에 얼굴이 벌겋게 상기된 민호는 당황하며 급히 뛰어서 경찰청 안으로 들어간다. 시민들과 기자들이 민호를 뒤쫓느라 난장판이다. 한편, 청장실 안에서는 청장이 안절부절못하는 모습이다.

"아니, 저것들은 왜 저렇게 난리야? 마치 광신도들 같구만."

청장 앞에는 비서와 각 팀의 팀장들이 회의 중이다.

"청장님! 이거 회의가 안 되겠는데요. 밖의 상황을 정리해야…."

"야! 이 새끼야. 정리는 무슨 정리야? 아휴, 성질 같아선 그냥 저것들 모조리 싹 잡아들이고 싶은데…."

"그래도 시민들인데 어떤 명목으로 잡아들일지…."

"이거 완전 또라이 아니야? 누가 진짜 잡아들이래? 내 마음이 그렇다고 이 새끼야!"

"아… 네. 죄송합니다."

"아휴, 이런 것들을 부하로 두고 있으니 흉악범 하나 제대로 못 잡지. 그러니까 저런 놈이 판치는 거 아니야?"

"앞으로 열심히 하겠습니다."

청장은 어이없다는 듯이 팀장들을 바라보더니 탁자에 있는 화분을 집어 든다. 놀란 팀장들은 자리에서 벌떡 일어나서 문 쪽으로 피하는데….

"야! 너네 나… 염장 지르냐? 뭐? 열심히 하겠습니다? 뭘 열심히 해? 벌써 저놈은 팀장이 돼서 날뛰게 생겼는데. 아휴, 이것들을 그냥 확…."

청장이 화분을 팀장들이 서 있는 곳으로 집어 던지는데….

와장창!

팀장들은 밖으로 급히 도망가는 모습이다.

"아휴, 저런 것들을 데리고 뭘 하겠어. 한심한 것들!"

그 시간, 경찰청 미제사건전담반 사무실에 민호가 들어온다. 갑자기 여기저기서 우레와 같은 박수 소리가 들린다. 김민호 형사가 다가와서 민호를 맞아 준다.

"반갑습니다. 팀장님. 이거 국민적 영웅을 팀장님으로 모시게 돼서 영광입니다."

팀원들도 동시에 민호에게 고개를 숙여 인사를 한다.

"저희도 영광입니다."

민호가 멋쩍은 듯이 팀원들을 바라보며 가운데 자리에 선다. 그러자 50대로 보이는 김 형사가 다가오더니 민호에게 팀원들을 하나씩 소개한다.

"우선 팀원들 소개를 하죠. 여기는 경찰청 꼴통 조진석 형사입니다. 항상 머리보단 행동이 앞서는 놈이라 사고도 많이 쳤죠. 하지만 무술 실력은 경찰청 내에서 최고입니다. 태권도, 유도, 합기도, 절권도⋯. 그리고 뭐냐. 암튼 싸움 하난 기가 막히게 하는 놈입니다. 이놈의 가장 큰 장점은 무엇보다 불의를 보면 욱하며 참지 못하는 성격이라 별명이 '꼴통'입니다. 그것 때문에 징계도 여러 번 맞았구요. 그리고 여기는 김현정 경위로 보시다시피 20대 초반에 얼굴도 미스코리아 뺨치지만 워낙 내성적이라 사람들과 어울리지 못합니다. 경찰청 내에서도 김 경위의 존재를 아는 사람이 몇 없을 정도니까요. 거기다 마음은 얼마나 여린지⋯. 코딱지만 한 자기 월급 쪼개서 고아원과 양로원에 매달 후원하고 있는 대책 없는 사람입니다. 그러나 김 경위의 가장 큰 장점은 컴퓨터 하나만은 경찰청 내에서 최고로 잘 다룬다는 거죠. 아마 미국 펜타곤의 컴퓨터도 하루면 해킹이 가능할 겁니다. 그러나 워낙 숫기가 없어서 얼굴은 예쁜데 아직까지 연애 한번 못 해 본 숙맥입니다. 하하! 그리고 여기는⋯."

그때, 조 형사가 끼어드는데⋯.

"아니, 선배님 소개는 언제 하시려구요. 여기는 경찰청 내에서 가장 유명한 외골수 김 형사라고, 부정한 지시는 절대로 따르지 않고 상사를 들이받기 일쑤여서 정직, 감봉, 견책 등 징계란 징계는 모두 받아 본 살아 있는 전설이죠! 워낙 고지식해서 경찰청 내에서 가장 진급이 늦은 처치 곤란 존재. 우리들의 아버지! 김민호 형사님! 하하."

김 형사도 멋쩍게 웃으며 화답한다.

"네, 맞습니다! 제가 50이 넘도록 팀장 한번 못 달아 본 건 아마 경찰청 역사에 길이 남을 겁니다. 하하! 그런데 팀장님이 우리를 선발하셨다고 하던데요. 아니, 이런 오합지졸들을 모아서 뭘 어떻게 하시겠다는 건지. 그 이유가…."

민호는 자신의 자리에 있는 명패를 만지고 있다.

"모두들 불의를 못 참는 분들이잖아요. 그거면 충분합니다! 자, 이제 우리 나쁜 놈들 잡아야죠! 어떤 놈부터 잡을까요?"

조 형사가 다시 나선다.

"아니, 저희들 소개는 다 했는데…. 이제 팀장님 소개를 하셔야죠."

"그래요. 저희도 팀장님에 대해선 이름밖에 아는 게 없습니다."

"소개해 주시죠!"

팀원들은 잔뜩 기대에 부풀어 민호를 바라보는데, 정작 민호는 난감한 표정으로 팀원들을 바라본다.

"저기… 제 소개는… 그게….""

김 형사가 민호의 눈치를 보며 분위기를 전환시킨다.

"야! 팀장님에 대해서는 이미 언론에 다 공개되었는데 뭐가 또 궁금하다고 그래? 일이나 하자!"

"그래도 언론에서 나온 것도 이름 석 자밖에….""

"이름 석 자면 된 거지. 뭐가 더 필요해? 앞으로 알아 가면 되는 거지. 안 그렇습니까? 팀장님! 자, 다들 자리에 앉자고. 이제 우리 팀의 첫 회의를 시작해야지."

"아휴, 우리 김 형사님이 꼭 팀장님 같은데요? 하하."

"야! 이놈아. 빈정대지 마! 내 나이면 직함이 중요한 게 아니야! 경험이 중요하지. 난 이미 팀장을 열 개는 달았었다고. 알아?"

"아! 그래요? 하하."

화기애애한 분위기 속에서 팀원들과 민호가 자리에 앉는다. 김현정 경위가 서류를 팀원들에게 돌리고, 이를 받아서 보는 팀원들의 모습.

그때, 창문으로 청장과 비서가 그들을 지켜보고 있다.

"도청 장치는 잘해 놨지?"

"네, 화분 흙 속이라 아무도 눈치 못 챌 겁니다!"

"그래. 잘했어. 저것들이 뭔 짓을 꾸미고 있는지 내가 알아야지."

"그런데 나중에 발각이라도 되면 어떻게 하지요?"

"넌 그런 걱정하지 말고 저놈들 일거수일투족을 하루도 빠지지 말고 나한테 보고해! 알았어?"

"네, 그건 걱정하지 마십시오! 도청 장치까지 설치했으니 저놈들은 이제 청장님 손바닥 안에 있을 겁니다."

"그래, 그래야지! 어디 실컷 날뛰어 봐! 그래 봤자 너희들은 내 손아귀에 있으니까. 하하!"

"청장님, 이제 그만 가시죠!"

민호가 회의 중에 청장과 비서의 대화를 계속 듣고 있다.

"저기…. 어디서 쥐새끼 소리가 들리지 않습니까?"

팀원들은 갑작스러운 민호의 말에 의아해한다.

"쥐… 쥐요? 아니 이런 새 건물에 무슨 쥐가…."

"분명 쥐새끼 소리가 계속 들리는데요."

민호의 말에 김 경위가 소리를 지르며 탁자 위로 뛰어오른다.

"꺅! 쥐… 쥐라니요. 저는 쥐가 제일 무서워요."

조 형사가 김 경위의 모습을 놀린다.

"아니, 무슨 경찰이 쥐를 무서워해? 그래서 어디 범인은 잡을 수 있겠어?"

"버… 범인들은 쥐가 아니잖아요. 사람이잖아요!"

"쥐보다 사람이 잡기 편하다? 하하."

청장과 비서가 몰래 이 모습을 보며 의아해한다.

"쥐라고? 우리 경찰청에 쥐가 다니나?"

"아니요? 그럴 리 없는데요. 이상하네! 어디서 들어왔지?"

"이제 그만 가자! 도청 장치가 있으니까 사무실에서 편히 앉아서 들어야지. 그나저나 쥐가 있긴 있는 거 같으니까 쥐 잡는 놈들 불러서 방역 작업해! 알았어?"

"네, 청장님!"

청장이 자리를 뜨자, 민호는 갑자기 화분을 바닥에 던져 버린다.

와장창!

놀라는 팀원들. 민호는 김현정 경위에게 눈치를 준다.

"아… 이거 죄송합니다. 제가 그만 손이 떨려서…. 김 경위님! 정말 죄송한데요. 화분 하나만 사다 주세요! 여기 이거랑 완벽하게 같은 걸로요."

"아… 네. 알겠습니다."

민호는 미소를 지으며 자리에 앉고, 팀원들은 놀라고 멍한 표정이다.

며칠 후, 국제범죄수사국 한국지부장실. 찻잔을 든 선영의 손이 떨리고 있다.

"어디 두고 보자! 면전에서 날 그렇게 무시해? 지금까지 날 그렇게 대한 사람은 단 한 명도 없었어. 지금은 세상이 전부 네 거처럼 보이겠지만…. 그래! 네가 얼마나 잘난 줄은 모르겠는데, 조만간 넌 내 소유물이 될 거야."

손에 든 찻잔이 서서히 입가로 가며 차를 마시는데, 영태가 들어온다.

"지부장님. 부르셨습니까?"

"네. 앉으세요. 차 드실래요?"

"아닙니다. 무슨 일로…."

"요즘 한민호 씨와 자주 어울린다고 하던데요. 사실인가요?"

"아… 네. 몇 번 차 마시고, 서울 구경시켜 준 게 답니다."

"서울 구경을요? 애들도 아니고 차나 마시고 서울 구경이라…."

"민호는 술을 마시지 못하더라고요. 걔가 워낙 과묵해서…."

"남자가 술을 못 마셔요?"

"네, 선천적으로 술은 못 마신다고 하더라고요!"

"그리고 다른 특이한 점은 뭐 없나요?"

"네? 그게 무슨 말씀인지…."

"한민호 씨 사적으로 특이한 점은 없냐고요."

"뭐, 별건 없고요. 한국에는 가족이나 친구가 전혀 없는 걸로 알고 있습니다."

"애인은요?"

"네? 그거야… 당연히 없죠."

"그래요?"

"그런데 무슨 일로…."

"아닙니다. 그냥 개인적으로 관심이 좀 있어서요."

"아… 네. 그런데 저번에 민호가 지부장님을 그렇게 대한 건…."

"저는 별로 개의치 않습니다."

"제가 친구로서가 아니라 민호는 아직 지부장님이 좀 부담스러운 게 아닌가 하는 생각이 듭니다."

"제가 뭘 했다고 부담스러워해요?"

"아니, 민호가 워낙 내성적이고 말수도 없는데 지부장님께서 워낙 급하게 다가가시니까 그게 좀…."

"한민호 씨가 그러던가요? 제가 부담스럽다고?"

"아… 아닙니다! 이건 그냥 제가 친구로서 지켜 본 민호의 입장에서…."

"이제 완전히 친구가 된 모양이네요. 그거 잘되었네요. 이제부터 그에 대한 모든 활동 내역을 저한테 보고하세요!"

"무슨 일로 그렇게까지…."

"제가 관심이 있어서 그럽니다. 공적으로…. 그리고 사적으로도. 암튼 철저히 비밀로 하세요!"

한편, 민호가 이끄는 팀원들은 강력 미제사건들을 하나둘씩 해결하며 언론의 집중 조명을 받기 시작한다. 서울광장 TV 화면에 그들의 활약상이 매일 방송을 타고 있다. 교대역 부근 연쇄 살인범 검거 장면에서는 조 형사가 격투 끝에 살인범을 검거하는 모습이 방송된다. 홍대 발바리 검거 장면에서는 원룸에 침입해서 여대생의 옷을 벗기고 성폭행하려는 범인을 김 형사가 테이저 건으로 제압하는 모습이 방송된다.

마약조직 검거 장면에서는 서울 모처에 마약 제조 공장을 차려놓고 마약을 제조, 판매하는 조직원 20여 명을 민호 홀로 격투 끝에 모두 제압하는 장면이 방송된다. 장기매매조직 검거 장면에서는 김 경위가 해외 장기매매조직의 컴퓨터를 해킹해서 국내 조직과 조우하는 곳을 알아내서 일망타진하는 장면이 방송된다. 그리고 마지막으로 민호와 팀원들의 격투 장면과 검거 과정. 주변 시민들이 환호하는 장면들이 방송으로 보여진다.

며칠 후, 도경그룹 지하 비밀 안가 밖….
첨단 보안 시설과 강철 방호벽, 중무장한 경호요원들이 철통같이 안가 주위를 감싸며 지키고 있는 모습이다. 뚜벅뚜벅 누군가 걸어오는 소리에

요원들이 90도로 인사하며 방호 문을 열어 준다. 굵은 시가를 물고서 나타난 박 총장!

"다들 모였구만!"

TV로 방송되는 민호와 팀원들의 모습을 보고 있던 김 회장 무리. 박 총장의 등장에 모두들 자리에서 벌떡 일어난다.

"오셨습니까. 어르신!"

무리 속에는 최 부장과 경찰청장도 보인다.

"마침 TV를 보고들 있었구만. 그럼. 말 안 해도 알겠지. 얼마 전, 우리의 돈줄이었던 마약 제조 공장이 털렸다지?"

김 회장과 최 부장, 경찰청장은 잔뜩 긴장한 모습이다.

"어르신! 걱정 안 하셔도 됩니다. 저희 도경그룹 자금력으로도 충분히…."

"그리고 장기매매조직도…."

"아… 그것도 걱정 안 하셔도 됩니다. 어차피 장기매매로 돈 버는 시대는 끝나서 이미 버린 카드였습니다!"

박 총장은 다시 새 시가에 불을 붙인다.

"저놈이 이 이상 깊숙이 들어오면 여기 있는 사람들이 과연 무사할까? 알아서들 하라고! 우리 편이 아니면 제거 대상일 뿐이란 걸 명심하게."

무거운 분위기 속에서 박 총장이 시가를 입에 문다.

"이제 우리도 서서히 준비를 해야지? 대선이 내년이야! 다들 알고 있겠지?"

"네, 그럼요! 저희 그룹에서 비자금을 이미 마카오 계좌에서 이체하고 있습니다. 별 문제 없을 겁니다!"

"언론은 제가 장악하고 있으니까 걱정 안 하셔도 되구요."

"경찰력도 걱정하지 마십시오. 제가 있는 한…."

"난 자네가 가장 걱정이야! 한 나라의 경찰 수장이 그렇게 나약해 빠져서야. 쯧쯧."

"거… 걱정하지 마십시오! 앞으로 잘하겠습니다."

"그래! 알아서들 잘하라고. 내년이면 자네들 모두 더 높은 자리로 영전하게 될 테니까."

"네, 알겠습니다! 어르신!"

"내가 대권을 잡아야 자네들이 살아! 아니면 모두 죽는 거야! 알겠나?"

"네, 어르신!"

김 회장과 모든 이들이 일제히 담배를 물고는 침묵이 흐른다. 한편, 경찰청 미제사건전담반 사무실. 팀원들은 모두 활기찬 모습이다.

"팀장님! 이거 우리도 팀장님처럼 영웅이 되었습니다. 영웅!"

"야! 조 형사! 영웅은 아무나 되는 줄 알아?"

"왜요? 대한민국의 영웅, 팀장님이 이끄는 우리도 함께 영웅이 되는 거죠. 하하!"

"아휴, 저놈의 설레발은⋯."

민호도 오랜만에 입가에 미소가 번진다. 그리고 다시 얼굴이 굳어지며 팀원들을 보며 말한다.

"이제부터가 시작입니다! 앞으로 저희가 잡아야 할 놈들은 지금보다 훨씬 더 강하고 잔인한 놈들입니다. 여러분의 안전도 분명 위협받게 될 거고요. 그래도 저는 망설이지 않고 행동에 나설 것입니다. 특히, 앞으로는 힘없는 사람들을 희생양으로 삼아 자신의 부와 권력을 탐하는 고위 관료들의 비리도 함께 수사할 것이니까 외압도 엄청날 것입니다. 여러분들은 한 치의 흔들림도 없이 지금처럼 저를 따라 주십시오. 그러면 저는 목숨 바쳐 여러분을 지켜 드릴 것입니다."

"팀장님, 걱정하지 마십시오! 경찰청 꼴통, 조진석이 있는데 뭐가 걱정입니까?"

"네가 꼴통인 건 아냐?"

"에이, 선배님보단 낫죠. 50이 넘도록 만년 형사 딱지도 못 떼시고…. 안 그렇습니까? 하하!"

"뭐? 이 자식이…. 김 경위도 그렇게 생각하나?"

"아… 아니. 전 뭐… 그냥…. 조 형사님 말에도 일리가…."

"거봐요! 김 경위도 그렇게 생각한다잖아요."

"나 이런, 김 경위까지…. 그래! 네놈이 나보다 쪼금은 낫다고 치자. 됐냐?"

민호와 팀원들은 사무실이 떠나가도록 큰 소리로 자신감 넘치고 밝게 웃고 있다. 잠시 후, 김 형사가 휴게실에서 커피를 마시고 있는 민호에게 다가와 뜻밖의 부탁을 한다.

"팀장님···. 이거 어떻게 말씀을 드려야 할지···. 오래전부터 부탁드리려던 건데요."

"무슨 말씀인지 몰라도 편하게 하세요. 김 형사님이 이렇게 망설이는 모습은 처음 보는데요. 부담 갖지 마시고 말씀해 보세요!"

"그게요. 실은··· 10년 전, 제가 담당했던 범죄 피해자 '이수민'의 얘긴데요. 이제는 팀장님께 말할 때인 거 같습니다. 누군가 제가 믿고 말할 수 있는 절대적인 힘을 가진 사람이 나타나면 말하려던 안타까운 사건이었기에 지금껏 마음에만 담아 왔던 사건입니다. 팀장님은 현재는 절대적인 힘을 가진 그런 분인 거 같아서 어렵게 말씀드립니다."

그리고 김 형사는 민호 곁에 앉아서 계속 말을 이어간다. 듣고 있는 민호의 얼굴이 점점 굳어진다.

"어··· 어떻게 그런 일이!"

"사실입니다. 정 믿기 힘드시다면 지금 저와 함께 가시죠! 제가 팀장님께 보여 드릴 사람이 있습니다."

잠시 후, 강변도로를 달리고 있는 김 형사의 차 안에서 무거운 표정으로 대화를 하고 있는 민호와 김 형사가 보인다.

"단순 자살로 처리되기에는 너무나 이상한 점이 많았기에 계속 그 사건을 수사해 왔는데, 그녀의 몸에서 이상한 약물이 검출되었습니다."

"그럼 그 약물로 인해서 자살을 시도했다는 겁니까?"

"정확하진 않지만 그로 인한 정신착란으로 그녀가 자살을 시도한 것 같습니다. 그리고 그녀가 당시 10대의 여고생으로 집안의 생계를 책임지고 있던 소녀가장이었는데, 갑자기 큰돈이 그녀의 가족에게 들어왔고, 계좌 추적 결과 필리핀을 통해 들어온 국제범죄조직의 자금이었습니다."

"아니, 그럼 중대한 사건이었을 텐데 왜 경찰에서는…."

"당시 경찰 구조는 제가 봐도 썩을 만큼 썩어 있었습니다. 각종 이권과 비리에 연루된 자들이 수뇌부를 차지하고 있었으니까요. 그런데 제가 누굴 믿고 계속 수사해 나가겠습니까?"

"그럼 김 형사님은 그 당시 피해자가 국제범죄조직과 연관된 범죄의 피해자란 심증을 가지고 계신 거군요."

"네. 당시 UN에서는 국제적인 태아매매가 성행하고 있다는 제보도 있었구요."

"국제태아매매요? 그게 무슨…. 태아를 매매한다고요?"

"네! 순결하고 이쁘고 똑똑한 어린 소녀들 중에 가정 형편이 극도로 어려운 아이들만을 골라서 대리모로 사용하는 범죄입니다. 주 고객층은 유럽이나 중동 지역, 중국 등지의 부호들이었구요. 너무 어린 나이에 출산을 하다 보니까 출산 도중에 사망하는 소녀들도 속출했습니다. 결국, UN은 '국제태아매매'를 세상에서 가장 추악한 범죄로 규정하고 '코드7'이란 사건으로 명명하고 국제범죄단체의 뒤를 수사하고 있었습니다. 저는 혹시 수민의 사건도 코드7 사건과 관련이 있을지도 모른다는 생각에 저의 경찰 인생을 걸고 수사해 왔지만, 청장의 지시로 모든 문서는 국제범죄수사국으로 넘어가고 저는 좌천되고 말았죠."

"코드7! 어떻게 그런 일이…."

"당시에도 저는 이 사건의 배후에 UN과 국제범죄수사국도 움직일 수 있는 엄청난 권력과 돈을 가진 집단이 있다고 생각하고 피눈물을 흘리며 수민의 사건에서 손을 떼었지만…. 언젠가는 그녀의 억울함을 풀어 주겠다고 다짐하곤 했던 것입니다."

민호는 분노로 두 주먹을 불끈 쥔다.

"대한민국은 썩을 대로 썩었어! 이대론 안 돼! 이대로는….”

곧장 한국대학 병원, 수민의 주치의 최동철 교수를 찾아가는 민호와 김 형사. 연구실 문이 갑자기 확 열린다. 문을 열고 들어온 김 형사는 능청스럽게 최 교수에게 인사를 한다.

"아이고, 교수님! 오랜만입니다. 저, 기억하시죠? 하하!”

"아니, 형사님이 여긴 또 무슨 일로….”

"제가 왜 왔겠습니까. 우리 수민이 걱정도 되고, 혹시 상태가 호전되었는지도 궁금해서 왔지요.”

"아… 네! 이수민 양은 아직 별다른 상태의 변화는 없습니다.”

"아… 그렇군요. 아 참! 여기는 대한민국의 영웅, 한민호 팀장님!”

"네. TV에서 봐서 알고 있습니다. 그런데 저분은 어쩐 일로….”

민호가 최 교수 앞으로 다가서며 인사를 한다.

"처음 뵙겠습니다! 이수민 씨를 직접 보고 싶습니다. 부탁드려도 될까요?"

"이수민? 아, 그 환자분….."

잠시 후, 무균병실로 들어서는 복도를 최 교수와 김 형사, 그리고 민호가 나란히 걸어가고 있다. 최 교수는 차트를 민호에게 보여 주며 수민의 상태에 대해 설명해 주고 있다.

"10년 전, 의문의 자살 시도를 한 후에 응급처치로 겨우 목숨은 건졌으나 현재까지 의식을 회복하지 못하고 렘수면 상태에 있습니다. 거의 식물인간이나 다름없죠."

민호가 최 교수가 들고 있던 차트를 자세히 보며 수민의 상태에 대해 묻는다.

"환자 몸에서 나온 약물이 정확히 뭡니까?"

"그게… 저도 이해가 안 가는데요. '프롬앨스'라고 세상에는 이미 없는 약물이거든요. 그 약의 부작용이 워낙 심해서 수십 년 전에 미국에서도 폐기된 걸로 알고 있습니다. 약의 정확한 기능과 작용은 저로선 알 수가 없었습니다."

민호는 최 교수가 말한 약의 이름을 나지막한 소리로 반복한다.

"프롬앨스라…. 프롬앨스!"

"팀장님! 뭘 그렇게 혼자 중얼거리십니까?"

"아, 아닙니다! 교수님! 저희가 병실에 들어가서 환자를 잠깐 봐도 될까요?"

"그럼요! 무균병실일 뿐이지 출입은 자유롭습니다."

수민의 병실 앞에 도착하는데, 이상하게 민호의 손이 떨린다. 한국대학병원, 두 사람이 702호 문을 열고선 들어간다. 앞선 김 형사가 좀 전과 같이 능청스럽게 인사를 하는데….

"아이고, 수민아! 잘 지냈어요? 이거 너무 오랜만이죠?"

민호는 김 형사의 뒤에서 조심스럽게 수민이 누워 있는 곳으로 다가선다.

"오늘은 내가 아주 귀한 손님을 모시고 왔어요. 나처럼 늙다리가 아니라 젊고 키도 크고 잘생긴 아저씨야!"

민호는 병실 전체를 살펴보느라 아직 수민을 보지 못한다.

"팀장님? 뭐 하세요? 수민이한테 인사라도 해야죠."

"아… 네!"

김 형사가 옆으로 비켜 주고 민호가 수민의 침대 앞으로 다가선다. 민호와 수민의 첫 만남…. 그녀를 본 순간, 놀라며 몸이 휘청거리는 민호!

'아, 아니! 이럴 수가! 겨… 경민이 맞는데? 분명 경민인데…. 하지만 경민은 65년 전에 죽었잖아? 그런데 어떻게 이렇게 닮을 수 있단 말이야? 마… 말도 안 돼!'

65년 전 민호의 연인, 경민의 모습이 수민과 겹쳐 보인다. 민호는 놀라서 입이 다물어지지 않고, 온몸이 부르르 떨린다. 눈은 금방 충혈이 되고, 마치 넋이 나간 사람처럼 보인다.

'저건… 저 모습은 경민이야! 분명!'

민호의 모습에 당황한 김 형사가 민호의 어깨를 친다.

"팀장님! 팀장님! 왜 그러세요? 무슨 일이세요? 혹시, 저 아이… 알던 사람인가요?"

민호는 반응이 없다. 마치 몸이 굳어 있는 것처럼 김 형사의 말에도 꿈쩍하지 않는다. 수민에게서 눈을 떼지 못하는 민호! 잠시 후, 병원 휴게실에서 넋 나간 표정으로 앉아 있다. 김 형사가 음료수를 가져오는데….

"저기… 아까 최 교수가 말한 프롬앨스란 약이 뭔가요?"

"당시 수민이의 몸에서 프롬앨스라는 약물이 검출되었는데요. 제가 알아보는 데는 한계가 있었습니다."

"그럼 그 약이 어떤 약인지 모르신다는 말입니까?"

"아니요! 당시 국과수 이지석 박사님과 오정태 박사님이 제게 그 약에 대한 정보를 주셨지만, 자세한 자료를 미국에서 받아서 저에게 넘겨주기로 했었습니다."

"그… 그럼 그 정보를 지금도 가지고 계십니까?"

"그 정보는 어찌 된 일인지 미국에서 오지를 않았습니다. 그래서 이지석 박사가 미국에 가서 정보를 받아 오기로 했었죠."

"그럼 이지석 박사란 분을 만나면 되겠네요."

"그게…. 그 당시 미국으로 정보를 가지러 가던 도중에 의문만 남기고 실종되셨습니다."

"네? 그럼 오정태 박사는요?"

"그분도 이 박사의 일이 있은 후에 심하게 몸을 사리더라고요. 그리고 제게도 그 약에 대해서 더 이상 알려고 하지 말라며 경고까지 하더라고 요."

"그럼, 분명히 뭔가가 있긴 있는 건데…."

"암튼, 오 박사님은 현재도 국과수에서 근무하고 계십니다. 그나마 정 도를 걷는 양심 있는 법의학자로 존경받고 있는 분이죠."

"김 형사님은 프롬앨스라는 약에 대해서 전혀 아시는 게 없는 겁니까?"

"아니요. 어느 정도는 당시에 조사한 자료가 있어서 알고는 있습니다."

"그럼 그거라도 제게 알려 주세요."

"제가 UN을 통해서 알아본 바로는 그 약물은 10년 전, 세상에서 가장 추악한 국제태아매매 범죄의 수단으로 사용된 것이라는 말이 떠돌았습 니다. 그리고 그 배후에는 대한민국의 최고 권력과 엄청난 국제범죄단체 가 있다는 루머도 있었습니다. 그리고…."

김 형사는 미제사건파일 '코드7'에 대해 민호에게 자세하게 설명해 준다. 무표정하게 김 형사의 설명을 듣고 있는 민호의 얼굴이 점점 어두워진다.

며칠 후, 서울의 성북동 달동네 허름한 건물 옥상.

여고생 지영이 건물 난간에 위태롭게 서 있는 모습이 보인다. 지영은 점점 난간 끝으로 다가서는데, 표정에서는 아무런 감정도 느껴지지 않는다. 결국 지영은 건물에서 뛰어내리고, 그 자리에서 사망한다. 지영이 떨어진 건물 아래에 동네 주민들이 모여들고, 싸늘하게 바닥에 누워 있는 지영의 모습이 보인다. 다음 날 아침, 휴게실에서 커피를 마시고 있는 민호의 모습이 보인다.

"이건 있을 수 없는 일인데…. 어떻게 경민과 똑같이 생긴 수민이란 사람이 내 앞에 나타난 걸까? 아니야! 그 모습은 닮은 게 아니라, 분명 경민이었어! 분명히!"

커피를 손에 든 민호의 손이 심하게 떨리는 모습이다. 그때, 한 무리의 형사들이 들어와 자판기에서 커피를 뽑아 마시며 대화를 나눈다.

"어제 성북동에서 자살한 여고생 있잖아? 그 애… 너무 불쌍하더라. 소녀가장이었다지? 근데, 그렇게 죽을 아이가 아니었다는데…. 이상하긴 해! 뭔 아르바이트를 했는지 몰라도 가족들한테 수천만 원이 넘는 거금을 남겼다고 하더라고."

"뭐? 아니 무슨 아르바이트를 했기에 그런 거금을 모았대?"

"그건 아직 모르지. 좀 더 조사해 봐야 알겠지만… 요즘은 워낙 돈 되는 일들이 많으니까."

"돈 되는 일이라니 무슨 일 말이야?"

"어제 죽은 여고생…. 엄청 예뻤다고 하더라고! 그렇게 이쁘고 어린 애들이 쉽게 돈의 유혹을 뿌리칠 수 있겠어? 게다가 집안 형편도 아주 최악이었다더라고."

"그럼 설마 몸 파는 일을 했다는 거야? 에이 설마…."

"너 그 얘기 못 들었어? 요즘 어리고 이쁜 애들만 골라서 처녀막 검사까지 한다는 거! 그래서 처녀로 판명 나면 국내외 부자들이 처녀성을 엄청난 거금을 들여서 산다잖아?"

"그게 사실일까? 그냥 떠도는 말 아니야?"

"오늘 아침에 1차 부검 결과가 나왔는데, 어제 죽은 여고생도 임신 중절 흔적이 있다고 하더라고."

"뭐? 그럼 정말…."

"확실한 건 아니지만, 어린아이가 집안의 가장 역할을 하려다 보니 그런 유혹들에 쉽게 빠질 수도 있다는 거지. 암튼, 정말 안타까운 사건이야!"

형사들의 대화를 듣던 민호는 분노에 치를 떨며 손에 쥐고 있던 종이컵을 구겨 버린다. 그리고 뒤이어 계속되는 형사의 한마디가 민호를 놀라게 한다.

"아… 그리고 어제 죽은 여고생 있잖아? 자신의 교복 이름표를 떼어서 유서처럼 남겼다지?"

민호는 전에 들었던 김 형사의 말을 떠올린다.

"수민의 자살 현장에서 발견된 건 교복 이름표뿐이었습니다!"

민호는 수민의 사건과 지영의 사건에 뭔지 모를 연결고리가 있을 거란 의구심이 들기 시작한다.

'이건… 단순한 자살 사건이 아니야. 뭔가 있어! 분명 뭔가….'

그날 밤, 뜻밖에 지영의 자살 사건 현장을 찾은 민호와 팀원들. 조 형사와 김현정 경위는 영문을 모르는 눈치다.

"아니, 팀장님! 저희 팀이 왜 여고생 자살 사건에 투입되는 겁니까?"

"그래요. 조금 이상한데요."

"안 그래도 흉악범들로 들끓는 대한민국인데…. 지금 이런 하찮은 사건을 왜 저희 팀이 맡아야 되냐구요."

민호가 갑자기 조 형사의 멱살을 잡는다.

"하찮은 사건이라고 했어? 힘없고 어린 여고생이 죽었다고! 아무런 이유도 없이 그냥 죽어 갔는데…. 하찮은 사건이라고?"

김 형사와 김 경위가 놀라며 민호를 말린다.

"아휴, 팀장님! 왜 이러세요? 이놈이 원래 말실수를 잘 하잖아요. 팀장님도 아시면서…."

"그… 그래요. 팀장님! 무서워요. 그만하세요."

조 형사는 민호의 팔에 매달려 숨을 헐떡거리는 모습이다.

"컥컥. 죄… 죄송합니다. 티… 팀장님!"

그제야 조 형사의 목에서 손을 놓는 민호.

"조 형사! 괜찮아?"

"컥! 컥! 주… 죽을 뻔했습니다."

"그러게 너는 말조심 좀 해라! 분위기 파악도 못 하고….'

"조 선배님! 정말 괜찮으신 거죠?"

"괜찮아! 팀장님, 죄송합니다!"

민호는 말없이 옥상 난간 쪽으로 향한다. 팀원들은 민호의 표정과 행동에 당황하며 겁먹은 표정이다.

"김 형사님! 팀장님이 왜 저러시죠?"

"그럴 이유가 있다. 지금은 그냥 그렇게만 알아!"

"십년감수했습니다. 팀장님 무술 실력이 뛰어난 건 알고 있었지만…. 정말 방어할 틈이 없었습니다. 휴!"

"너는 인마…. 오늘 죽다 살아난 거야! 팀장님이 손에 힘만 더 줬더라면 네놈은 끝장났을 거야!"

"그런데 팀장님이 왜 조 선배님께 그런 거죠? 저는 팀장님이 저렇게 흥분하며 화내시는 모습은 처음 봅니다. 조 선배님 말이 전혀 틀린 것도 아닌데…."

"뭐가?"

"아니, 저희 팀은 강력 미제사건에만 투입되며 흉악범들을 상대로 싸워왔잖아요. 그런데 갑자기 여고생 자살 사건이라니, 이건 누가 봐도 이상하잖아요?"

"너도 조 형사 꼴 나고 싶냐? 팀장님이 여자라고 봐줄 줄 알아?"

"그건 아닌데…."

"오늘은 모두들 잠자코 있어! 팀장님도 다 생각이 있어서 저러시는 거니까. 알았어?"

지영이 서 있던 옥상 난간에 서 있는 민호가 위태롭게 보인다. 잠시 후, 현장은 폴리스라인이 설치되고 민호는 지영이 서 있던 난간에 선다. 그런데 민호는 반대편 옥상에서 민호를 매섭게 노려보는 정체 모를 '검은 그림자'를 보게 된다.

"저… 저건 뭐지? 분명 사람 같은데…."

검은 그림자는 민호를 한참 동안이나 노려보더니 갑자기 바람처럼 사라져 버린다. 민호가 두 눈을 부릅뜨며 건너편 옥상 주변을 살펴보지만… 아무도 보이지 않는다!

"아니, 평범한 사람이 어떻게 저렇게 빠를 수가 있지? 저놈은 도대체 누구야!"

민호는 자신도 모르게 옥상 난간 끝까지 걸어 나간다. 그 모습에 팀원들이 급히 민호에게 달려온다.

"팀장님! 위험합니다."

"팀장님! 뒤로 물러서세요."

"아악! 떠… 떨어지겠어요."

그제야 민호는 발을 뒤로 빼는데…. 먼발치의 옥상을 다시 살피는 모습이다.

"도대체 어디로 간 거야? 분명 여기보다 낮은 곳이라 내 눈에서 벗어날 수가 없었는데…."

"그게 무슨 말씀이십니까?"

"저… 저기 건너편 옥상에 누군가 있었습니다. '검은 그림자'…."

"검은 그림자요?"

"어서 건너편 출입구 막고 조 형사와 팀원들을 이끌고 수색하세요! 빨리요!"

"네? 네, 알겠습니다! 야! 빨리 움직여! 지원 요청하고 근방 백 미터 안을 봉쇄하라고 해!"

"네. 알겠습니다."

김 형사는 팀원들과 급히 건물 아래로 내려가서 골목길을 봉쇄하고 건너편 건물로 들어간다.

"분명… 아직 빠져나가지 못했어."

민호는 주변을 살피더니 건너편 옥상으로 뛰어 날아오른다. 안전하게 건너편 옥상에 착지한 민호. 주변을 샅샅이 살피는데, 예상대로 출입구는 하나다!

"저기로 내려가진 않았어. 다른 곳으로 사라졌는데…."

한편, 밑에서 수색하던 김 형사와 조 형사가 건물 옥상의 문을 열고 나오는데, 민호를 보며 깜짝 놀란다.

"아이, 깜짝이야!"

"아… 아니, 팀장님이 여길 어떻게…."

"언제 여길 오셨어요? 저희가 밑에서 수색하며 올라왔는데요."

"밑에서 뭔가 발견한 건 없습니까?"

"네, 전혀요! 워낙 오래된 건물이라서 출입구가 단순합니다. 하나뿐입니다!"

"그럼 이 자식이 어디로 간 거야?"

"혹시 팀장님이 잘못 보신 건 아닌가요? 달빛에 반사된 뭔가를 보시고 착각을…."

김 형사가 조 형사의 옆구리를 찌른다.

"야! 조용히 못 해? 이 자식이 좀 전에 말조심하라고 그렇게 일러 뒀구만. 그새 잊었냐?"

"아… 아파요! 난 그냥…. 그렇잖아요? 여기 있었으면 분명 시간적으로는 아직 이 건물 어딘가에는 있어야 하잖아요."

그때, 갑자기 민호가 어딘가를 무섭게 바라본다.

"저깁니다. 저기!"

김 형사와 조 형사도 민호가 가리키는 곳을 바라보는데, 바로 좀 전까지 팀원들이 있었던 지영이 자살한 건물 옥상이었다.

"저… 저건 사람 같은데요."

"제가 본 게 저놈입니다!"

"아니, 어떻게 여기서 저기를….'

"어? 다시 사라졌는데요? 그런데 분명 사람이었습니다!"

"팀장님! 이거 어떻게 된 거죠? 여기서 저기를 자유자재로 옮겨 다닐 정도면…."

"네, 맞습니다! 보통 놈이 아닙니다! 분명 우리를 아니, 저를 노려보고 있었습니다. 이번 사건과 깊은 연관이 있는 놈이 분명합니다."

"아… 이거, 어째 좀 불안한데요."

"검은 그림자… 검은 그림자! 도대체 넌 누구냐?"

그렇게 세 사람은 건너편 건물 옥상을 바라보며 무거운 표정을 짓고 있다.

그날 밤, 수민의 병실을 홀로 찾은 민호. 좀 전의 일 때문인지 심각한 표정으로 수민을 보며 혼잣말을 한다.

"경민아! 너한테 도대체 무슨 일이 있었던 거니? 너는… 분명 65년 전 경민이야! 이름만 수민으로 바뀐 거지?"

민호는 처음으로 수민의 하얀 손을 잡아 본다. 심하게 떨리는 손.

"예전에 잡았던 감촉… 느낌 그대로구나!"

잠시 후, 민호의 눈에선 굵은 눈물이 떨어진다. 수민의 가슴에 조심스럽게 얼굴을 가져다 대는 민호. 온몸이 떨리듯, 심하게 요동치는 민호의 심장.

"역시 경민이었어! 맞아! 이 심장 소리…."

민호는 한동안 수민의 품에 얼굴을 대고는 흐느낀다. 다음 날 아침, 경찰청 미제사건전담반 사무실. 팀원들은 회의 준비를 마치고 자리에 앉아 있는데, 민호는 자신의 자리에서 멍하니 밖을 바라보고 있다.

'내가 왜 이러지? 갑자기 혼란스럽다. 경민이 65년 만에 살아서 내 앞에 나타난 것도… 그리고 경민과 수민, 지영이까지…. 도대체 그들에게 무슨 일이 있었던 거지?'

김 형사가 민호의 자리에 와서 민호를 불러 보는데, 그는 듣지 못하고 여전히 멍하니 생각에 잠겨 있다.

'어제 본 그놈은 분명 경민과 수민, 지영의 사건에 관련이 있는 인물이야! 그리고 뭔지 모르게 앞으로도 계속 부딪치게 될 거라는 불길한 예감이 드는데…. 그렇다면 결국, 수민의 자살 시도도 분명 무언가 엄청난 음모에서 비롯된 것일 거야.'

"팀장님! 팀장님? 회의 주재하셔야죠!"

그제야 정신을 차린 민호!

"네? 아, 알겠습니다!"

민호가 자리에 앉고 팀원들은 은근히 민호의 눈치를 본다. 그도 그럴 것이, 어젯밤에 조 형사의 멱살을 잡았던 민호의 분노한 모습을 모두가 지켜봤기에 더욱 조심스러운 눈치다.

"다들 왜 이러세요? 분위기가 너무 가라앉은 거 아닙니까?"

"아… 아닙니다. 저희는 항상 밝아야죠! 하하! 그렇죠? 김 형사님!"

"그럼! 우리 팀은 항상 스마일이지."

민호가 그제야 어젯밤의 일 때문이란 걸 눈치챈다.

"어제 일은 잊으세요! 조 형사는 아무런 잘못이 없었습니다. 제가 지나쳤습니다. 죄송합니다!"

"아… 아닙니다. 뭘 그런 거 가지고 사과까지….”

"그러나 명심하세요! 여러분에게는 흉악범들을 잡는 것보다 힘없고 나약한 지영이 같은 이들의 억울함을 소중하게 여기는 마음이 가장 중요하다는 것을요! 이건 앞으로도 저희 팀의 모토가 될 가장 소중한 가치일 것입니다. 모두 아시겠죠?"

"네, 팀장님!"

며칠 후, 국립과학수사연구소.

오정태 박사 연구실을 찾은 민호는 박사에게서 건네받은 부검 결과지를 들고 부들부들 떨고 있다.

"박사님! 이거… 정확한 건가요?"

"네! 하도 이상해서 여러 번 반복해서 조사했는데요. 맞습니다! 아니, 저렇게 어린 여자아이의 몸에서 나올 약물이 아닌데…."

"박사님은 이 약의 정확한 출처와 소재를 어느 정도 알고 계시죠?"

민호의 갑작스러운 질문에 놀라며 당황하는 기색이 역력한 오 박사!

"아니, 내가 그걸 어떻게 알아요? 난 그냥 약물 검사를 하고 결과를 기록하는 늙은이에 불과합니다."

"박사님! 혹시 김민호 형사를 아시나요?"

"그… 그 사람은 왜…. 콜록, 콜록!"

민호는 박사가 대답을 꺼린다는 것을 감지하고는 더 이상 질문하지 않는다.

"아닙니다. 그냥 저희 부서에서 함께 근무하는 사람일 뿐입니다!"

"그… 그래요? 난 또 그때 일로…. 콜록, 콜록! 난 이만 가 봐야 하겠어요. 그럼, 젊은 형사 양반! 잘 들어가요."

박사는 손수건으로 입을 막고 연구실 밖으로 급히 나가고 민호 혼자만 이 연구실에 남는다.

"수민도 프롬앨스의 피해자가 분명해! 그런데 이 연구실… 익숙한 분위기인데…."

민호는 연구실 주변의 집기들과 기계들을 바라보며 뭔가를 떠올린다. 그런데 갑자기 머리를 부여잡으며 바닥에 쓰러져 괴로워하는 민호!

"아… 머리가 쪼개질 거 같아! 으악! 그… 그때의 기억이 살아나고 있어. 지옥 같았던 그 연구실…. 으아!"

민호는 65년 전, 지하벙커 비밀연구실에서 주사제를 맞을 때처럼 엄청난 고통에 신음한다.

"그때, 분명 우리 말고도 실험을 받는 사람들이 있었어. 그럼 혹시… 이 약도 그때 거기서…."

30년 전, 미국 네바다 사막의 지하 비밀병동

민호와 같은 남성들과 한 벙커 차이로 격리되어 임상실험을 받는 여성들. 가끔 배가 볼록하게 부른 임신한 여성들도 보인다. 핏기가 없고 의욕 없어 보이는 얼굴로 힘없이 복도를 산책로 삼아서 걸어 다니는 여자들의 모습…. 민호는 동공이 확장되며 자리에서 벌떡 일어선다.

"서… 설마."

다음 날 새벽, 경찰청 기밀문서보관소.

일급기밀문서 보관소에서 '코드7 - 국제태아매매 범죄' 관련 파일을 들춰 보고 있는 민호.

"여기엔… 김 형사님께 들은 정보 이상은 없는 거 같은데…."

다시 컴퓨터 앞에 앉아서 기밀문서에 액세스하고 있는 민호!

"마찬가지야! 더 이상 기대할 게 없을 거 같은데…."

잠시 후, 미국에서 민호에게 전화가 오는데, 민호가 반가운 얼굴로 급히 전화를 받는다. 그가 50년 전, 용병으로 활동할 당시에 인연을 맺었던 미 정보국 요원이자, 친구인 로버츠의 전화였다. 유럽 동구권 국가에서 대테러 작전을 펼치던 중, 정보국 소속이던 로버츠가 폭발물에 노출되었던 것을 민호가 구해 준 인연으로 두 사람은 둘도 없는 친구가 되었다. 영태가 나타나기 전까지 민호에게 유일한 친구는 80대 노인이 된 로버츠가 전부였던 것이다. 당시에는 그와 로버츠가 비슷한 나이였지만, 50년이 지난 지금은 로버츠는 80대 노인이 되어 있었다. 그런 로버츠와 반갑게 통화를 하고 있는 것이다.

"로버츠, 나야! 전번에 부탁한 자료 어떻게 되었나?"

"민호! 잘 지내는 건가. 이젠 안부도 안 묻는 구먼. 이봐, 자넨 아직 30대이지만 난 83세야! 죽을 날이 얼마 남지 않았다고. 그런 친구의 안부쯤은 물어봐야 하는 거 아니야? 하하!"

"미안해! 내가 워낙 정신이 없어서."

"괜찮네. 농담이야!"

"자료는… 어떻게 되었나?"

"그런데 이번 자료는 무슨 이유인지 모든 자료가 거의 폐기되고 일부 남은 건 일급기밀문서로 봉인되어 있더라고."

"그… 그래서 못 구했나?"

"하하! 내가 누군가. 아직 미 정보부엔 내가 키운 애들이 많아. 자료는

메일로 보냈으니까 확인해 보게. 아… 그리고 몸조심하게. 이번 건은 좀 불안해!"

"알았네. 정말 고맙네!"

전화를 끊고 컴퓨터로 로버츠가 보내온 자료를 클릭한다.

"프롬앨스…. 30년 전에 미국에서 비밀리에 불임 부부를 위한 기적의 신약으로 개발되었던 약이다. 약의 기전은 대성공으로 모든 불임의 원인을 극복한 20세기 최대의 발명으로 찬사를 받았다. 그러나 부작용이 워낙 심각하여 미국에서는 곧바로 모든 연구 자료를 영구 폐기하였고, UN에서도 국제마약류 일급기밀 금지약물로 지정하였다. 부작용의 정확한 기전은 확인되지 않았으나, 가장 큰 부작용은 정신의학적인 부작용으로 인간이 견딜 수 없는 극도의 우울감과 무기력감, 그리고 조현병 증세 등이었다. 결국, 실험에 참여한 불임 여성 300명 중 293명이 극도의 우울증으로 자살하거나 범죄에 쉽게 연루된 것으로 조사되었다. 신체적인 부작용으로는, 여성의 성기에서 계속되는 하혈과 그로 인한 빈혈 증세, 성욕의 증가로 인한 과도한 성도착증 증세도 보이는 것으로 나타났다. 그러나 이러한 부작용에도 불구하고 그것이 갖는 순기능인 불임 치료 효과가 너무나 크기 때문에 과학자들과 의학자들이 일부 자료를 은폐했다는 루머도 나돌고 있었다. 결국, 1990

년대에 거대한 국제범죄단체가 은폐되었던 이 약의 일급기밀 정보를 입수하게 되었고, 프롬앨스를 이용해서 어린 소녀들을 성노예로 만들어 출산하게 해서는 전 세계 부호들, 지도층에게 태아를 매매하는 등 수백억 달러의 엄청난 국제범죄 사업으로 성장하고 있었다. 그러나 UN과 유네스코 등 국제기구와 국제범죄수사국 등의 노력과 수사로 이후에는 프롬앨스라는 약은 세상에 존재하지 않는, 완전하게 폐기된 저주받은 약물로 기억될 뿐이었다. 그렇게 사라진 줄 알았던 저주받은 악마의 신약 프롬앨스가 10년 전, 한국에서 자살을 시도한 여고생 이수민의 혈액에서 검출되었던 것이다. 당시 혈액을 검사했던 국과수 이지석 박사는 국제사회에 프롬앨스의 재등장을 알리려고 기자회견을 계획하였지만, 의문의 실종사고를 당한다. 그리고…"

로버츠가 보낸 기밀 자료를 확인하던 민호는 끓어오르는 분노를 억제할 수가 없는지 주먹으로 컴퓨터를 친다.

"이게 사실이란 말이야? 돈 때문에 어떻게 이런 짓을…. 70년 전, 제주도에서는 말도 안 되는 이념 논쟁으로 무고한 주민들까지 모조리 빨갱이로 몰아서 살육하더니, 권력자들의 비열한 술수는 어디가 끝인 거야?"

며칠 후, 도경그룹, 지하 비밀 안가.
비밀 안가 안에는 희뿌연 담배 연기가 자욱하다. 평소처럼 굵은 시가를 물고 있는 박 총장의 모습이 보인다. 시가 연기를 연신 내뿜던 박 총장은 잠시 시가를 내려놓는다.

"이제 그놈의 의중을 떠봐야 할 때가 아닌가?"

그때, 김 회장이 박 총장 앞에 무릎을 꿇고는 귓속말을 한다.

"네, 맞습니다! 저렇게 설쳐 대다가는 총장님도 위험해질 수가…."

박 총장이 김 회장을 노려본다.

"김 회장! 지금 뭐라고 했나?"

"죄… 죄송합니다. 제가 실언을…."

순간, 안가는 싸늘한 냉기가 휘몰아치며, 모든 눈총이 김 회장 주위를 맴돈다. 최 부장 역시 눈치를 보며 박 총장에게 어렵게 말을 건네는데….

"하긴, 저놈을 그냥 둘 순 없죠. 빨리 우리 편으로 만들 수만 있다면 금 상첨화인데요. 제가 한번 알아볼까요?"

"우리 편이라…. 나는 제거하는 것도 나쁘진 않을 거 같은데. 어차피 저 놈은 우리하곤 근본이 틀려! 우리 같은 사람들하고는 맞지가 않지. 그러나 만나 볼 필요는 있겠지. 청장을 통해 자리 좀 한번 마련해 보게!"

"오늘 밤이라도 약속을 잡겠습니다!"

분위기가 조금 풀어지자, 최 부장은 본격적으로 나서서 말한다.

"어르신 말씀대로 죽여야 할 놈이라면 만나 볼 필요도 없지 않을까요? 그냥 당장에라도 제거해 버리면….."

박 총장이 이번엔 최 부장을 노려보는데, 이때가 기회다 싶은 김 회장이 다시 나선다.

"이봐! 최 부장은 무슨 말을 그렇게 하나? 어르신이 일단 만나 보고 결정하신다고 하면 그런 줄 알아야지! 뭔 말이 그렇게 많아?"

"아니, 난… 그냥 어르신이 걱정돼서 드린 말씀인데요."

"최 부장, 당신이나 걱정하라고! 요즘 언론도 제대로 장악 못 하면서 누가 누굴 걱정해? 안 그렇습니까? 어르신!"

"그래! 그건 김 회장 말이 맞아! 요즘 최 부장 파워가 예전 같지 않은 거 같아서 걱정이야."

"아… 아닙니다. 어르신! 그럴 리가 있겠습니까? 아직까지 저는 건재합니다."

"건재하긴 개뿔….."

"뭐… 뭐요?"

김 회장은 당황하는 최 부장을 보며 은근 미소를 짓고 있는데, 박 총장은 이런 두 사람의 모습을 즐기는 듯하다.

"난 그냥 농담 한마디 한 건데 왜들 이러나? 두 사람 모두 그만두게! 같은 식구끼리 싸워서야 되겠나?"

"네…."

"어차피 한 번은 만나 봐야 할 인사가 아닌가? 우리가 여기서 아무리 왈가왈부해 봤자 죽일 놈인지, 살릴 놈인지는 만나 보면 알게 되겠지. 허허!"

그때, 그들의 대화를 들으며 안가 구석에서 마치 호위하듯이 서 있는 한 남자가 보인다. 구석진 곳이 조명이 닿질 않는 곳인 데다가 검은 옷을 입고 있어서 누구인지는 보이지 않는데, 범상치 않은 기운을 풍기고 있는 것만은 분명하다.

다음 날 아침, 무슨 일인지 경찰청 청장실에 청장과 민호가 앉아 있는 불편한 모습이 보인다. 두 사람은 비서가 들여온 커피 잔을 바라보다가 연신 커피만 들이켜며 말이 없는 부자연스러운 모습이다.

"자네 팀이 요즘 승승장구한다는 기사는 나도 매일 보고 있네. 잘하고 있는 거야. 그럼!"

갑작스러운 청장의 칭찬이 오히려 부담스러운 민호.

"그래, 요즘은 무슨 미제사건을 수사 중인가? 마약? 성폭행? 아니면 조폭?"

"그건 청장님이 더 잘 아실 텐데요? 저희 사무실에 귀가 달린 화분을 선물해 주신 분이잖습니까?"

"아… 아니, 그건 오해야. 오해! 난 그저 자네들이 걱정돼서 무슨 일을 하는지 감시… 아니, 알아 두려던 것뿐일세. 정말이야!"

"그래요? 걱정해 주시다니 정말 감사드립니다."

"그럼! 내가 자네들 걱정을 얼마나 하는지 알기나 하나? 특히 자넨 대한민국의 영웅 아닌가? 영웅! 하하!"

민호는 쓴웃음을 지으며 다시 커피 잔을 들어 마신다.

"그런데 저는 무슨 일로 부르셨습니까? 저희가 어차피 이렇게 얼굴 마주 보며 서로 정겹게 공치사나 할 사이는 아닌 거 같은데요."

"무슨 말을 그리 섭섭하게 하나? 그래도 난 자네 팀원들이 요즘 너무 고생하는 거 같아서 대한민국에서 가장 비싼 한정식집에서 회포나 풀어 주려고 할 참인데."

"저희는 그런 고급 요정과는 어울리지 않습니다. 삼겹살이나 사 주시죠! 저희는 그걸로 충분합니다."

"에이, 무슨 그런 섭섭한 말을…. 물론 자넨 앞으로도 그런 곳을 자주 다닐 수 있겠지만, 자네 팀원들은 다르지 않나? 언제 그런 곳에서 편하게 식사 한번 해 보겠나? 아마 죽기 전까지 자네들 월급 가지곤 근처도 못 가볼 곳이야!"

민호의 머릿속에서는 순간적으로, 그동안 고생한 팀원들의 일면이 스쳐 지나간다.

"거기가… 그렇게 좋습니까?"

"그럼! 거기 음식값이 자그마치 1인분에 백만 원도 넘는다네. 알아?"

청장의 말에 놀라서 커피 잔을 떨어뜨리는 민호.

"아니, 배… 백만 원이요? 무슨 음식값이 어린아이들 300명의 하루 급식비랑 맞먹습니까? 말도 안 돼!"

"사실이라네. 자네 팀원들을 위한 특별한 이벤트라고 생각하면 되는 거야. 그러니까 가기 전까지는 팀원들에게 비밀로 하고…. 내가 알아서 그곳으로 모이라고 할 테니까. 알았나?"

민호는 잠시 망설이는데, 팀원들 때문에 고집을 꺾는 분위기다.

"알았습니다. 그러나 그런 곳은 이번 한 번뿐입니다! 앞으로는 그럴 돈 있으면 고아원에 기부하세요!"

"아… 알았네. 그럼 가는 걸세? 자네는 저녁에 내 차로 함께 움직이면 될 걸세. 하하!"

허락은 했지만, 뭔가 찜찜한 느낌은 지울 수가 없다. 그날 밤, 서울 변두리에 위치한 최고급 한정식집의 비밀 룸! 복도를 따라서 청장과 민호가 앞뒤로 서서 걷고 있다.

"저희 팀원들은 모두 온 겁니까?"

"그… 그렇다니까. 따라오기나 하게!"

"무슨 식당의 복도가 이렇게 긴 거야? 이래서야 식당 안에서도 길 잃어 버리겠군."

민호는 으리으리한 한정식집의 구조가 마음에 들지 않는지 계속 빈정 대는 모습이다. 잠시 후, 청장이 비밀 룸 문 앞에서 걸음을 멈춘다.

"여… 여기네!"

"끝 방이군요. 그런데 조용합니다. 이상한데…. 엄청 떠드는 조 형사 목 소리도 들리지 않고…."

"어서 따라 들어오게! 다들 기다리겠어."

청장이 먼저 문을 열고 들어오고, 민호가 뒤따라 들어온다. 민호는 룸 안을 보며 크게 놀라는데, 박 총장이 미리 와서 가운데 자리에 좌정하고 있었다. 주변을 둘러봐도 그 어디에도 팀원들의 모습은 보이지 않는다. 민호는 청장을 무섭게 노려보는데, 청장은 움찔하며 뒷걸음질 친다.

"어서 들어오게! 국민적인 영웅을 이렇게 보게 되다니 영광일세."

박 총장이 자리에서 일어나며 민호에게 악수를 청하는데, 민호는 계속 청장을 노려본다.

"어떻게 된 거죠? 우리 팀원들은 어디 있는 겁니까?"

"한 팀장, 일단 자리에 앉게! 어르신이 누구신지는 자네도 알 거 아닌가?"

청장의 부추김에 박 총장은 자리에서 일어나며 민호의 손을 잡는다.

"그래! 여기까지 왔으니까 일단 앉지."

"어르신! 저는 임무 완수했습니다. 그럼 이만 가 보겠습니다!"

청장은 민호의 눈총에 겁먹고는 급히 나가고, 밀실 안에는 민호와 박 총장 둘만 남는다. 잠시 망설이던 민호는 일단 자리에 앉는데, 박 총장은 민호의 찻잔에 차를 따라 준다.

"이거 한번 마셔 보게! 이게 식사 전에 마시면 속에 부담도 없고, 무슨 하얀 꽃잎을 우려낸 거라고 하던데? 아! 자네 별칭이 '진창 속에 핀 안개꽃'이라고 했나? 이 차와 아주 잘 어울리는…."

"무슨 일이시죠? 나랏일도 바쁘실 텐데."

"이 사람! 뭐가 그리 급한가? 차근차근 식사하면서 대화하면 될 것을…."

"좀 전까지 배가 고팠는데 지금은 식사 생각이 전혀 없어졌습니다."

"그래도 여기까지 왔는데 식사는 해야 할 거 아닌가."

"누구를 봐서 그런지, 갑자기 어제 먹었던 자장면도 되살아나는 거 같습니다!"

"허허! 내 귀엔 자네가 빨리 일어나고 싶다는 거같이 들리는데, 그럼 단도직입적으로 말하겠네! 자네가 우리와 함께해 준다면, 우린 자네에게 뭐든 다 줄 수 있네. 그러나 만약 우리와 함께하지 않는다면, 그건 말 안 해도 알겠지? 우린 우리와 함께하지 않는 사람은 다 적으로 생각하네. 내 말, 무슨 뜻인지 알겠나?"

민호는 박 총장의 제안을 생각이라도 하듯이 잠시 숨을 고르는 모습이다.

"뭐든지 다 해 줄 수가 있다? 그게 정말입니까?"

"그럼! 뭐든 다 해 주겠네. 돈? 권력? 아니면 그보다 더 큰 거라도 상관이 없네. 말만 하게!"

"그럼… 한 가지 부탁을 해도 되겠습니까?"

"그래! 뭐든지 해 보게!"

"청장이란 사람을 통해서 제 신상은 이미 다 알고 계실 텐데… 저는 가족이라곤 대한민국에 단 한 명도 없는 사람입니다. 물론 애인도 없구요. 그러다 보니까 밤이 항상 외롭습니다. 아직 나이는 한창인데 혈기 왕성한 힘을 풀 곳은 없고…. 그렇다고 지나가는 여자를 강간할 수는 없지 않습니까?"

"허허! 자네가 말하려는 게 여자인가? 그렇다면야 지금이라도 얼마든지…."

"잠깐!"

"왜… 왜 그러나."

"여기 있는 여자들 말고요! 10대 초반의 처녀성을 가진 순수하고 어린 소녀들로 매일 밤 저에게 보내 주실 수 있으신가 해서요. 물론 처녀성 검사를 통과한 순수한 소녀들로만…. 어때요?"

"자네, 그거 진심인가?"

"그럼요! 제가 감히 차기 대권주자 1위이신 박영근 총장님께 거짓을 말하겠습니까? 저도 어린 여자가 좋은 건 어떻게 안 되는군요. 열 살보다 어리면 더 좋고요!"

"그런 청이라면 얼마든지 들어줄 수 있네. 그럼 자네 청을 들어준다면 내 편이 되어 주겠다는 건가?"

"하하! 나이도 있으시고 배운 만큼 배우신 분이 그렇게 눈치가 없으셔서야…. 쯧."

"그… 그게 무슨 소린가?"

민호는 잠시 고개를 숙이고는 한숨을 쉬는데, 불편한 느낌이다.

"당신 같은 사람들이 더럽게 유린한 어린 여자아이들…. 그들은 정말 안개꽃보다 더 순수하고 순결한 존재들이야! 민주주의란 허울 안에서 그 어린 꽃잎들이 떨어지는 건 내가 용납 못 해! 알았어? 하하! 이제 대답이 되었나요? 박 총장님…. 더 이상 볼 일 없겠죠. 내가 가장 경멸하는 인간들이 어린 소녀들을 무참히 짓밟는 그런 인간들인데…. 그런 걸 내가 원한다고 생각했어요? 참 어리석네!"

"뭐… 뭐야? 이런 죽일 놈이!"

"식사는 어르신 혼자 많이 드세요! 저는 이만 어르신 같은 나쁜 놈들 잡으러 가야 해서요."

룸 문을 열고 나가는 민호를 보며 박 총장은 분노로 손을 떨다가 찻잔을 벽에 집어 던진다.

"이… 이런 죽일 놈이 감히 날 조롱해? 감히… 네가 그러고도 살아남길 바라는 건 아니겠지?"

그 소리에 놀라서 청장이 들어온다.

"말씀은 잘되셨습니까."

청장을 향해서 다시 찻잔을 집어 던지는 박 총장. 놀란 청장은 급히 병풍 뒤로 몸을 숨긴다. 박 총장은 술잔에 술을 따르더니 연거푸 들이켠다. 그러곤 병풍 뒤에 숨어 있는 청장을 부르는데….

"장 청장! 이리 나오게."

"네? 네…. 어르신!"

"저놈이 지금 파헤치고 다닌다는 사건이 10년 전, 그때 그 사건 맞나?"

"네, 맞습니다! 정확히 '코드7' 사건에 매달리고 있습니다."

박 총장은 술잔에 술을 따라서 청장에게 건네준다.

"장 청장! 자네도 이제 청장은 지겨울 때가 되었을 텐데. 조만간 우리 딸이 갈 걸세. 날 받들 듯이 알아서 잘 받들게!"

청장은 대답 대신에 무릎을 꿇고 읍소한다.

"아⋯. 그리고 자네가 할 일이 하나 더 있네."

"네, 어르신! 뭐든 지시만 내려 주십시오."

"자네가 그놈을 좀 겁을 줘야겠는데⋯. 할 수 있겠나? 내가 애들은 붙여 주겠네! 다만, 내가 전면에 나설 수 없으니까 자네가 지시한 걸로 하란 말이네. 알겠나?"

"네? 아⋯ 네, 알겠습니다."

"이봐! 여기 청장을 따라서 가게!"

박 총장의 말이 떨어지기가 무섭게 밀실 안쪽에서 누군가가 나온다. 검은 형태의 사내인데, 얼굴은 드러나지 않는 모습이다.

그날 밤, 성북동 달동네 골목.

골목에서 밝은 불빛을 내며 서 있는 가로등을 하나둘씩 세며 집으로 걸어가는 민호. 그런데 중간쯤 지나가자, 갑자기 가로등이 하나씩 꺼져 나간다. 그리고 어디선가 한 무리의 사내들이 나타나 민호를 에워싼다. 민호는 표정에 별 동요 없이 그들을 바라보는데….

"그 영감이 보냈냐? 근데 이걸 어쩌지? 난 이미 너희들이 올 줄 알았거든."

사내들은 아무런 말들도 하지 않고선 민호에게 달려드는데, 가로등이 나간 캄캄한 어둠 속에 쓰러지는 사내들. 그런데 전과는 다르게 몇 안 되는 사내들에게 점점 밀리는 모습이다.

'이상한데! 저들은 뭔가 달라. 급소를 가격했는데 어떻게….'

사내들의 팔과 다리를 제압하고 관절을 부러뜨려 보지만, 다시 일어서는 사내들…. 전에 상대했던 다른 범죄인들과는 뭔가 달랐다.

'이… 이건 뭐지? 로봇도 아닌데 어떻게 다시 일어나는 거야?'

당황한 민호는 사내들에게 여러 차례 가격당하며 골목의 코너로 밀리는 형국이다. 그때, 갑자기 어디선가 사이렌 소리가 들리며 하나둘씩 가로등이 밝게 켜진다. 순간, 어디론가 일사불란하게 사라지는 사내들….

그런데, 먼발치에서 지켜보는 검은 그림자. 민호는 그를 단번에 알아볼 수가 있었다. 얼마 전, 지영의 자살 사건 현장에서 반대편 건물 옥상에서 민호를 노려보던 바로 그놈이었다.

"저놈은…."

잠시 후, 요란한 사이렌 소리와 함께 경찰차가 도착하고 김 형사와 조 형사가 차에서 내린다.

"괜찮으십니까? 아니, 어떤 놈들이 감히 우리 팀장님을…."

민호는 말없이 검은 그림자가 사라진 골목 끝을 바라본다. 다음 날, 경찰청 미제사건전담반 사무실에서 회의 중인 민호와 팀원들. 민호가 커피를 마시며 김 형사와 조 형사에게 어제의 일을 물어본다.

"어제는 어떻게 알고 오셨습니까?"

조 형사가 설레발을 치며 수다스럽게 끼어든다.

"놀라셨죠? 저희가 누굽니까! 대한민국의 강력 미제사건을 모두 해결하는 전대미문의 특수팀 아닙니까? 팀장님만 초능력이 있는 게 아니라니까요? 저희도 뭔가 이상한 낌새를 채고선 그곳으로 달려간 겁니다. 하하!"

"지랄을 한다. 넌 빠져, 인마! 사실은 어제, 저희 팀원들 모두가 누군가에게 협박을 받았습니다."

민호는 김 형사의 말을 듣고는 깜짝 놀라며 자리에서 일어난다.

"네? 그… 그게 정말입니까?"

"네. 이번 코드7 사건에서 손을 떼라며 안 그러면 뭐… 죽인다나 어쩐다나."

"협박한 놈들이 누군지는 짐작이 가십니까?"

"지금으로선 특별한 증거가 있는 것도 아니고 누군지는 정확하게 특정하기가 힘듭니다. 다만….."

"다만 뭡니까?"

"코드7 사건의 전모가 드러나는 것을 심히 두려워하는 누군가가 그러지 않나 싶습니다."

"이런 죽일 놈들!"

"진정하세요. 그래도 저희 모두 아직은 무사하지 않습니까?"

민호는 주먹을 불끈 쥐고는 탁자를 심하게 내려친다.

"제가 너무 방심했습니다. 여러분들의 안전이 위협받을 것을 예상했어
야 했는데…."

"배후가 누구인진 몰라도 아마 엄청난 자금과 무소불위의 권력을 가진
놈들일 겁니다. 이제부턴 팀장님도 조심하셔야 합니다."

그때, 커피를 가져오던 김현정 경위도 끼어드는데….

"저… 저도요. 이상한 문자가 왔기에 무심결에 열어 봤는데… 정말 무
서워 죽을 뻔했습니다."

조 형사는 별일 아니라는 듯이 휴대폰 게임에만 열중하고 있다.

"에이, 뭐 별일 있겠습니까. 걱정 마십시오! 저희 팀은 경찰청 꼴통인
제가 지킵니다."

"저놈 또 지랄을 한다. 야! 김 경위! 저놈 게임 좀 못 하게 폰을 뺏어 버
려!"

"에이, 왜 이러실까? 김 경위도 이미 제 게임의 세계에 동참한 공범이라
고요. 김 경위가 긴긴 외로운 밤마다 저와 원격 게임하는 거 모르셨어요?"

"김 경위! 그게 사실이야?"

"저… 그게 그러니까…."

"사실이구만! 에휴, 저놈 한 명으로 모자라서 이제 김 경위까지 게임에 빠지다니. 쯧쯧!"

"암튼, 팀장님! 걱정하지 마세요! 조진석! 제가 있는 한 우리 팀을 건드리는 놈들은 절대로 없을 것입니다."

조 형사의 말에 팀원들은 잠시 웃으며 긴장을 푸는 모습이다. 그러나 민호는 지난밤에 대적했던 놈들이 보통 사람이 아니라는 걸 알기에 걱정스러운 표정으로 변한다.

"어젯밤, 그놈들… 사람의 힘을 넘어선 초능력을 가지고 있었습니다. 이제부터는 정말 모두들 조심하세요. 무기는 항상 소지하시고요. 필요하다면 얼마든지 실탄을 사용해도 좋습니다. 이건 명령입니다!"

그 말을 하고는 뒤돌아 앉는 민호. 팀원들 몰래 주머니에서 약통을 꺼내 보는데, 약이 얼마 남지 않았다.

'아직 싸움은 시작도 안 했는데…. 내가 정말 저들을 상대로 이길 수 있을까. 그리고 팀원들을 지킬 수 있을까.'

그날 밤, 삼성동 오피스텔의 김현정 경위의 집.

번호키를 누르고 문을 열고 들어오는 김 경위. 평소와 같이 들어오자마자 니트와 청바지를 벗고 샤워실로 향한다.

"아휴, 피곤해 죽겠네. 오늘은 그냥 잘까? 하긴, 샤워야 아침에 하면 되지!"

뒤돌아서서 다시 청바지를 입고는 침실로 향한다. 그런데 뭔가 이상한 느낌이 드는 김 경위! 집 안에서 발소리 같은 이상한 소리가 작게 들린다. 그리고 김 경위의 눈에 들어온 소파의 인형!

"가만! 저 인형이 소파에 있었나? 이상하네. 분명 침실에 있던 건데…. 그리고 보니 집 안 분위기가 뭔가 이상해! 뭐지? 이 기분 나쁜 느낌은…. 안 되겠다."

김 경위는 어디론가 급히 전화를 하는데…. 그때, 갑자기 뒤에서 나타나 김 경위의 입을 막는 괴한들.

"읍 읍."

"가만히 있으면 목숨만은 살려 주겠다!"

김 경위가 순간적인 동작으로 괴한의 낭심을 걷어차며 급히 현관으로 도망친다. 그러나 갑자기 날아드는 야구방망이가 김 경위의 머리를 강타한다. 퍽 소리와 함께 쓰러지는 김 경위. 야구방망이로 머리를 얻어맞은 김 경위는 더 이상 반항하지 못하며 정신을 잃고 바닥에 쓰러진다. 괴한들은 쓰러진 김 경위를 침실로 끌고 가서는 침대에 던지고 옷을 벗긴다.

그때 뒤에서 찌리릿, 퍽 소리와 함께 괴한들이 쓰러진다. 손에 테이저건을 든 조 형사가 김 경위를 일으킨다.

"김 경위! 괜찮아? 정신 차려 봐!"

서서히 정신이 드는 김 경위는 알몸인 상태로 조 형사의 품에 안겨 있다.

"누구… 아, 조 선배!"

뒤이어 도착한 민호와 김 형사! 김 형사는 팬티가 내려진 채, 조 형사의 품에 안겨 있는 김 경위의 상태를 보고는 깜짝 놀란다.

"김 경위! 아이고…. 야! 조 형사. 어서 옷부터 입혀."

"아… 네, 선배님!"

조 형사는 팬티를 올려 주고 김 경위에게 청바지와 티를 가져다 입힌다. 그 모습을 본 민호는 분노로 치를 떠는데….

"이런 죽일 놈들! 힘없는 여자를 상대로 이런 짓을 하다니…."

김 경위는 조 형사의 품에서 흐느끼며 울고 있다.

"흑흑. 저… 이제 어떻게 해요? 설마… 순결을 빼앗긴 건 아니죠?"

"무슨 그런 말을 해? 김 경위는 아무 일 없었어."

조 형사는 김 경위를 다시 안아 주며 진정시키는 모습이다. 민호는 얼굴이 벌겋게 상기되어 테이저 건을 맞고 쓰러져 있는 범인들을 바라본다. 김 형사는 범인들에게 수갑을 채우며 걱정스러운 눈으로 민호를 본다.

"팀장님! 다행히 김 경위도 별일 없는 거 같고요. 이제 이놈들 심문하면 배후를 알아낼 수 있지 않을까요?"

"아니요! 그놈들은 절대로 입을 열지 않을 겁니다. 단순 성폭행으로 주장할 게 뻔합니다."

"그럼 어떻게 하죠? 그냥 이놈들 여기서 죽도록 패서라도 알아내야 할 텐데…."

"그건 절대로 안 됩니다! 저놈들은 그들의 하수인 정도도 안 되는 놈들입니다."

"그럼 어쩌실 생각인지…."

"저한테 잠시 생각할 시간을 주세요. 잠시만…."

민호는 잠시 깊은 한숨을 내쉬더니 김 경위네 집 거실을 거닐며 뭔가를 골똘히 생각하는 모습이다.

"김 형사님! 모든 언론사에 알려서 내일 아침에 경찰청에서 저희 팀과 관련된 기자회견을 한다는 정보를 흘리세요. 그것도 아주 중요한 정보를요. 유화책을 써야겠습니다."

"무… 무슨 일로."

"제게 생각이 있습니다."

민호는 분노의 눈으로 바닥에 쓰러진 괴한들을 바라본다. 다음 날 아침, 경찰청에 마련된 기자회견장. 마이크 앞에 선 사람은 뜻밖에 민호가 아닌 조 형사다.

"우린 지상 최고의 팀입니다. 아무도 우릴 막지 못할 겁니다. 국민 여러분의 영웅! 한민호 팀장님이 있는데, 뭐가 걱정입니까. 국민 여러분께 단호히 말씀드립니다. 저희는 그 어떤 협박과 테러에도 굴하지 않고 끝까지 악과 싸울 것입니다. 저희가 잡지 못할 범인은 아무도 없습니다. 반드시 모든 흉악범들을 잡아서 안전한 대한민국을 만들겠습니다. 그리고 저희가 수사하고 있는 '코드7' 사건은 국민 여러분께 말씀드리기도 힘든, 더럽고 추악한 사건입니다. 저희는 반드시….'

기자들의 질문에 회견장은 소란스러운데, 조 형사는 계속 말을 잇는다. 그 시간, 도경그룹 지하 비밀 안가에서도 박 총장과 김 회장, 최 부장이 TV로 조 형사의 기자회견을 보고 있다.

"이거… 벌집을 건드린 건 아닌지 모르겠습니다."

"벌집은 무슨…. 그러나 저놈이 저렇게 날뛰다가는 우리 정체가 드러나는 건 시간문제야. 빨리 해치워야겠어. 자네 부하들 부를 수 있겠나? 이봐! 뒤에 있나? 전 세계에 퍼져 있는 자네 부하들 모두 불러들이게! 비용은 걱정 말고."

구석에 서 있는 검은 그림자는 말없이 고개를 끄덕인다. 최 부장은 걱정스러운 표정으로 박 총장에게 다가서며 귓속말을 한다.

"어르신! 정말 괜찮을까요? 지금 저놈은 국민적인 영웅인데…. 갑자기 제거하면 여론이 가만히 있지 않을 텐데요."

"그깟 여론이 뭐가 무섭다고. 어차피 얼마 안 가서 국민들은 저놈의 존재도 잊게 될 거야."

"그래도 이건 너무 무리수가 아닌지…."

"자넨 언제부터 그렇게 겁이 많아졌나? 대한민국 언론의 대부라고 자칭하던 자네가 왜 그렇게 여론을 무서워해?"

"무서워하는 게 아니라 저는 단지 어르신이 내년에 대권을 잡는 데 지장이 있지 않을까 염려되어 노파심에서…."

"그건 자네가 걱정할 일이 아니야!"

"그래도 지금이 처신에 가장 조심하셔야 할 때입니다."

"어차피 대한민국 사람들은 쉽게 끓고 쉽게 식어 버리지 않나. 냄비근성! 우린 그걸 적절하게 이용하면 되는 거야. 알았나?"

"네, 알겠습니다."

그때, 안가 문이 열리며 선영이 경호원들의 제지를 뚫고 들어온다.

"너, 여기가 어디라고 함부로 들어와?"

"저에게 맡겨 주세요! 제가 조용히 해결하겠습니다. 제 허락 없이 민호 씨 건드리면, 저도 아버지 적이 될 겁니다."

"뭐? 민호 씨? 너 혹시… 그놈을 좋아하는 게냐?"

"마음대로 생각하세요!"

"이게 미쳤구만. 아니, 좋아할 사람이 없어서 제 아비를 죽이려고 혈안이 되어 있는 놈을 좋아해?"

"아버지도 그 사람, 죽이려고 했잖아요. 그러니까 그 사람이 아버지를 죽이려는 것도 당연한 거 아닌가요?"

"뭐? 그게 지금 아비 앞에서 자식이 할 말이냐?"

"저는 이미 경고했습니다. 민호 씨는 제게 맡기시고 손 떼세요!"

"저런 버르장머리 없는 녀석…."

급히 뛰어나가는 선영의 모습과 이를 몰래 구석에서 지켜보는 검은 그림자! 박 총장은 선영을 잡지 않고 시가를 꺼내서 불을 붙인다.

"휴, 자식 하나 있는 게 저 모양이니. 쯧쯧!"

그날 밤, 조양일보 최 부장의 사무실.

와장창!

화분이 깨지는 소리가 천둥소리처럼 크게 들린다.

"야! 이 새끼들아. 누구 마음대로 그런 인터뷰를 내보내라고 했어. 너희들 죽고 싶어? 당장 기사 지우고 영상 삭제해!"

그러나 이미 서울광장 대형 TV를 통해서 시민들은 조 형사의 기자회견을 보고 있었다. 서울 도심 거리 시민들의 모습!

"코드7 사건이 뭐지?"

"그러게. 뭔가 큰 사건일 거 같은데."

"팀이 테러를 당했나 봐!"

"아니, 누가 감히 국민적인 영웅을 테러해?"

며칠 후, 서울 도심에서 요란한 총성과 폭발음이 들린다.

탕! 탕! 쾅~!

박 총장이 불러들인 다국적 국제범죄단체와 총격전을 벌이는 경찰특공대가 보인다. 서울 도심은 일순간에 그들의 폭력과 총질에 죽어 가는 시민들과 경찰들의 비명 소리와 건물 유리가 총탄에 깨지는 소리로 아수라장이 되고 만다. 경찰청에 있는 민호의 사무실에선 TV로 생중계되는 총격전 장면을 민호와 팀원들이 지켜보고 있다.

　“팀장님! 우리도 가야 하는 거 아닙니까?”

　“팀장님, 어떻게 할까요?”

　민호는 잠시 숨을 고르더니, 팀원들에게 말한다.

　“분명, 트릭입니다! 국민들이 코드7 사건에 관심을 갖는 걸 두려워한 무리들이 여론을 딴 곳으로 돌리려는 수작이 분명합니다.”

　“그래도 가 봐야 되지 않을까요? 시민들의 피해가 너무 큰데요.”

　“속임수라고 말했잖습니까?”

　“시민들이 죽어 가는 모습을 그냥 보고만 있자는 말씀입니까?”

　“그건 안 됩니다. 저희들이 나가서….”

"가더라도 저 혼자 갑니다. 여러분들은 사무실에서 제 명령이 있을 때까지 대기하세요! 절대로 저기에 오면 안 됩니다."

민호 홀로 급히 나가고, 팀원들은 TV 속보를 지켜본다.

"긴급 속보입니다! 현재 서울 도심에서 정체 모를 괴한들과 경찰들의 총격전이 벌어지고 있습니다. 현재 모든 언론과 SNS에서 이 현장을 중계하고 있고, 시민들과 경찰들이 쓰러져 나가는 모습이 고스란히 서울 도심의 대형 화면에서 생중계되고 있습니다."

백주대낮의 총격전이 한창인 서울 도심.

여기저기서 총탄 소리와 비명 소리가 들리며 혼란 속에 빠진 도심. 국제범죄단체의 막강한 화력에 경찰과 특공대원들, 주변 시민들은 속수무책으로 쓰러지고 있었다. 그때, 어디선가 홀연히 나타나 빌딩 옥상을 넘어서 폭력조직의 근거지 뒤쪽으로 잠입하는 민호! 번개처럼 빠른 동작과 초능력을 사용해 조직원들을 제압한다. 쓰러지는 조직원들 모두 거의 사지가 부러지고 절단되는 등 심한 중상을 입는다. 후퇴했던 경찰특공대가 그의 모습을 보고는 다시 현장으로 다가오는데, 거리에 널브러져 있는 조직원들을 보고 놀란다.

"아니, 어떻게 이럴 수가. 다들 병신이 된 거 아니야?"

"이, 이건 너무 잔인한데."

"도대체 누가 이렇게 만든 거지? 혹시….”

"맞아! 특수팀의 한민호 팀장이야!"

"시민들을 구한 건 다행이지만, 이거… 잘못하면 문제가 되겠는걸."

　한편, 최 부장은 사무실에서 TV로 총격전 현장을 보며 어디론가 급히 전화를 한다.

"영상은 확보했나? 그래, 잘했어!"

　전화를 끊고 회심의 미소를 지으며 다시 어디론가 전화를 한다.

"네, 어르신!"

"일은 어떻게 되어 가고 있나?"

"지시하신 대로 그놈의 뒤를 밟을 팀을 더욱 보강했습니다."

"그럼 계획대로 되는 건가?"

"온갖 첨단 촬영장비들을 동원해서 지원해 줬습니다."

"돈은 아끼지 말게! 알았나?"

한편, 민호는 치열한 전투를 끝내고 수민이 있는 한국병원으로 향한다. 그도 심하게 부상을 당한 모습으로 지쳐 보인다. 건물 옥상을 뛰어넘으며 겨우 도착한 병원인데, 평소와 다르게 민호의 모습이 몹시 힘겨워 보인다.

"내 몸이 왜 이러지? 뭔가 이상해. 전과는 달라!"

힘겨운 표정으로 병실 문을 열고 들어간 민호. 잠시 후 민호가 수민의 손을 잡고 있는 모습이 병실 유리창으로 보인다.

"경민아! 아니, 수민아! 조금만 참아! 이제 거의 다 되었어."

그 모습을 몰래 훔쳐보는 누군가의 실루엣이 보이는데, 유리창 틈에 선영의 얼굴이 살짝 비친다.

"도대체 저 여자가 누군데 한 팀장이 저렇게 안타까운 눈으로 보는 거지? 혹시, 아는 사이인가? 아니야! 그럴 리가 없잖아. 한 팀장은 한국에는 전혀 아는 사람이 없는 걸로 아는데…."

그때, 병실에선 민호의 전화가 울린다.

"김 형사님! 무슨 일입니까? 네? 그게 무슨….”

급히 병실을 뛰어나가는 민호. 선영과 마주칠 뻔하지만 선영이 다급히 숨는다. 잠시 후, 사무실에 도착하는데, 사무실의 집기들이 빠지는 것을 보고는 당황한다. 조 형사와 김 경위가 힘없이 짐을 싸고 있다.

"이게 뭐 하는 겁니까. 짐을 왜 싸요?"

"고귀하신 청장님 지시랍니다."

"짐 싸는 거 당장 그만두세요!"

김 형사가 민호를 보며 어렵게 말문을 연다.

"팀장님, 코드7 사건 때문일 겁니다. 제 말 기억나시죠? 저도 10년 전에 그 사건에 집착하다가 좌천된 거 말입니다."

민호는 힘이 빠진 모습으로 텅 빈 소파에 털썩 주저앉는다.

"어떻게 대한민국이란 나라가 이렇게 썩을 수가 있단 말이야. 65년을 기다려 온 내 조국의 실체가 이런 거였다니….”

그날 밤, 서울광장 대형 TV로 보이는 화면.

"한 팀장이 이끄는 팀은 너무 잔인하고 폭력적인 검거 방식으로 문제가 되고 있습니다. 그동안 한민호 팀장의 팀이 보여 준 성과의 뒤에 감춰진 폭력! 과연 범인의 인권은 어떻게 해야 하는지가 여론의 뜨거운 쟁점이 되고 있습니다. 한편, 경찰청장은 당분간 팀의 활동을 정지시킬 계획이라고 밝혀 세간의 이목을 집중시키고 있습니다. 아직 그 어떠한 입장 표명도 없는 한 팀장은…."

시민들은 대형 TV를 보며 혼란스러워하는 모습이다.

"뭐야! 정말 폭력으로 잡았던 거야?"

"그럼 그렇지! 어쩐지 이상하더라고."

"영웅은 무슨 개뿔!"

"결국 저놈도 똑같은 범죄자라니까."

그 시간, 도경그룹 지하 비밀 안가에서는 사람들의 웃음소리가 들린다. 박 총장이 시가를 물고선 누군가와 통화를 하는 모습이 보인다.

"이제 얼마 안 남았네. 다음 대선 전까지 반드시 저놈을 우리나라에서 매장시켜야 되네. 증거를 잡아. 증거! 그럼, 자넨 다음 정권에서 총리란 말이야. 무슨 말인지 알겠나? 하하!"

박 총장과의 전화를 끊고선 회심의 미소를 짓는 최 부장.

"총리라… 총리! 최명도 국무총리! 하하!"

다음 날, 국제범죄수사국 근처의 카페에서 민호와 영태가 무거운 표정으로 마주 앉아 있다.

"네가 좀 도와줘야겠다."

"무슨 일인데 이렇게 심각해."

"아직 현재 진행형인 사건. 프롬앨스와 국제태아매매 말이야."

영태는 민호가 내뱉은 프롬앨스란 말에 물컵을 쏟고 만다.

'어떻게 저놈이 그것을 알고 있지? 그건 이미 잊혀진 사건인데….'

"어떻게… 도와줄 수 있겠어?"

"그… 그럼! 내가 알아볼게."

그런데 민호가 평소와 다른 영태의 불안한 표정과 손의 떨림을 유심히 관찰하고 있었다.

며칠 후, 유진이 살고 있는 신림동 달동네 입구 쪽으로 급히 뛰어가는 민호. 김 형사가 조 형사와 함께 동네 입구에서 기다리고 있다. 조 형사는 여전히 휴대폰 게임에 열중하고 있는 모습이다. 민호가 김 형사와 조 형사를 보고는 그쪽으로 급히 달려간다.

"그게 사실입니까? 코드7 사건 생존자가 있다는 말이…."

"확실치는 않지만 제가 전에 조사한 바로는 거의 확실합니다. 팀장님도 지영이 아시죠? '김유진'이라고 얼마 전에 프롬앨스 부작용으로 자살한 지영이의 친구입니다. 그 아이 동생이 급히 연락을 해 왔습니다. 행방불명이었던 누나가 집에 돌아왔다고요."

민호는 뭔지 모를 불안감이 엄습해 오는 것을 느낀다. 김 형사의 말대로라면 정말 유진이 코드7 사건의 유일한 생존자가 되는 것이다. 수민은 살아 있긴 하지만 여전히 식물인간 상태이기 때문에 현재로서는 유진이 이번 사건의 절대적인 해결의 실마리를 가지고 있는 유일한 인물이 되는 것이다. 민호는 마음이 급하다.

"그 아이 집이 어딥니까? 빨리 가시죠!"

"네. 저를 따라오시면 됩니다. 이봐! 조 형사는 여기서 대기하고 있어. 야! 이놈아. 게임 좀 그만하고!"

"넵! 걱정 마십시오."

민호와 김 형사가 동네 위쪽으로 뛰어 올라가고 있다. 동네 주변은 마치 고요함에 잠긴 것처럼 인적이 뚝 끊긴 모습이다. 달동네 맨 위쪽에 있는 유진의 집에 도착한 민호와 김 형사는 대문을 열고 조심스럽게 들어간다. 민호가 누군가를 보고 움찔하는데, 유진의 남동생 용재가 울고 있다. 순간적으로 민호는 70년 전, 지금과 비슷한 위치에 있었던 서울의 변두리 달동네에서 어렵게 살던 자신과 부모님의 모습을 회상한다.

70년 전…. 살림살이는 형편없지만 된장찌개를 밥상 가운데에 놓고 행복하게 식사를 하는 민호와 부모님의 모습.

"민호야! 김치만 먹지 말고 여기 고등어도 좀 먹어 봐라."

"아니에요. 아버지 드리세요. 저는 고등어 먹으면 몸이 이상하게 가렵더라고요."

"여보! 저놈 안 씻지? 그래서 가려운 거 같은데…."

"아버지! 제가 얼마나 잘 씻는데요. 하루에 두 번씩 꼭 씻는다구요."

"야, 이놈아! 농담이다. 그럼 얼른 고등어 먹어! 고기를 안 먹어서 영양 부족으로 가려울 수도 있으니까."

"그래. 아버지 말 들어라! 어여 먹어."

민호 어머니는 밥상에 겨우 한 토막 올라와 있는 고등어 살을 뚝 떼어
내서 민호의 밥그릇에 놓아 준다.

"엄마! 저… 정말 괜찮은데. 힘들게 일하시는 아버지 드리시라니까."

"이놈아! 난 공장에서 잘 먹으니까 걱정하지 말거라. 넌 우리 집안의 3
대 독자야. 잘 먹고 잘 커서 어여 빨리 결혼해야지."

"아니, 제 나이가 얼마나 된다고 벌써부터 그런 말씀을…."

"이놈아, 네 나이 정도면 늦은 거야! 난 네 엄마와 18살 때 결혼했다. 그
래도 10년 동안 애가 안 생겨서 얼마나 걱정이 많았다고. 그렇게 늦게라
도 본 게 네놈이란다."

"에휴, 얘도 생각이 있겠지요. 그리고 참한 며느릿감 경민이가 있잖아
요! 아 참, 민호야! 경민이랑은 어떻게 되어 가고 있니?"

경민의 얘기에 벌겋게 얼굴이 상기되며 목에 사레가 걸린다.

"컥컥. 자… 잘 지내고 있어요."

"이놈아! 잘만 지내면 뭐 할 거냐. 빨리 애를 가져야지. 당장 오늘 밤이라도 애 만들 생각이나 하거라. 자! 고등어 다 먹고 힘내!"

"아휴, 당신은 아직 결혼도 안 한 애들한테 무슨…."

"아니, 이 사람이…. 우리 집안 대를 이으려면 지금부터 부지런히 낳아도 늦는다고."

"그래! 아버지 말 나온 김에 너희들 언제쯤 결혼할 거냐? 우리 형편에 제대로 된 결혼식은 힘들겠지만…. 그리고 제주도 일 때문에 너한테 씌워진 좌익이란 오명은 또 어떻게 할지…."

"아, 이 사람아! 형식이 뭐가 중요해? 그리고 저놈이 왜 좌익이야? 난 공산당이 싫어서 이북에서 넘어온 사람인데, 누가 그런 말을 해? 그리고 두 사람이 마음만 맞으면 물 한잔 떠 놓고도 결혼하는데, 안 그러냐?"

"그… 그건 그런데요. 아직 경민이가 너무 어려서요."

"어리긴…. 암튼, 올해는 넘기면 안 된다. 내년에는 우리한테 떡두꺼비 같은 손주 꼭 안겨 줘야 한다. 알았지?"

"이… 이번 주말에 경민이 만나서 얘기해 보겠습니다."

"그럼. 그래야지! 아휴, 애비는 이제 밥 안 먹어도 살겠다. 하하!"

"당신은 그렇게 좋으세요?"

"암! 좋지. 좋아! 하하!"

민호도 싫지 않은지 부모님 앞에서 얼굴이 붉어지며 몰래 살며시 웃는다. 그렇게 세 식구의 웃음소리가 낡은 문풍지를 울리며 밖으로 새어 나온다. 민호는 용재의 모습을 보며 가난했지만 행복했던 옛 시절을 떠올리고 있다. 김 형사는 용재를 겨우 달래고는 멍하니 서 있는 민호를 뒤로하고 집 안을 둘러보며 유진을 찾는다.

"유진아! 괜찮니? 여기 있었구나. 어? 피가…."

유진의 하체에서 하혈하는 것처럼 홍건하게 피가 흐른 자국을 발견한다. 김 형사는 당황하며 유진의 다리를 들춰 보는데.

"괘… 괜찮아요! 그냥 생리혈일 뿐이에요."

"저… 정말이니? 아휴, 근데 꼴은 왜 이 모양이야. 누구한테 맞았니? 이 멍 자국은 다 뭐야!"

유진의 얼굴에는 여기저기 멍 자국이 생겼고 입술도 약간 찢어져 있는 것처럼 보인다. 뒤이어 민호가 유진의 방에 들어오는데, 직감적으로 유진의 성기 쪽으로 눈이 간다. 유진의 성기 쪽에선 계속 피가 흐르는 모습이다. 민호는 유진의 다리 사이에 계속 시선이 멈춰 있다. 유진도 민호의 따가운 시선이 느껴졌는지 교복 치마를 슬쩍 내린다. 민호는 순간, 미국에서 노숙 생활을 하던 당시에 거리에 넘쳐나던 마약중독자들의 모습을 떠올린다.

'분명 뭔가 있어! 저건… 생리혈이 아니야! 저 아이의 얼굴과 입술의 색은 미국 할렘가에서 많이 봐 왔던 마약중독자들의 증상과 비슷해.'

핏기가 없이 창백한 얼굴에, 약간 파란 입술…. 마치 마약에 중독된 것 같은 어눌한 말투와 약간 떨리는 손의 모습은 뭔가 모를 약에 중독된 듯이 보인다. 김 형사는 걸레로 방바닥을 대충 닦아 주고는 유진에게 이불을 덮어 준다.

"정말 괜찮은 거니? 병원 안 가 봐도 되겠어?"

"괜찮아요. 아저씨! 약도 타 왔어요. 저기… 저거 먹으면 돼요. 콜록콜록!"

"아휴, 몸살기도 있는 거 같은데…. 팀장님! 오늘은 아이 상태가 좀 안 좋아 보이네요. 아 참, 유진아! 여기 잘생긴 젊은 아저씨는 새로 오신 우리 팀장님이시다. 어때? 꽃미남이시지?"

유진은 민호의 얼굴을 똑바로 보지 못하고 이불을 얼굴 쪽으로 끌어올린다.

"아… 안녕하세요?"

"그래, 반갑다!"

민호는 유진의 눈을 자세히 보는데 민호를 피하는 거 같으면서도 뭔가를 말하려는 것 같은 느낌을 받는다.

"팀장님! 오늘은 유진이가 너무 힘들어하니까 나중에 다시 오는 게 나을 거 같습니다."

"그러죠. 다음에 다시 오죠."

민호는 김 형사 모르게 유진의 이불 밑에 명함을 넣어 놓는다. 김 형사는 유진의 손을 꼭 잡고는 당부한다.

"유진아, 용재 잘 보살피고 쌀도 떨어진 거 같은데 쌀도 사고 약도 좀 사 먹고 그래. 이거 얼마 안 되지만 당분간 생활비와 병원비로 쓰고!"

"감사합니다! 그리고 죄송해요. 말도 없이 사라져서요."

"아이, 이놈아! 어딜 가면 간다고 아저씨한테 말하지! 아저씨가 얼마나 걱정한 줄 알아? 아저씨도 너 같은 딸이 있단 말이다. 앞으로는 절대로 그러지 마! 알았지? 그럼 아저씨 간다."

김 형사에 앞서 나가려던 민호가 뭔가를 보고 깜짝 놀란다. 유진의 교복 이름표가 반 정도 뜯어져 있는 것이다.

'저건…. 이 아이… 위험해!'

민호와 김 형사는 유진의 방을 나오는데, 민호는 좀 전에 본 뜯어진 이름표가 마음에 걸린다. 김 형사는 집 안 구석구석을 살피며 쓰레기를 대충 치워 주고 있다. 그런데 갑자기 용재가 어느 곳을 손으로 가리키며 소리친다.

"어, 저기 이상한 아저씨가 있어요. 저기요!"

"아, 이 녀석아! 뭐가 있다는 거야?"

민호는 순간적으로 용재가 가리키는 곳을 바라보는데, 검은 그림자와 눈이 마주친다. 김 형사는 계속 주변을 두리번거리며 찾고 있다.

"아이, 아저씨! 저기요, 저기!"

"뭐? 어디, 어디야! 뭐가 있다는 거야? 어, 진짜네! 근데 저놈은 설마…."

김 형사가 허둥대는데, 민호는 유심히 검은 그림자를 노려본다. 민호와 검은 그림자는 서로 노려보며 움직이지 않는다.

"네놈이구나. 검은 그림자! 너, 맞지?"

잠시 후, 검은 그림자가 서서히 움직이며 어딘가로 사라지고 있다.

"팀장님! 저번에 지영이 사건 현장에 있었던 검은 형태의 그놈이 맞는 거 같은데요."

"네, 맞습니다! 분명 그놈입니다. 저놈이 이번 코드7 사건의 중요한 용의자입니다. 이번엔 절대로 놓쳐선 안 됩니다."

민호는 김 형사와 함께 검은 그림자의 뒤를 추격한다. 좁은 골목을 누비며 앞장서는 민호! 김 형사는 이내 지쳐 쓰러지고, 조 형사에게 전화를 한다.

"이봐. 조 형사! 거… 검은 그림자야. 빨리 올라와! 저번에 성북동 건물 옥상에서 봤던 그놈 말이야!"

민호는 약간의 초능력을 사용하며 검은 그림자를 무섭게 뒤쫓고 있다.

그 덕에 거리가 점점 좁혀지는 모습이다. 그런데 검은 그림자의 모습 또한 예사롭지가 않아 보인다. 평범한 인간은 도저히 흉내 낼 수가 없는 몸동작으로 날쌔게 움직이며 민호와의 거리를 점점 벌리고 있다.

'저… 저건 평범한 인간이 아니다. 분명 저놈도 나처럼 초능력이 있어! 설마 저놈도….'

민호의 느낌처럼 검은 그림자는 막강한 초능력을 사용하여 골목을 날아다니며 민호의 추격을 따돌리려고 무참히 주택가의 벽을 부수고 도망간다. 그 모습은 마치 30년 전, 자신과 함께 활동했던 용병의 모습과 비슷하다.

'아니야! 그럴 리가 없어. 모두 제거되고 나만 살아남았는데…. 그런데 저놈은 나와 같다. 저건 보통 사람이 아니야! 그럼… 저놈의 정체를 모르는 팀원들은…. 안 돼! 위험해!'

그 순간, 어디론가 급히 전화를 하는데….

"김 형사님! 저놈은 제가 알아서 할 테니까 모두들 동네 밑에서 대기하세요. 절대로 그놈을 추격하면 안 됩니다! 절대로! 이건 명령입니다."

서울 달동네에서 펼쳐지는 두 사람의 대결!
주변의 벽들과 주택 등 건물들을 무참히 파괴하며 도주하는 검은 그림자! 놀란 달동네 주민들이 비명을 지르며 하나둘씩 골목으로 쏟아져 나오는데…. 검은 그림자는 더욱 강한 초능력으로 주변 주택들을 파괴하는 모습이다.

"아… 안 돼! 우리 집이….'

"저건 뭐야? 저게 사람이야?"

"전쟁이라도 난 거야? 이게 무슨….'

주민들의 아우성이 들리며 부상자도 속출하고 있다. 민호는 달동네 주민들을 보호하려고 최대한 방어만 하며 추격하는 모습이다.

'더 이상은 안 되겠다. 계속 추격해 봤자 여기 살고 있는 사람들의 피해만 커질 뿐이야. 이런…. 눈앞에서 놓치게 생겼잖아.'

그때, 검은 그림자가 움직임을 잠시 멈추고는 민호를 노려본다. 그렇게 조롱하듯이 민호를 보더니 어디론가 홀연히 사라진다. 민호는 더 이상의 추격을 멈추고는 검은 그림자가 사라진 쪽을 멍하니 한참 동안 바라본다. 잠시 후, 김 형사가 숨을 헐떡이며 민호가 있는 곳으로 달려온다.

"티… 팀장님. 괜찮으세요? 아이고, 이런…. 집들이 왜 이래요? 팀장님이 이러신 건 아니죠?"

"아… 아닙니다. 내려가시죠. 근데, 조 형사는 어디 있죠?"

"아까부터 전화도 안 받는데요. 이놈이 또 어디로 샌 거야?"

순간, 민호는 불길한 예감을 느낀다.

"설마…."

민호와 김 형사는 급히 동네 아래로 뛰어 내려간다. 김 형사도 걱정되는지 쓰러지다가도 다시 힘껏 일어나서 힘겹게 뒤따른다.

"이놈아! 조 형사…. 어디 있냐?"

겨우 차가 있는 곳까지 먼저 내려온 민호!

"헉헉! 어디 간 거야?"

동네 밑으로 내려온 두 사람은 주변을 살피는데, 승용차 밑으로 이어지는 의문의 핏자국을 발견한다. 자국을 따라가 보는데, 칼에 수차례 찔린 상태로 피투성이가 되어 있는 조 형사를 차 밑에서 발견한다. 김 형사는 조 형사를 끌어안고선 정신없이 조 형사를 불러 대는데….

"조 형사! 야, 인마! 조진석! 정신 차려! 정신!"

민호는 그 자리에 풀썩 주저앉고 마는데, 어디선가 익숙한 전화벨 소리가 들린다. 조 형사가 게임을 하던 휴대폰이다. 민호는 떨리는 마음으로 다가가선 땅에 떨어진 조 형사의 피 묻은 휴대폰을 주워 드는데, 기다렸다는 듯이 계속 울려 대는 전화기! 발신자 번호 표시 금지로 온 전화다. 민호는 떨리는 손으로 전화를 받는데…. 검은 그림자다!

"내가 경고했을 텐데? 이 사건에서 손 떼라고."

"야! 이 개새끼야! 너 도대체 누구야?"

"흥분하지 마! 그 어벙한 형사 놈은 경고에 불과하니까. 앞으로도 계속 코드7 사건을 수사하고 다니면 이수민도 무사치 못해. 알겠나?"

"뭐? 수… 수민이? 네가 어떻게 그걸…."

"네가 사랑하는 여자 아닌가? 물론 식물인간 상태라 육체적인 쾌락은 나눌 수 없을 테지만…. 하하!"

"너! 다시 내 눈에 띄면 죽는다. 난 살인은 하지 않지만, 너만은 예외다. 용서 같은 것도 바라지 마라! 아주 고통스럽게 죽여 줄 테니까. 그러니 절대로 내 눈에 띄지 마라. 절대로!"

민호와 김 형사가 탄 승용차가 구급차를 따라가고 있다. 그런데 갑자기

차를 멈추는 민호! 수민에 대한 검은 그림자의 경고가 마음에 맴돈다.

"계속 이번 사건을 수사하면 네 주위에 있는 사람들이 위험해질 거야.
특히 너는 지켜야 할 사람이 있는 걸로 아는데…. 이수민!"

민호는 갑자기 소리를 지르는데, 김 형사는 깜짝 놀라는 표정이다.

"안 돼. 절대로!"

급히 차에서 내려 김 형사를 남겨 놓고는 어디론가 달려가는 민호.

"팀장님! 팀장님. 어디 가세요? 아니… 저 사람이…."

민호는 빌딩 사이의 골목에서 아끼던 알약을 하나 꺼내 먹고는 일그러
진 얼굴로 빌딩 옥상을 건너뛰며 병원으로 향한다. 잠시 후, 한국대학 병원
옥상에 도착한 민호는 비상계단을 뛰어 내려와서 수민의 병실로 뛰어가는
데, 문이 잠겨 있다. 괴력을 사용하여 병실 문을 부수고 들어가는데….

"경민아! 아… 수민아!"

수민의 몸에 연결된 모든 전자기기가 꺼져 있고 수민이 혼수상태에 빠
져 있다.

"아… 안 돼!"

민호의 다급한 외침이 울리면서 암전된다.

다음 날 아침, 심장박동 기계음 소리와 함께 민호가 깨어난다. 어떻게 된 일인지 김 형사가 민호 곁을 지키고 있다.

"괜찮아서 다행입니다. 조금만 늦었어도…."

"어떻게 된 거죠?"

"그렇게 뛰쳐나가신 후에 혹시나 해서 저도 병원으로 급히 달려왔는데요. 팀장님이 수민이 앞에 쓰러져 있더라고요. 의사 말로는 큰 정신적 충격에 의한 쇼크였답니다."

"수민은 괜찮습니까?"

"누가 그랬는지 생명유지 장치가 잠시 꺼져 있었지만, 생명에는 지장이 없다고 합니다. 그나저나 조 형사 저놈은 어떻게 하죠? 못 깨어날 수도 있다는데…. 아직 결혼도 못 한 놈인데 어떻게 하죠? 저놈 불쌍해서 어쩌나! 흑흑! 아 참…. 이거 동네 주민이 주웠다던데요. 유진이의 집 앞에 떨어져 있는 걸 발견했답니다."

약통을 보는 민호의 눈이 커진다.

'이… 이건. 내 예상대로 검은 그림자가 그럼….'

영어로 선명하게 '프롬앨스'라고 적혀 있는 약병을 손에 꽉 쥐고는 혼잣말을 하는 민호.

"이제부터가 정말 힘든 싸움이 될 거야. 내 주위에 있는 사람들… 내가 지킨다. 무슨 일이 있어도!"

다음 날, 미제사건전담반 사무실에 홀로 있는 민호에게는 무엇보다 깊은 침묵이 흐른다. 팀원들 모두 조 형사에게 가해진 테러로 잔뜩 겁먹은 듯하다. 그때, 갑자기 선영이 문을 박차고 들어온다. 민호가 자리에 있는 것을 보곤 다가가는데….

"괜찮은 거죠?"

"당신 아버지한테 물어봐요. 그 사람이 더 잘 알 테니까."

"이번 사건… 제발 그만둬요! 아니면, 당신이 죽을 수도 있어. 알아?"

"당신 아버지가 그래? 어디 계속해 보라고 해! 누가 죽을지…."

"우리 아버지가 문제가 아니야! 아무리 당신 능력이 뛰어나다 해도 그들을 당신 혼자 막을 순 없어. 코드7 사건의 배후에 엄청난 권력과 돈이 움직이고 있다고! 당신이 절대로 감당하지 못할 권력이란 말이야."

민호는 선영을 힐난하는 눈빛으로 노려본다.

"그들? 누굴 말하는 거야. 아! 당신 아버지가 불러들인 그 쓰레기 같은 용병들 말이야?"

민호는 선영을 무시하며 사무실을 나간다. 그런데 민호가 나간 후, 선영의 표정에선 복잡한 감정이 느껴지고 눈에선 눈물이 맺힌다. 한편, 도경그룹 지하 비밀 안가에서는 박 총장을 비롯한 사람들의 웃음소리가 크게 들린다.

"잘 처리했어! 이제 한민호, 그놈도 겁 좀 먹었겠지. 어디 날고 기는 놈이 지 한 놈인가 말이야. 하하!"

그때, 비밀 안가 문이 열리고 선영이 들어온다.

"제 허락 없이는 그 사람… 건들지 말랬죠?"

"어리석은 놈! 남자한테 빠져서 사리 분별도 못 하고. 아버지가 끝나면 너도 끝인 거 모르냐? 정신 차려!"

"좋아요! 저도 제 식대로 할 테니까. 알아서들 하세요!"

선영이 나가려는데, 김 회장이 만류하려 한다.

"아가씨!"

"내버려 둬! 제깟 게 뭘 하겠어. 항상 피는 물보다 진한 법이야. 저놈이 사내로 태어났으면 좋았을 텐데…. 어쩔 수 없지. 계집이라고 내 후계자 가 되지 못할 건 없으니까. 안 그런가?"

그날 저녁, 국제범죄수사국 지부장실로 영태가 들어오는데, 선영은 이 미 취해서 술을 마시고 있다.

"무슨 일이십니까."

"부장님이 민호 씨를 보호해 줘야 하겠어요. 수단과 방법을 가리지 마 세요. 경호 인력을 총동원해서라도 꼭 보호하세요!"

"하지만, 사적으로 저희 요원들을 움직였다가는 본부에서….."

"제가 책임지겠습니다. 그렇게 하세요!"

영태는 선영의 완강한 태도에 말없이 고개를 숙인다. 그런데 영태의 표정이 묘하다. 영태는 지부장실을 나가면서 알 수 없는 혼잣말을 하는데.

"내 계획대로 되는군! 이제 너희들은 내 덫에 갇힌 거야."

그날 밤, 민호가 청계천 공원에서 영태를 기다리며 냇물에 돌을 던지고 있다. 잠시 후, 저 멀리서 영태가 민호에게 다가온다.

"여기는 무슨 일이야? 어쩐 일로 여기로 나오라고 하고….."

"알고 있었니?"

"뭘? 갑자기 불러 놓고 무슨 말이야?"

"박선영이 우리 팀의 해체를 청장에게 지시한 거 말이야."

"나도 조금 전에 알았다. 하지만 상사가 하는 일은 불가침이야!"

"박선영이 왜 그랬을까? 혹시 그럴 일은 없겠지만… 코드7 사건에 박선영도 관련된 건 아닐까?"

"설마! 그건 아닐 거야. 자기 아버지인 박 총장을 보호하려는 순수한 의도일 거야!"

민호는 다시 돌을 주워 들어 던지며 물의 파장을 지켜보고 있다.

"정말 그럴까? 난 이제 아무도 못 믿겠다. 친구인 너까지도⋯."

민호의 말에 영태는 흠칫 물러서며 손이 떨린다. 그리고 그 순간, 영태의 손을 훔쳐보는 민호!

"걱정하지 마! 그래도 너만은 믿으니까. 하하!"

영태는 잠시 안도하는 표정인데, 민호는 영태의 표정을 하나도 놓치지 않는다. 영태는 민호의 눈빛을 피하며 속으로 뭔가를 중얼거리는데⋯.

'설마! 저놈이 날 의심하는 건 아니겠지? 그래! 아닐 거야. 저렇게 말하는데⋯. 이 정도면 아무도 날 의심하지 못할 거야! 조금만 기다려라! 이제 끝낼 시간이 다 되었으니까.'

강남병원, 응급센터 앞.
민호의 팀원들이 조 형사를 걱정하며 힘없이 앉아 있다. 김 경위는 계속 눈물을 보이며 울먹이는 모습이다.

"흐흑, 김 형사님! 저희⋯ 이렇게 손 놓고 지켜볼 순 없잖아요."

김 형사는 김 경위의 등을 토닥이며 위로해 준다.

"난들 어떻게 하겠나? 팀장님이 절대로 움직이지 말라는데. 김 경위! 우리라도 기운 내야지! 그래야 조 형사, 저놈도 빨리 일어날 거야."

"그래도 조 선배를 저렇게 만든 놈을 잡아야죠."

"걱정하지 마! 팀장님도 다 생각이 있으실 테니까. 팀장님이 어떤 분이신가? 국민들의 영웅이잖아! 아마, 우리 모르게 뭔가를 계획하고 계신 게 분명해! 그러니까 우리도 기운 내자고. 알았지?"

김 경위가 눈물을 멈추고는 잠시 망설이더니 김 형사에게 뭔가를 말한다.

"그런데요. 사실은… 저희 아버지한테 전화가 왔는데요. 누군가가 저희 집에 계속 협박 편지하고 칼을 배달한대요."

"정말이야? 아니, 그 얘길 왜 지금 해? 휴! 사실 우리 집에도 애들을 해친다는 협박 전화가 온다는데…."

응급센터 모퉁이에서 그들의 대화를 듣고 있는 민호!

"이런 죽일 놈들. 도대체 어디까지 가겠다는 거야."

주먹을 불끈 쥐며, 눈가가 잠시 떨리는 모습이다. 다음 날, 오랜만에 민호와 팀원들이 함께 모여 있는데, 모두들 무거운 표정으로 회의실에 앉아 있다.

"오늘부로 저희 팀은 일단 해체합니다!"

민호의 말에 팀원들은 모두 놀라며 민호를 바라본다.

"그게 무슨 말씀입니까?"

"당분간입니다! 저 혼자 알아볼 것도 있고요. 그리고 여러분의 가족들도 제가 지켜야 할 선량한 사람들입니다. 그들을 이번 일의 희생양으로 만들 수는 없습니다. 제 말… 무슨 뜻인지 아시겠죠?"

민호의 말에 팀원들은 말없이 고개를 숙이고 있는데, 김 형사와 김 경위가 용기 내어 민호에게 말을 한다.

"그래도 저는 몰래 뒤에서 팀장님을 돕겠습니다. 그건 허락해 주세요."

"저도요! 조 선배를 저렇게 만든 놈… 절대 그냥 둘 순 없습니다."

그때, 팀원 한 명이 뛰어 들어와서 급하게 TV를 켠다.

"팀장님. 큰일 났습니다. 이것 좀 보세요!"

"무슨 일인데 그렇게 호들갑이야?"

"지금까지 한민호 팀장이 이끌었던 미제사건전담반은 수많은 흉악범 죄들을 해결한 공은 있지만, 그에 따른 한 팀장 개인의 너무나 잔인한 범인 검거 방식과 인권을 무시한 폭력 행위 등은 대한민국 경찰의 신뢰를 떨어뜨렸고, 이런 그에게 팀원들이 반기를 들어 결국, 더 이상 이번 팀을 신뢰하고 유지하기 힘들다는 판단으로 해체하기에 이르렀습니다."

도심 한가운데의 거대한 스크린에서 방송되는 청장의 기자회견 모습을 시민들은 대수롭지 않게 그저 바라보고 있었다. 민호는 말없이 사무실을 나오는데, 팀원들은 청장의 기자회견을 보며 술렁이는 모습이다.

"아… 아니, 저게 무슨 말입니까? 저희가 반기를 들어 팀이 해체되다니요?"

"이건 말이 안 됩니다. 팀장님은 저희를 걱정해서 그런 결정을 내린 건데…."

김 형사는 담배를 입에 물고는 깊은 한숨을 내쉰다.

"다들 그만해! 이미 예상한 일 아닌가? 그럼 청장이라는 놈이 어디 우리 팀을 곱게 해체할 줄 알았어? 눈엣가시였는데 이참에 우리 팀의 이미지를 실추시켜 자신의 공을 높이려는 수작이지. 야! TV 꺼라!"

한편, 민호는 그길로 수민이 있는 병원으로 차를 몰고 간다. 병원 주차장에 차를 세우고 나오면서 누군가와 어깨를 부딪치는 민호. 대수롭지 않게 병원 로비로 향하는데, 갑자기 멈춰 선다.

"아… 전화기."

휴대폰을 두고 내린 차가 있는 주차장으로 다시 되돌아가는 민호. 잠시 후, 민호는 자신의 승용차를 발견하고는 화들짝 놀란 얼굴로 뒷걸음질 친다. 차 유리창에 붉은 글씨로 그에게 보내는 메시지가 있었다.

"너는 내 경고를 어겼어! 이제 이수민은 끝이다!"

그는 좀 전에 어깨를 부딪친 사람이 뇌리에 스쳐 가는 걸 느낀다.

"수민아! 아… 안 돼! 제발, 조금만 기다려. 조금만….."

급히 병원으로 달려가는 민호는 승강기가 내려오지 않자, 비상문을 열고 비상계단으로 7층까지 쉼 없이 뛰어간다. 비상계단 문을 여는 순간, 갑자기 전기가 나가며 캄캄한 어둠이 가득하다. 민호는 잠시 눈을 감더니 투시 능력으로 병원 복도를 살펴본다. 복도에는 이미 20~30명의 알 수 없는 무리들이 도열해 있고 맨 뒤에 서 있는 검은 그림자의 모습이 보인다. 검은 그림자가 손가락을 까딱 움직이자 무리들이 일거에 민호를 향해 달려드는데, 일순간에 병원 복도에서는 처절한 혈투가 벌어진다. 그러나 민호에겐 초능력을 발현해 줄 약을 먹을 시간도, 기회도 보이지 않는다. 계속해서 무리들에게 당하는 민호! 벽에 던져지고 수없이 머리를 강타당하며 유리창에 던져진다. 그의 얼굴은 점점 부어오르고 입가엔 피가 흐르고 있다.

점점 부상이 심각해지는 상황에서 무리들은 더 가혹하게 민호를 향해 달려들며 물어뜯는 모습이다. 마치 하이에나 떼가 썩은 고기를 물어뜯는 것처럼 인정사정이 없다! 그때, 민호의 주머니에서 약통이 떨어지며 알약 한 개가 나오는데, 그곳으로 겨우 기어가서 알약을 주워 먹는 민호! 잠시 고통스럽게 얼굴이 일그러지더니 피투성이의 몸을 일으킨다. 픽! 픽! 드디어 초능력의 힘을 얻은 민호는 검은 그림자 무리들을 향해 달려드는데…. 하나둘씩 민호에게 쓰러지는 무리들. 온 힘을 다해서 그들을 제압하며 수민의 병실 쪽으로 가까이 다가간다. 그러나 전번 골목에서 싸웠던 무리들과 마찬가지로 이들도 보통의 존재들이 아니었다. 무언가 이상했다! 분명히 급소를 타격하고 관절을 부러뜨렸는데, 다시 일어난다.

'저들의 모습은 마치 좀비와도 같아. 어떻게 저럴 수가 있지? 저들도 분명 나와 같은 존재들이야. 절대 평범한 인간들이 아니야!'

기진맥진한 모습으로 겨우 수민의 병실 문을 여는데, 갑자기 민호에게 강력한 검은 빛이 부딪치면서 정신을 잃는다. 민호의 머리에서는 검붉은 피가 흐른다.

“수… 수민아! 수민아!”

검은 그림자가 민호의 뒤로 다가오는 소리가 뚜벅뚜벅 들린다.

“수민아, 미안해! 널 지켜 줘야 하는데….”

“이제 너와, 네 애인은 그만 사라져 줘야 될 거 같은데…. 부디, 편하게 가라!”

민호는 바닥을 짚고 겨우 몸을 일으키려는데 뒤에서 최후의 한 방으로 휘두르는 검은 빛이 민호의 머리를 향해 날아온다. 꽝- 하는 소리와 함께 암전된다.

하루가 지난 후에 깨어난 민호!
응급센터 안에 있는 병실인데, 민호는 수민의 옆자리에 누워있다. 그리고 민호의 귀엔 반가운 목소리가 들린다. 김 형사다.

“어떻게… 정신이 좀 듭니까? 저희가 안 갔으면 큰일 날 뻔했어요.”

민호는 겨우 몸을 일으켜 김 형사와 김 경위를 바라본다.

“어… 어떻게 된 일입니까.”

"김 선배님이 주차장에 있던 팀장님 차를 봤는데요. 거기 뭔가 이상한 글이 적혀 있어서 낌새를 채고 경찰특공대를 부른 겁니다. 7층만 깜깜한 것이 이상해서 저희는 차단기를 올리고 병실로 갔는데, 팀장님은 이미 쓰러져 있더라고요."

민호는 옆에 누워 있는 수민의 모습을 보며 눈에선 눈물이 흐른다. 그제야 조금이나마 마음의 여유가 생기며 어젯밤에 자신과 싸웠던 검은 그림자와 그 무리들을 떠올린다.

'그들은 누구일까? 나와 비슷한 능력이 있었어. 그런데, 검은 그림자 말고도 그런 존재들이 있다니…. 박선영의 말처럼 분명 배후에는 엄청난 뭔가가 있는 거야!'

국제범죄수사국 지부장실 밖에서 격투 소리가 들린다.

팍! 악! 쾅!

문이 열리고 머리에 붕대를 감은 민호는 선영의 멱살을 잡는다.

문밖에는 그가 쓰러뜨린 경호요원들이 보이는데, 무서운 눈으로 선영을 노려보는 민호!

"내 인내심도 이제 끝이야! 너! 코드7 사건과 무슨 관련이 있는 거야?"

그때, 민호의 머리에 감겨 있는 붕대에서 피가 배어 나오는데, 선영은 그것만 본다.

"머리에서 피 나잖아. 다 말해 줄게! 대신에 머리에 붕대는 내가 다시 감아 줄 수 있도록 허락해 줘! 그러니까 이제 그만 이 손 놔도 돼."

잠시 후, 선영이 민호의 머리에 붕대를 다시 감아 주고는 민호에게 뭔가를 말해 주는 모습이 건물 밖 유리창으로 보인다.

"어린 여성들을 통한 대리 출산으로 국제사회에서 최고위층에 있는 정, 재계 인사들 중 자녀가 없는 이들에게 거액을 받고 태아를 매매하는 추악한 범죄! 그것도 형편이 어려운 여성 중에서 가족에 대한 책임감이 강하면서도 지능이 높고 얼굴도 이쁜 여성들만을 노려 이런 더럽고 추악한 불법 행위들이 이루어지고 있었던 거야. 그게 바로 코드7 사건의 시작이야!"

선영의 말에 민호는 분노로 치를 떠는 모습이다.

"로버츠가 보내 준 자료가 사실이었군. 어떻게 인간이 그런 추악한 범죄를…. 그럼 검은 그림자는 누구야? 대체 그놈은…."

"그건 정말 나도 몰라! 항상 검은 형태로만 알고 있을 뿐, 나도 얼굴을 자세히 본 적은 없어. 누군지는 몰라도 세계 최고의 킬러단체 우두머리라고 들었어. 그가 민호 씨를 노리고 있다는 건 사실이야! 현재 우리나라에 있는 그놈의 부하들도 보통 인간들이 아니야. 괴물들이라고! 그리고 우리나라 언론을 움직이는 조양일보 최 부장이 이 사건을….”

민호는 선영의 말이 끝나기 전에 자리를 박차고 나간다. 걱정스러운 눈으로 민호를 보는 선영! 잠시 후, 조양일보 최 부장의 사무실 밖에서 약간 시끄러운 소리가 들리더니 문이 부서지며 민호가 들어온다.

“최명도! 박 총장과 함께 대한민국을 이렇게 썩은 내가 진동하게 만든 게 당신이야?”

최 부장은 의외로 당황하지 않고서 민호를 맞이한다.

“그렇잖아도 만나 보려고 했는데, 제 발로 찾아오셨구만. 당신이 가지고 있는 능력을 날 위해 써 준다면, 난 세상을 바꿀 수 있는 힘을 가질 수 있어. 지금 자네한테 쏠린 여론이 좋지 않다는 건 알고 있겠지? 하지만 나한테 국민의 여론을 바꾸는 건 일도 아니야! 어때? 나랑 함께 세상을 바꿔 보겠나?”

“미친 소리 그만해! 이 개새끼야!”

“이거 흥분하지 말라고. 나는 그들과 달라! 그리고 박 총장은 절대로 대통령이 될 수 없는 사람이야. 온갖 비리에 연루된 그가 어떻게 대한민국을 이끌어 가겠어? 그 사람보다는 차라리 나를 밀어주는 것이 새로운 깨 끗한 세상을 만드는 일이 될 거야. 잘 생각해 보게. 이게 자네한테 주는 마지막 기회야!"

"미친 소리 하지 말라니까! 너 같은 새끼들은 몽둥이가 약이야!"

민호의 강펀치가 수차례 최 부장의 면상을 강타하고, 최 부장은 코피를 흘리며 바닥에 나뒹굴고는 정신을 잃는다.

"미친놈!"

건물 옥상에 올라서 서울 도심을 바라본다.

노점상을 하는 젊은 부부들….
파지를 열심히 줍고 있는 노인들….
그리고 편의점에서 열심히 일하고 있는 학생들….
공사장에서 땀을 뻘뻘 흘리며 벽돌을 나르는 중년의 사내들….
친절한 모습으로 손님을 배웅하는 택시기사들….
그리고 더러운 거리를 맨손으로 청소하고 있는 청소공무원들….

민호의 눈에 그들의 모습이 분할되어 보인다.

"70년 전에도 저들처럼 열심히 살던 사람들이 있었어. 우리 부모님과 경민이처럼! 지금도 마찬가지야! 그때, 부모님과 경민은 지키지 못했지만 저들은 내가 지켜 줘야 해! 저들이 희생되게 둘 수는 없어. 저들만은 꼭 지켜야 해. 반드시! 나는 이미 내 한 몸이 아니야. 저들은 아직도 날 원하고, 필요로 하고 있어. 이렇게 아무것도 하지 않고 있는 건 죄악이야. 난, 저들을 위해서 뭐든지 해야 해. 그것이 저주받은 내 능력을 마지막으로 써야 하는 이유야. 나로 인해 죽어 간 이들을 위한 속죄이기도 하고…. 이제 저들을 위한 진정한 영웅이 되는 거야. 저들이 말하는 '진창 속에 핀 안개꽃'처럼…."

그날 밤, 민호는 수민의 병실 문을 열고 들어가서 수민에게 가벼운 키스를 한다. 마치 65년 전, 경민과 키스를 하듯이….

"수민아! 나한테는 절대 어울리지 않는 별명이지만, 나… 마지막으로 진정한 영웅이 되도록 해 볼게! 그동안 사랑하는 사람들을 지키지 못한 죄… 이젠 죗값을 받을 때가 된 거 같아. 내가 죽어서 다신 널 보지 못한다고 해도 난 꼭 마무리해야 할 일이 있어. 그리고 다시 떳떳한 모습으로 돌아올게. 65년 전, 널 지키지 못한 일… 다시는 절대 그런 일 없을 거야. 절대로!"

민호의 눈에서 떨어진 굵은 눈물이 수민의 볼에 떨어진다.

잠시 후, 서울 도심에서 흉악범죄자들과 거침없이 싸우는 민호의 모습이 보인다. 서울 도심을 누비며 살인범, 성폭행범, 가정파괴범, 학교폭력

사범, 그리고 비리 공무원 등을 가차 없이 응징하는 민호의 모습. 다시금, 그의 활약상이 연일 언론을 통해 생방송된다. 그에게 등을 돌렸던 여론도 점점 그에게 다시 환호하기 시작한다.

며칠 후, 도경그룹 지하 비밀 안가.

박 총장과 김 회장, 조양일보 최 부장 등 사회 고위층 인사들과 선영이 앉아 있다. 박 총장은 굵은 시가를 연신 빨아 대는데, 최 부장이 침묵을 깬다.

"이제는 저도 과열된 언론을 통제할 수가 없습니다. 시민들의 전폭적인 지지를 받고 있는 그를 섣불리 건드렸다가는….'

그때, 문이 열리고 미국인으로 보이는 누군가가 요원들의 호위 속에 들어온다. 겉으로 풍기는 아우라가 엄청나다. 박 총장이 반갑게 일어나며 그와 악수를 하며 웃는다.

"소개하겠네. 아는 사람은 알겠지만, 여기는 미 정보부의 실제적인 실세인 부국장, 마틴일세. 마틴! 여기 모인 사람들에게 한마디 하죠.'

마틴은 박 총장의 탁자에 있는 시가에 불을 붙이고는 말을 시작한다.

"한국에서 일어나는 일련의 사태는 한민호라는 괴물 때문입니다. 그는 약의 힘을 빌리지 않고는 절대로 초능력을 발휘할 수 없는 허수아비일 뿐입니다. 65년 전, 미국 네바다 사막에 있는 비밀 국방연구소에서 테러범들과 적국의 요인을 암살하려는 목적으로 신약을 개발 중이었습니다. 그약은 평범한 인간을 초인적인 능력을 갖춘 전투 괴물로 만들어 주었지만, 약의 부작용과 냉전시대의 종말로 모든 연구 자료를 폐기한 것입니다. 그곳에서 활동했던 7인의 용병들은 모두 제거된 줄 알았는데…. 저놈만이 유일한 생존자로 세상에 다시 나타난 것입니다. 그러나 그들은 약의 발현 없이는 평범한 군인에 불과합니다. 그리고 우리 정보로는 그가 가지고 있는 약이 이미 소진되었거나 몇 알 정도밖에 남지 않았다고 하니, 이제 그를 없애는 일은 쉬울 겁니다. 이제부터 그와 관련된 모든 일을 미국 정부는 모두 부인할 겁니다. 그 약의 존재와 한민호라는 존재도….”

박 총장은 마틴의 말을 끊으며 쾌재를 부른다.

“하하! 이제들 알겠나? 그는 약에 의존하는 나약한 괴물일 뿐이야! 이제 그 괴물의 숨통을 끊어 놓을 때가 된 거야.”

그때, 김 회장이 대화 속에 어렵게 끼어든다.

“그래도 그놈이 그렇게 강한 천하무적의 존재라면 누가 과연 그를 상대해서 제거할 수 있겠습니까?”

마틴은 탁자 위에 약병 한 개를 꺼내 놓는다!

"이게 뭔지 아십니까? 바로 65년 전에 개발했던 그 약입니다. 모든 자료가 폐기되어 완벽하게 복원할 수는 없었지만, 거의 비슷한 효과를 내고 있습니다. 이미 박 총장의 수하인 '검은 그림자'와 그의 부하들은 몇 년 전부터 이 약을 꾸준히 먹고 있습니다. 저들도 비슷한 능력을 가진 괴물들이란 말입니다."

마틴의 말에 안가 안은 술렁이는 모습이다. 마틴은 박 총장이 귓속말로 하는 모든 제안을 말없이 듣고만 있는 모습이다.

"이번엔 확실하게 처리해야 합니다! 그놈이 괴물이건 영웅이건… 더 날뛰게 두었다가는 한국은 국제적인 웃음거리가 되고 말 겁니다. 그들을 불러들입시다! 좀 위험하고 잔인한 놈들이긴 하지만, 그놈과 대항할 괴물들은 그들뿐입니다."

회의를 끝내고 모두 자리를 뜨는데, 마지막으로 박 총장과 선영만이 남는다.

"선영아. 너는 내 딸이기 이전에 국제범죄수사국 지부장이야. 그리고 앞으로는 내 뒤를 이어서 대한민국을 이끌어 가야 하고…. 그것만 명심해라! 알겠니?"

"아버지…. 정말 무서운 분이었군요. 제가 상상했던 그 이상으로 말입니다."

"네가 어디까지 상상했었든 아버지의 능력은 그 이상일 거다. 이게 모두 하나밖에 없는 널 위해서야. 알겠니?"

선영은 말없이 자리를 뜨고, 박 총장은 다시 시가를 입에 문다.

다음 날 새벽, 조양일보 최 부장의 사무실에는 최 부장과 그의 특수팀이 모여 있다.

"그동안 너희 특수팀이 촬영한 그놈의 모든 동영상은 빼놓지 않고 모두 가져온 거지?"

"네. 맞습니다. 이것이 전부입니다."

"그래! 이거면 된 거야. 다시 '악마의 편집'을 하는 거야. 하하! 오늘 미국에서 편집전문가들이 올 테니까, 바로 방송 준비해!"

팀원들은 못마땅한 표정이 역력하다.

"그런데 부장님…. 이렇게까지 해서 그를 파멸시키려는 목적이 뭔지 모르겠습니다."

"네! 저희가 촬영하고 조사한 바로는 한 팀장이 힘없는 사람들에게 의도적으로 폭력을 행사한 정황은 없었습니다."

순간, 버럭 화를 내며 화분을 집어 던지는 최 부장!

"야! 이 새끼들이 무슨 말을 하는 거야? 너희들은 그냥 내가 시키는 대로 일만 하면 되는 거야. 무슨 말이 그렇게 많아? 잔말 말고 다들 나가! 그나마 월급 받고 조양일보에 계속 남고 싶으면 말이야. 알았어?"

팀원들은 최 부장의 서슬 퍼런 호통에 모두들 사무실 밖으로 나간다.

다음 날, 출근 시간에 맞춰서 들리는 뉴스 속보….

"초능력(도술)을 부려 시민들을 현혹시키는 희대의 사기꾼"

민호의 분노하는 모습, 잔인하게 범죄자들의 사지를 부러뜨리는 장면과 성폭행당하는 여성들의 몸을 만지는 모습, 건물 사이를 날아다니는 비인간적인 모습 등 사람들이 보면서 잔인함과 불편함, 선정성을 느낄 수 있는 장면들로 악마의 편집이 이루어져 방송되고 있었다.

모든 방송사에서 분노하며 일그러진 민호의 모습과 고통받는 시민들의 모습을 교묘하게 겹쳐 만든 장면이 반복해서 방송되면서 다시 여론은 민호에게서 완전히 등을 돌린다. 거리의 시민들은 혼란스러운 모습이 역력하다.

"저게 정말 한 팀장이야?"

"뭐야! 어린 여자아이의 몸을 만지고 있잖아?"

"아니야! 내가 보기엔 일부러 만지는 거 같지는 않은데…. 저건 아이를 일으키며 도와주려던 거 아닐까?"

"아니야! 한 팀장의 손이 여자아이의 치마 속으로 들어가잖아."

그날 밤, 서울 도심 빌딩 옥상에서 계속되는 방송을 바라보는 민호!

"이, 이건 내가 한 일이 아니야. 이런 비열한 놈들. 어떻게 이런 짓까지…."

여론은 역전되어 민호를 다시 비난하고 나선 도심 거리의 시민들 모습.

"역시 사기꾼이었어! 그리고 어린 여자만을 좋아하는 성추행범이야."

"사람이 사람다워야지. 저렇게 건물을 날아다니는 게 말이 돼?"

"이거 정말 우리가 속은 걸까?"

"저 사람도 돈과 권력을 탐하는 윗대가리들과 다를 게 없어!"

민호는 자신을 비난하는 소리가 계속 귓가에 선명하게 들린다. 어디를 가도 귓가에 계속해서 들리는 비난들…. 민호는 귀를 막고 머리를 감싸며 괴로워하고 있다.

"으아! 그만! 그만하라니까. 난 그래도 너희들을 위해 목숨 걸고 싸웠단 말이야. 그런데… 그런데 왜… 나한테 왜 이러는 거야!"

민호는 잠시 울먹이며 오열하더니, 귀를 막고 있던 손을 뗀다.

"내가 무엇 때문에, 무엇을 위해서 지금까지 이렇게 싸운 거지? 정말 저들이 구할 가치는 있는 사람들이었던가…."

이 말을 남기고는 서울의 밤하늘로 홀연히 사라지는 민호.

며칠 후.
서울 도심에선 장소를 가리지 않고 살인, 강도, 강간 등 각종 흉악범죄들이 창궐하고 있다. 강남의 부촌에선 강도들이 부유층의 집에 침입해서 중년 부부와 어린 딸들을 인질로 강도 행각을 벌이고 있다. 겁에 질린 모습의 중년 부부와 딸들의 모습.

"사… 살려 주세요. 뭐든지 다 가져가도 좋습니다. 제발 우리 가족만은 살려 주세요!"

"그렇게 살고 싶어? 어떻게 할까. 살려 줄까? 하하!"

"뭐든지 다 가져도 된다고 했지? 가만… 귀중품은 모두 챙겼는데 가질게 또 뭐가 있을까."

주변을 둘러보더니 구석에서 겁에 질려 울고 있는 어린 딸들이 보인다. 강도들은 그곳에 시선이 멈추는데….

"그럼, 저 애들도 가져도 된단 말이지? 그렇게만 해 준다면 너희를 살려 줄지 생각해 보지."

"네? 저 애들은… 안 됩니다. 큰 애가 겨우 초등학교 6학년입니다."

"그래? 내가 보기엔 더 성숙해 보이는데…. 그럼 아직 처녀겠구만. 흐흐."

"하긴, 요즘 저런 애들 팔면 이런 집 몇 채는 살 수 있단 말이야. 걱정하지 마! 우리가 저 애들을 어떻게 한다는 건 아니니까. 단지, 외국의 고매하신 어르신들께 선보이고 데려다줄 테니까. 하하!"

"아… 안 됩니다. 차라리 절 죽이세요. 그리고 그 애들과 제 아내만은 살려 주세요. 제발… 부탁드립니다. 제발!"

강도들은 잠시 머뭇거리더니 아이들을 놓아두고 밖으로 나간다. 중년 부부 가족들은 그제야 한숨을 돌리며 서로를 바라보는데…. 다시 문이 열리며 들어오는 강도!

탕! 탕!

가슴에 총을 맞고 피를 흘리며 쓰러지는 중년 남편의 모습.

"그래도 약속은 지켜야지. 너만 죽이라고 했으니까. 안 그래?"

강도는 비열한 웃음을 짓고는 밖으로 나가고, 안에서는 가족들의 울음소리가 가득하다. 그러나 끝내 민호의 모습은 보이지 않았다.

"아빠! 아빠!"

"여보! 흐흑, 아… 안 돼!"

강북의 변두리 허름한 원룸 안. 일진으로 보이는 놈들이 여자아이 두 명을 원룸 안으로 끌고 들어온다. 대충 봐도 아직 초등학생 정도밖에 되어 보이지 않은 어린 여자아이들이다. 일진 놈들은 여자애들을 강제로 침대에 던지고는 바지를 벗고 있는데, 그 모습에 놀란 애들이 울부짖기 시작한다.

"제… 제발 집에 보내 주세요."

"무서워요! 집에 가게 해 주세요."

"히야, 우니까 더 이쁜데?"

"야! 그런데 얘들… 너무 어린 거 아니야?"

"짜식아! 어리긴 뭐가 어려? 이 정도 나이면 이미 알 거 다 안다고."

아이들은 그 모습에 눈을 가리며 비명을 지르기 시작한다. 당황한 다른 일진 놈들이 아이들의 입을 막고는 옷을 벗기기 시작한다.

"아… 안 돼요. 하지 마요!"

"야! 넌 하기 싫으면 입 닥치고 빠져!"

나머지 일진 놈들도 옷을 벗고는 다른 여자아이에게 달려들어 순수하고 여린 영혼과 몸을 탐닉하기 시작한다. 그 더러운 놈들의 움직임이 거셀수록 아이들의 비명 소리는 점점 커져 간다. 그러나 이 순간에도 민호는 어디에서도 보이지 않는다.

한편, 박 총장이 거액의 돈을 들여 불러들인 국제범죄단체의 조직원들은 마치 치외법권적인 권한을 누리는 것처럼 서울 도심을 돌아다니며 살인, 강간, 폭력 등을 저지르고 있었다. 그리고 경찰들은 그들의 횡포와 범죄에 속수무책으로 당하고 있었다. 박 총장은 그들 범죄단체의 무력을 앞세워 자신의 권력을 더욱 강력하게 다지며 대권을 향한 순항을 이어가고 있는 모습이다.

다음 날, 뉴스 속보가 연이어 보도되고 있다.

"어젯밤, 강남의 유명 벤처사업가 손 모 씨의 집에 강도가 들어 금품을 강탈하고 저항하던 손 모 씨를 총으로 쏴서 사망케 한 사건이 발생했습니다. 한편, 손 모 씨의 부인의 증언에 의하면 범인들은 어린 자녀들을 해외에 성노예로 팔아넘기려고 했다는 충격적인 사실을…"

"오늘 낮, 귀가하던 초등학교 5학년 여학생들이 동네 일진으로 보이는 고등학생 남자 5명에게 끌려가서 집단 성폭행을 당하는 일이 발생했습니다. 아직 범인들은 잡히지 않고 있으며…"

"오늘 저녁, 남대문 시장에 정체 모를 괴한들이 상인들을 무차별 폭행하고 상점을 부수는 등 난동을 부린 일이 발생했습니다. 이번 일로 상점 100여 곳이 완전히 파괴되고 상인 수백 명이 크고 작은 부상을 당한 것으로 알려졌습니다"

"뉴스 속보입니다! 박영근 검찰총장이 여론 조사 기관인 조양일보 리서치에서 발표한 차기 대선 후보 지지도에서 50프로를 넘는 압도적인 지지율을 얻어 냈습니다. 다른 2, 3위 후보와는 약 3배 이상 차이로 향후 큰 변수가 없으면 내년 대선에서 무난히 대통령으로 당선될 것이라는 예측이 나왔습니다.”

거리의 시민들은 점점 흉포해지는 범죄 앞에서 두려움에 떨며 누군가를 간절하게 열망하는 표정들이다. 그러나 그들이 바라는 누군가는 그렇게 한동안 서울에 나타나지 않았다. 그리고 그 시간 동안 힘없는 수많은 시민들이 흉악범죄와 국제범죄단체의 조직원들에 의해 희생되고 있었다.

민호의 팀원들은 각자의 집에서 폐인처럼 지내며 흉악범죄 뉴스를 보며 분을 참지 못하는 모습이다. 이렇게 대한민국의 수도 서울은 점점 무법천지가 되어 가면서 폐허와 같은 공허함이 가득한 암흑의 도시가 되어 가고 있었다.

4

───── **3개월 후**

경찰청 미제사건전담반. 민호의 팀원들이 평소처럼 TV 뉴스를 보고 있는데, 모두들 표정이 어둡다. 분을 이기지 못하고 자리를 박차고 나가는 팀원들도 보인다.

"한민호 팀장이 이끄는 특별수사팀은 전보다 더 활발하게 활동하며 수많은 강력 미제사건들을 해결하고 있습니다. 팀은 이미 한국 언론은 물론 전 세계 언론의 관심을 받고 있습니다. 박영근 검찰총장은 한민호 팀장이 조만간 자신의 딸인 박선영 양과 결혼할 것이라고 밝혀 대선주자로서의 지지도가 더욱 올라갔습니다. 한편, 박선영 양은 국제범죄수사국 한국지부장인 것으로 알려져 더욱 화제가 되고 있습니다. 최근 한민호 팀장과 박선영 지부장이 서울 도심에서 데이트하는 모습이 자주 포착되고 있는 것으로 봐서 박 총장의 말이 사실인 것으로…."

김 형사는 분을 못 참겠다는 듯 자리에서 일어났고 김 경위도 거드는 모습이다.

"야! TV 꺼라! 혈압 올라서 더 이상 못 보겠다."

"저 말이 사실인가요? 어떻게 팀장님이…."

"나도 모르겠다. 사람은 변한다고 하지만 어떻게 팀장님이…."

"선배님! SNS에서도 난리네요."

김 경위가 SNS 기사를 팀원들에게 읽어 준다.

"한국의 천사! 대한민국을 전 세계에 알리다."

"천사가 사랑하고 선택한 여자. 그녀는 누구일까?"

"박선영! 그녀는 현대판 신데렐라인가?"

김 경위는 읽다 말고 휴대폰을 꺼 버린다.

"말도 안 돼! 여기 보니까요. 팀장님이 박 총장과 김 회장과 함께 웃으며 식사하는 장면도 있네요."

"그것뿐이냐? 얼마 전에는 조양일보 최 부장하고 술도 마시더라."

"술이요? 아니, 평소엔 소주 한 잔도 마시지 않던 분이 어떻게 그런 더러운 놈들이랑…. 팀장님이 어울리는 그 사람들은 얼마 전까지 우리가 수사해서 잡아넣으려고 했던 인간들이잖아요."

"하긴, 지금 우리 팀이 잡아들이는 흉악범죄자들이 모두 박 총장과 최 부장이 준 소스로 쉽게 잡는 거라는 말이 돌더라!"

"심하게 말하는 사람들은 범인들이 스스로 잡혀 준다고 떠들고 다닌다는데…. 이게 말이 됩니까? 지금까지 목숨 걸고 쌓아 온 우리 팀의 명성인데, 하루아침에 이렇게 추하게 더럽혀지다니요."

"그만하자! 머리 아프다. 에휴, 조 형사가 알면 벌떡 일어날 일인데…."

그날 저녁, 조 형사가 입원해 있는 강남병원 응급센터의 병실 문이 열리며 슬며시 누군가 들어온다. 그리고 조 형사의 침대 옆에 앉는데… 뜻밖에 모습을 보이는 민호다.

"조금만 기다려. 그리고 내가 반드시 검은 그림자 그놈… 잡는다! 조 형사, 반드시 살아! 그래서 그 모습을 꼭 지켜봐!"

눈물을 닦고는 조심스럽게 병실을 나오는 민호. 김 형사가 민호를 보고는 모퉁이로 급히 몸을 숨긴다.

"아니, 저 사람이 여긴 무슨 일이야. 이젠 볼 일 없을 텐데…. 도대체 저 사람의 속을 모르겠단 말이야."

국제범죄수사국 지부장실.
선영이 무슨 일이 있는지 심각한 표정으로 누군가와 영어로 통화를 하고 있는데, 이미 술을 몇 잔 들이켠 모양새다.

"아직 윤영태 부장의 소재가 파악이 안 됩니까? 한국을 떠난 지 벌써 3개월이 지났습니다. 그런데 직속 상사인 제가 윤 부장의 소재를 모르고 있다는 것이 말이 됩니까? 아무리 그래도…. 네, 그럼 조만간 한국으로 돌아온다는 거죠? 알겠습니다! 혹시 윤 부장의 신상에 변동사항 발생하면 지체 없이 알려 주세요."

선영은 전화를 끊고 술잔에 술을 따른다.

"윤영태! 도대체 본부에는 무슨 일로 간 거지? 나한테 보고도 없이…. 그리고 거기에선 무슨 일을 하고 있기에 몇 개월째 돌아오지 않는 거야?"

다음 날 아침, 김 형사가 사무실로 헐레벌떡 뛰어 들어온다.

"팀장님! 조 형사가, 조 형사가 깨어났습니다. 빨리 좀 가 보세요!"

팀원들은 김 형사의 말을 듣고는 믿기지 않는다는 반응이다.

"김 선배님! 사실입니까? 정말이죠? 설마 장난하시는 건 아니죠?"

"야, 인마! 장난할 게 따로 있지. 내가 사람 목숨 가지고 장난할 사람처럼 보이냐?"

김 경위는 김 형사에게 다가와서는 울먹이며 말을 못 하는 모습이다.

"저… 정말 조 선배가 깨어났습니까? 지난 몇 개월 동안 거의 가망이 없이 식물인간 상태나 다름없었는데요. 흐흑."

김 형사는 김 경위를 안아 주면서 다독이는 모습이다.

"그래! 김 경위가 그동안 지극 정성으로 간호해 준 덕분이야. 정말 고생했어. 정말…."

팀원들 모두 김 형사 주위에 모여서 울먹이는데, 유독 민호만이 아무런 반응이 없이 조용하다. 민호는 내심 팀원들의 기쁨에 화답하고 싶은 마음을 억누르고는 무덤덤한 표정을 짓는다. 반면, 김 경위는 김 형사를 붙잡고는 계속 눈물을 글썽인다.

"정말이죠? 조 선배가… 흑흑."

"정말이라니까? 날 믿어! 아니, 이럴 게 아니라 우리 팀 모두 지금 병원으로 가자고! 조 형사도 아마 가장 먼저 우릴 보고 싶어 할 거야. 팀장님! 얼른 가시죠. 조 형사가 팀장님을 얼마나 존경하고 좋아했는지 아시잖아요? 그놈, 몰라도 팀장님을 가장 보고 싶어 할 겁니다."

민호는 애써 떨리는 손을 보이지 않으려 의자 아래로 내린다.

"저는 바쁜 일이 있어서 내일 가 보죠. 그럼 모두 퇴근하세요!"

그렇게 민호는 조 형사의 소식에 별 관심이 없다는 듯 사무실을 나가고, 김 형사와 다른 팀원들은 벌겋게 상기된 얼굴로 민호의 뒷모습을 보고 있다.

"뭐… 뭐. 저런 인간이 다 있어? 아니, 다른 일도 아니고 조 형사가 깨어났다는데 어떻게 저렇게 무감각할 수가 있어?"

"그러게 말이에요. 아무리 사람이 변한다고 하지만 저건 아니죠. 이제 팀장님께 일말의 기대도 남지가 않네요."

"다들 그만하고 병원이나 가 보자! 오늘 같은 날 늦으면 안 되잖아! 몇 개월을 생사의 고비를 넘긴 놈을 더 기다리게 할 수 없잖아. 모두 어서 서두르자고!"

팀원들은 각자의 자리를 정리하며 퇴근 준비를 서두르는 모습이다. 사무실 밖으로 나온 민호는 벽에 기대어 크게 한숨을 내쉰다.

"잘되었어. 정말 고맙다! 살아 줘서…. 이제 내가 널 그렇게 만든 놈을 잡을 차례야!"

잠시 후, 응급센터에서 일반병실로 옮겨진 조 형사의 병실에 팀원들이 모두 모였다. 민호만이 보이지 않는데…. 김 경위는 조 형사에게 휴대폰으로 뭔가를 보여 주고 있다. 민호가 박 총장 무리와 함께 다니며, 선영과도 연인처럼 지내며 데이트를 하는 모습. 그리고 평소에 전혀 마시지 않던 술도 그들과는 함께 웃으며 즐기는 모습들. 조 형사는 김 경위의 휴대폰을 빼앗으며 다시 자세하게 민호의 얼굴을 확인하고 있다.

"저… 저 사람이 내가 알던 팀장님이 맞단 말이야?"

조 형사는 보고도 정말 믿을 수 없다는 표정이다.

"어떻게 저렇게 변할 수가…."

조 형사의 말에 주위가 잠시 고요해진다.

"선배님, 도대체 어떻게 된 일입니까?"

"할 말이 없다! 도대체 왜 저러고 다니는지 알 수가 있어야지."

"그래도 뭔가 이유가 있을 겁니다. 도대체 제가 잠들어 있던 지난 3개월 동안 팀장님께 무슨 일이 있었던 겁니까?"

"일은 무슨⋯. 야, 우리 팀은 오히려 박 총장 무리가 제공한 정보 덕분에 흉악범들을 모조리 검거하며 더욱 언론의 주목을 받고 있다. 이게 다 팀장님의 이상한 처세가 불러온 결과다!"

김 형사의 말에 김 경위도 한마디 거든다.

"변한 거죠! 사람은 모두 변하니까요."

"선배님, 저도 이제 팀에 복귀하겠습니다. 이젠 아픈 데도 없습니다."

"아직은 무리야. 좀 더 쉬고⋯."

"아니요! 팀장님께 무슨 일이 있는 게 분명합니다. 저럴 분이 절대 아니라고요."

한편, 그 시간에 민호는 도심 카페에서 누군가와 영어로 통화하고 있다. 영어로 비밀스럽게 통화하는 모습이 민호의 유일한 친구인 미 정보국 은퇴 간부, 로버츠인 듯 보인다.

"로버츠! UN의 움직임은 어떻게 되어 가나? 정말 그들이 자네가 요구한 대로 움직여 줄까?"

"걱정하지 말게! 잘 처리되었네. 내일 인천공항으로 UN 최고위급 인사가 극비리에 입국할 걸세. 이번 일은 자네와 나, 그리고 UN에서도 최고위층 몇 명만 아는 극비 작전이기 때문에 보안과 경호가 철저할 테니까 테러 걱정은 안 해도 되네."

민호의 표정에 화색이 돌며 기뻐하는 모습이다.

"알았네! 정말 고마워. 로버츠!"

"한민호! 부디, 몸조심하게. 예감이 좋지 않아. 그리고 혹시 이 정보가 새어 나가게 된다면 우선적으로 타깃이 될 사람이 바로 자네야! 내 말… 무슨 뜻인지 알겠지?"

"걱정하지 말게. 내 몸 하난 지킬 수가 있으니까."

"그렇게 간단한 문제가 아니야. 정확한 정보는 아니지만… 얼마 전, 미국 정보국에서 고위 간부가 연루된 화학약물 탈취 사건이 있었다네."

"화학약물?"

"그런데… 그게 자네가 65년 전에 투약받았던 바로 그 약인 거 같다는 거야. 이미 연구 자료가 폐기되고 책임 연구관이었던 스티브 박사가 자살하면서 이 세상에서 완전히 사라진 줄만 알았던 그 약 말이네. 인간을 최고의 고통으로 이끌어 괴물로 만들어 버리는…."

"말도 안 돼! 그 약이 다시 개발되었다는 거야?"

"정확한 정보가 아니라니까. 그런데 그 약이 개발되었어도 전에 자네가 투약받았던 약보다는 초능력을 발휘하는 능력과 기전이 떨어진다고 들었네. 암튼, 그 약이 미 정보국 최고위 간부를 통해서 국제범죄단체와 한국의 고위 관료에게 넘어갔다는 정황이 있으니까 자네도 조심해야 할 거야."

"그게 무슨 말인가? 그 약이 한국으로 들어왔다니…. 설마!"

"앞으로 자네가 상대해야 할 적수들은 전과는 다를 거라는 말일세. 그 자들도 자네보다 못하겠지만 엄청난 초능력을 갖고 있을 거야."

"알았네. 암튼 이번 일… 정말 고맙네. 자네도 몸조심하게!"

"걱정하지 말게! 난 이미 80이 넘었다네. 이제 죽을 날만 기다리는 노인을 누가 해치겠는가. 내 나이 때에는 킬러들보다 감기가 훨씬 무서운 적일세. 요즘은 밤에 오줌도 지린다니까. 하하! 암튼 다음에 또 연락하세."

"그래, 잘 있게! 건강 조심하고."

로버츠와의 전화를 끊고 커피 잔을 들며 걱정스러운 표정에서 바뀌어 회심의 미소를 짓는다.

"이제 된 거야! 끝이 얼마 남지 않았어."

다음 날, 민호와 팀원들이 인천국제공항에서 누군가를 기다리고 있다. 긴장한 모습이 역력한 민호와는 달리, 얼떨결에 끌려 나온 팀원들은 영문을 모르는 듯, 그저 멍하니 민호 곁에 서 있다.

"팀장님은 왜 저희를 이곳으로 오라고 한 거죠?"

"낸들 아냐? 나도 모르고 끌려오긴 너희들과 마찬가지야!"

김 경위는 여전히 민호에 대해 불만이 많은 표정이다.

"아무리 팀장이라지만 우리한테 뭐라도 알려 주고 오라고 해야 하는 거 아닙니까? 이건 너무…."

"야! 조용히 해! 그러다 팀장님이 듣겠다. 다들 잔말 말고 일단 지시한 대로 움직여!"

"암튼 김 형사님은 속도 좋으셔! 아직도 팀장님에 대한 미련을 못 버리고 계시니…."

"무슨 일인지 대충 짐작이 갑니다. 아마 박 총장 쪽에서 제공한 정보로 해외에서 입국하려는 대규모 마약사범이나 검거하겠죠."

"네, 맞아요! 그래서 팀장님은 또 국민적인 영웅이 되시고…."

"야! 닥치지 못해? 이러다 진짜 팀장님 들으시면 어쩌려고 그래?"

"뭐, 들으라면 들으라고 하세요. 잘리기밖에 더 하겠어요?"

"너희들 진짜…."

김 형사는 팀원들의 불만스러운 자조에 당황하며 어쩔 줄을 몰라 하는 모습이다. 민호는 이미 팀원들이 자신을 욕하는 소리를 모두 듣고 있었다. 그러나 민호는 아직은 그들 앞에 나설 수가 없는 처지다.

'잠시만 기다리세요! 모두에게 정말 미안하지만… 아직은 아닙니다.'

무슨 일인지 공항특공대도 평소와 다른 중화기를 소지하고 팀원들 곁에서 삼엄한 경비를 서고 있다.

잠시 후….

검은 선글라스와 정장을 입은 한 무리의 사내들이 입국장을 빠져 나온다. 건장한 외국 경호요원들의 삼엄한 경호 속에 엄청난 아우라를 풍기는 사내가 이내 민호에게 다가와서 반갑게 악수를 하며 인사를 건넨다.

"당신이 한국 경찰청의 한민호 팀장이죠?"

"네, 맞습니다! 이렇게 먼 길 오시느라 고생 많으셨습니다. 정말 만나게 돼서 영광입니다. 국제범죄수사국 총괄본부장님!"

"아닙니다. 이번에야말로 국제적으로 자행되고 있는 추악한 범죄에 종지부를 찍을 좋은 기회입니다. 이것이 모두 그동안 한 팀장이 고군분투해 준 덕분입니다."

"아닙니다! 모두가 UN 사무총장님을 비롯한 국제수사기구의 도움이 있었기에 여기까지 오는 것이 가능했습니다."

"우리 UN에서도 이번 일에 상당한 관심을… 헉!"

그때, 어디선가 들리는 총소리!

탕! 탕!

민호의 얼굴엔 피가 튀고 옷이 피로 물든다. 옆에 있던 김 형사와 조 형사가 그 모습을 보고 놀란다.

"티… 팀장님."

"괜찮으십니까?"

민호는 잠시 정신을 놓은 듯 멍하니 주변을 살펴본다. 주변의 아무런 소리도 들리지 않는다. 김 형사와 조 형사의 외침이 마치 메아리처럼 들린다. 김 형사가 민호의 뺨을 세게 내리치는데….

"팀장님! 정신 차리세요!"

그제야 민호는 정신을 차리고 앞을 보게 된다.

"제… 제가 아닙니다!"

민호 앞에 쓰러진 국제범죄수사국 총괄본부장!

바닥은 피로 흥건해지고, 총괄본부장은 가쁜 숨을 내쉬고 있다. UN 경호원들은 주변을 향해 총을 난사하기 시작한다. 어딘지 모르는 곳으로 총알을 쉼 없이 발포하는 경호요원들…. 그리고 여기저기서 또 다른 총소리, 폭발 소리가 연이어 들리기 시작하는데, UN 경호요원들과 공항특공대가 쓰러진다.

"다… 다들 피해! 으악!"

속절없이 날아오는 총탄에 쓰러지는 경호원들과 특공대가 거의 괴멸되기 직전이다. 민호의 팀원들도 특공대들 사이에서 총을 꺼내 보지만, 어디서 날아오는 총탄인지 알 수가 없어서 응사하지 못하는 모습이다.

그때, 어디서 나타난 한 무리의 괴한들. 그 속에 검은 그림자도 보인다. 본능적으로 그를 알아본 민호와 김 형사!

"저놈은….."

"그놈입니다! 팀장님이 그렇게 찾아다녔던 검은 그림자! 조 형사를 테러했던 바로 그놈….."

"맞아! 분명히 그놈이야."

뒤이어 도착한 공항경비대와 경찰들이 공항으로 쏟아져 들어온다. 그리고 뒤이어 검은 그림자 무리와의 총격전이 벌어진다.

쾅! 탕! 탕!

"으아! 사람 살려!"

"아악!"

"빨리 도망가!"

공항은 양 진영의 총격전으로 아수라장이 되고 힘없는 시민들과 경찰들이 무수히 쓰러지고 있다. 민호 앞에 쓰러진 총괄본부장은 아직 여전히 살아 있는 모습이다. 민호는 그제야 본부장을 일으켜 앉히고는 손으로 지혈을 한다.

"김 형사님! 본부장님을 어서 병원으로 모셔요."

"네? 그 사람이 대체 누구인데 그러십니까?"

"이분 못 살리면 우린 절대로 코드7 사건 해결 못 합니다."

"네? 그게 정말입니까? 아… 네. 알겠습니다. 야, 여기 엄호해! 빨리 이분 모시고 구급차 있는 곳으로 달려가!"

본부장은 김 형사와 경찰특공대에 의해 공항을 빠져나간다. 그 모습을 보고선 안도의 한숨을 내쉰 민호는 주변을 살펴보는데, 공항 안은 전쟁터가 따로 없는 모습이다. 여기저기 널려 있는 사상자들과 시민들의 아우성 소리가 더해져서 마치 지옥을 보는 듯하다.

"이건… 저놈들이 어떻게 알고…. 더 이상 경찰과 시민들이 다치게 하면 안 돼! 절대로…."

그 순간, 민호의 눈에 들어온 검은 그림자의 모습. 무고한 시민들을 방패 삼아서 경찰들에게 총을 쏘아 대는 모습이다.

"저런 비열한 놈! 그래. 오늘 내가 널 죽여주마!"

민호는 급히 계단 아래에 숨어선 약통을 꺼내 알약을 확인하는데, 이제 정말 몇 알 남지 않았다.

"오늘은 너의 저주받은 힘이 필요하다!"

민호는 알약을 주저 없이 삼키고는 고통에 얼굴이 일그러지며 괴로워하는데…. 주변 시민들이 그 모습을 보고는 놀라서 기겁하며 도망친다. 잠시 후, 진정된 모습으로 돌아온 민호. 그는 본격적으로 괴한들을 제압해 나가며, 검은 그림자 쪽으로 다가간다. 민호의 초능력에 점점 밀리는 검은 그림자 무리들. 그런데 갑자기 어디선가 날아온 총탄을 맞고 쓰러지는 민호. 조 형사가 놀라며 민호에게 달려오는데….

"팀장님, 괜찮으세요?"

조 형사의 부축을 받고선 계단 옆으로 몸을 숨기는데, 민호는 자신이 총을 맞은 것보다 정보가 샌 걸 이해할 수 없다.

'이, 이게 어떻게 된 거지? 도대체 누가 이런 짓을…. UN에서 오늘 도착한다는 건 나 말고는 아무도 모르는 일인데…. 박 총장도, 김 회장도, 우리 팀원들도… 아무도 모르는 일이었는데…. 마, 말도 안 돼!'

민호는 멍하니 자리에서 일어날 생각을 하지 않는다.

"팀장님! 위험합니다. 정신 차리세요!"

그런데 검은 그림자를 호위하는 다른 무리들이 보인다. 다행히 민호는 큰 부상을 입지 않고 총알이 스쳐 지나갔다. 검은 그림자 무리들과 공항경비부대, 경찰특공대까지 합세하며 공항에서는 엄청난 총격전이 벌어진다. 여기저기서 "탕! 탕!" 하는 소리와 쾅 하고 폭탄이 터지는 굉음이 이어져 그야말로 전쟁터를 방불케 한다. 무고한 시민들과 경찰들이 죽어나가는 모습이 민호에게 보인다.

"아… 안 돼!"

민호는 다시 주머니에서 약통을 꺼내서 알약을 한 개 더 삼키고는 얼굴이 일그러지며 괴로워한다. 그 모습을 본 조 형사는 기겁을 한다.

"티… 팀장님!"

평온을 되찾는데, 민호의 팔에 생겼던 상처가 스스로 아무는 모습이다. 조 형사는 다시 놀라며 뒷걸음을 친다.

"아… 아니, 상처가…."

잠시 후, 강력한 힘으로 검은 그림자 무리들을 제거하기 시작하는데, 몇 개 남지 않은 알약을 두 개나 연거푸 먹은 민호를 막을 사람은 없었다! 강력한 초능력으로 검은 그림자 무리들을 일거에 제거해 나가기 시작한다. 무리들의 사지를 부러뜨리고 눈을 파내고 아킬레스건을 칼로 자르는 등 조금은 잔인한 방법으로 무리들을 쓰러뜨리고 있는데, 무리들이 거의 모두 괴멸되자 민호는 그제야 한숨을 돌린다. 공항의 절반 이상이 파괴되었고 검은 그림자 무리들의 시체가 주변에 널려 있었다. 그러나 아무리 찾아봐도 검은 그림자는 무리들 속에 없었다. 그때 민호의 뇌리에 스쳐 가는 병원으로 후송된 총괄본부장의 모습.

"아… 본부장! 살아야 하는데. 이렇게 죽으면 안 돼! 더 이상 UN의 공조를 받을 수 없게 된단 말이야."

강남병원 응급센터로 옮겨진 총괄본부장!
경호요원들과 경찰들의 병원 경비가 삼엄하다. 민호는 자신의 신분증을 보여 주며 들어가려는데, 병원 입구 쪽에 조양일보 최 부장이 나타난다. 민호는 몸을 급히 숨긴다.

"아니, 저놈이 여긴 어떻게 알고 온 거지? 혹시 저놈이 이번 사건과 관련이 있는 건 아니겠지. 일단 내가 배신한 걸 들키지 않으려면 자리를 피해야겠어."

민호는 다시 차를 몰고 경찰청, 자신의 사무실로 향한다. 사무실로 들어오는 민호를 평소와 달리 두려운 눈으로 바라보는 조 형사와 팀원들! 조 형사가 민호에게 다가와 어렵게 말문을 연다.

"팀장님! 아까 공항에서 팀장님의 모습은… 도대체 드신 약이 무슨 약이기에…."

민호는 당황하는 눈치가 역력하지만, 이내 평정심을 찾고는 팀원들을 바라본다.

"공항에서의 제 모습은 잠시 잊어 주세요. 지금은 말씀드릴 수가 없습니다. 단, 이제 얼마 남지 않았다는 것만 말씀드리겠습니다."

그때, 사무실 문이 열리며 김 경위가 급히 들어온다.

"티… 팀장님! 김 형사님께 방금 연락이 왔는데요. 공항에서 후송되었던 그분…. 좀 전에 수술 도중에 사망했답니다."

"네? 그게 사실입니까?"

김 경위에게 병원으로 후송된 UN 본부장이 사망했다는 보고를 받은 민호는 손으로 머리를 감싸 쥐며 괴로워한다.

'도대체 어떻게 된 거야? 본부장이 온다는 걸 검은 그림자가 어떻게 알았지? 정말 아무도 모르는 작전이었는데…. 이젠 어떻게 하지? 그동안 한 일들, 헛되게 하지 않으려면 방법을 찾아야 돼. 방법을!'

그 순간, 뜻밖에 유진이 민호의 사무실을 찾아온다.

"아니, 네가 여길 어떻게….''

민호는 유진을 안아 주며 흥분한 유진을 진정시킨다.

"팀장님께 드릴 말씀이 있습니다. 사실, 저도 자살한 지영이처럼 대리 출산 아르바이트를 누군가에게 제안받았습니다."

"뭐? 그게 사실이야?"

"그들이 주는 약을 한 달간 먹은 후에 인공수정 시술을 받았습니다. 그리고 임신이 되어 출산을 앞두고 있었는데, 지영이의 갑작스러운 죽음에 충격을 받아서 유산해 버렸습니다."

"이런 죽일 놈들⋯."

"저는 인공수정 시술을 받았지만⋯ 지영이는요. 성폭행과 다름없는 진짜 성관계로 아이를 가지게 되었습니다. 그래서 저보다 수치심이 더 심했을 거예요."

"지영이가 그래서⋯."

"아니요! 지영이는 절대로 그렇게 죽을 아이가 아니에요. 얼마나 책임감이 강한 아인데요? 가족이라면 모든 걸 다 할 아이였는데, 자살이라뇨. 말도 안 돼요. 분명 지영이의 죽음에는 뭔가 감춰진 진실이 있을 겁니다. 그 약을 먹고 자살한 애들 많이 봤는데요. 그게⋯ 자신의 의지와는 상관없이 그러는 거 같았습니다."

"혹시⋯ 너한테 그 약을 준 사람 기억나니?"

"네! 항상 검은 옷을 입고 마스크를 쓰고 다녔지만 가로등 불에 비친 얼굴을 봤어요."

"그럼⋯ 아저씨한테 그놈⋯ 그려 줄 수 있니?"

유진은 종이에 몽타주를 그리기 시작한다. 완성된 몽타주를 보고는 얼굴이 사색이 되는 민호!

'이… 이건. 설마, 아니겠지. 그럴 리가 없잖아! 내가 의심했던 게 사실이란 말이야? 아니야! 아닐 거야.'

"아저씨!"

"아… 그래, 유진아! 아저씨와 함께 가자. 너 혼자는 위험해!"

민호가 은밀하게 유진을 태우고 어딘가로 가고 있다. 유진과 동생 용재는 뒷좌석에서 잠을 자고 있는 모습이다. 민호는 잠시 공항의 상황을 되새기며 혼잣말을 한다.

"아직은 알릴 때가 아니야! 누구도 믿을 수 없어. 그리고 팀원들의 안전을 위해서도 아직은 아니야. 하지만, 이제 끝이 보인다. 점점 그놈들의 실체에 다가가고 있어. 조금만 더 가면 돼. 조금만! 어머니, 아버지… 조금만 기다리세요. 경민아…. 이번엔 꼭 지켜 줄게. 꼭!"

민호의 눈에선 눈물이 흐른다.

다음 날, 민호가 오랜만에 수민의 병실에 들어온다. 여전히 의식이 없는 채, 깊은 잠을 자고 있는 수민.

"경민아!"

그리고 65년 전에 있었던 일을 회상한다.

─── 65년 전, 1953년

　서울 변두리의 낡은 의류공장에 불이 났다. 불길이 하늘로 치솟고 있는데, 공장 안은 사람들의 아우성으로 가득하다. 지금과 같은 모습의 민호가 불길 속으로 뛰어들려고 한다.

　"어머니! 아버지!"

　그러나 이내 공장의 지붕이 무너지며 입구가 막혀 버린다. 더 이상 누구도 들어갈 수가 없는 상황이 되자, 민호는 오열하며 불길 속의 공장을 바라본다. 그리고 잠시 후, 공장은 완전히 불길 속에 휩싸여 전소되고, 폐허가 된 공장에서 불에 탄 시신들 30여 구가 밖으로 옮겨지고 있다. 주변에는 공장 인부들의 가족들이 아우성을 지르고 있는 모습이다.

　"아휴, 영애 아버지! 나 혼자 어떻게 살라고… 엉엉!"

　"여보! 철수 아버지! 우리 철수 어떻게 해요? 아이고! 아이고!"

　"정민아! 내 딸아! 어디 있냐?"

민호는 넋이 나간 채, 망연자실한 표정으로 들것에 들려 나오는 시체들을 바라본다. 잔뜩 겁먹고 긴장한 표정으로 시체들을 하나씩 멍하니 살펴본다. 온몸은 이미 사시나무 떠는 듯이 떨리고 있다.

"아닐 거야. 여기에 계실 리가 없잖아. 분명 다른 곳에 계실 거야."

마지막으로 두 구의 시신이 옮겨지는데, 시신의 팔에 끼어 있는 시계가 낯설지 않다. 심장이 내려앉는 민호. 서서히 다가가서 하얀 가운을 들추는데, 그 자리에서 주저앉아 버리는 민호.

"아, 아버지…."

옆에 함께 실려 나오는 시신도 확인하고는 민호는 잠시 정신을 잃는다. 잠시 후, 정신을 차린 민호. 그리고 아버지의 시신을 안고 오열하는 민호의 모습이 보인다.

"아버지! 아버지! 왜 이렇게 누워만 계세요? 일어나 보세요. 아버지!"

그 순간, 옆에서 경찰서장과 담배를 피우며 웃으며 얘기하는 공장 사장.

"워낙 이런 사고들이 많으니 참, 공장 운영하기가 힘들어요. 그래도 어떻게 하겠습니까? 굶어 죽는 사람들 위해서라도 빨리 수습하고 다시 공장을 돌려야죠."

"하하. 김 사장님 같은 훌륭한 분이 계시니까 우리나라가 그나마 이만큼 먹고 사는 거 아닙니까."

"이게 뭐… 나 하나 잘 살자고 이러겠습니까. 다 상부상조해야죠."

"맞습니다. 정말 훌륭하십니다."

"그런 의미에서 이거… 허름한 집 한 채는 살 수 있을 겁니다."

"아… 아니, 뭘 이런 걸. 아휴, 이거 받아도 되는 건지….."

공장 사장은 두둑해 보이는 봉투를 경찰서장에게 쥐어 준다. 서장은 못 이기는 척 안주머니에 돈다발을 집어넣는다. 순간, 민호는 공장 사장에게 무섭게 달려든다.

"이 새끼! 내가 너 죽여 버릴 거야. 너 때문에 우리 부모님이 죽었어. 네가 며칠 전부터 말썽이었던 기계를 고치지 않아서 과열돼서 불이 난 걸 내가 모를 줄 알아? 이 개새끼야. 그런데 뭐? 책임이 없다고? 야, 이 새끼야. 죽어!"

"이… 이놈은 누구야! 헉!"

"그깟 몇 푼 아끼려고 인부들을 사지로 내몰아 놓고는 책임이 없다고?

너 오늘 내 손에 죽어 봐!"

주위 경찰들이 민호를 뜯어말리는데, 민호는 경찰들까지 폭행하기 시작한다. 그리고 경찰서장에게 달려들어 멱살을 잡는 민호…. 그 순간, 경찰서장의 주머니에서 돈다발을 꺼내서 사방에 뿌린다.

"이거 뭐야. 이 개자식들아! 이 돈… 저 사람들의 목숨값이야?"

돈다발을 본 민호는 더욱 흥분하며 날뛰는데….

"이게 억울하게 죽은 사람들의 목숨값이야?"

너무 많이 얻어맞은 사장은 실신한다. 그때, 누군가가 민호의 머리를 각목으로 내리친다. 정신을 잃고 쓰러지는 민호 곁에서 돈을 줍는 경찰서장.

"아니, 뭐 이런 놈이 다 있어. 야! 빨리 체포해서 유치장에 처넣어."

머리에서 피를 흘리며 자신의 부모님 시신 옆에 널브러져 있는 민호를 회심의 미소를 지으며 보고 있는 공장 사장!

"서장님, 저놈입니다! 이번에 공장에다 불을 낸 놈이 바로 저놈이라고요."

"네? 아니, 그게 무슨….”

"저놈이 바로 한민호입니다. 몇 년 전에 제주도에서 있었던 폭동 있잖습니까? 거기에서 빨갱이들을 죽이라는 상관의 명령에 불복한 죄로 군대 영창까지 갔다 온 놈이라고요. 분명히 저놈도 빨갱일 겁니다!"

"그게 정말입니까? 그럼 저놈이 누군가의 지령을 받고 이번 방화를….”

"그렇다니까요! 빨갱이들은 원래 잘사는 사람들은 무조건 다 죽인다고 하잖습니까? 저놈한테는 바로 내가 제거 대상이었겠지요. 어쩐지 저기 죽어 있는 저놈 부모란 인간들도 항상 공장 인부들을 선동하는 데 앞장서더라고요. 아주 빨갱이 집안이라니까요? 틀림없이 이번 공장 불도 저놈 짓입니다!"

"이봐, 김 순경! 저기 쓰러져 있는 저놈, 유치장에 넣고 신원조회해 봐!"

그날 저녁, 유치장 안의 민호를 바라보는 경민의 모습이 보인다. 민호는 경민의 얼굴을 똑바로 바라보지 못하고 뒤로 숨는다.

"왜 그랬어? 오빠까지 여기에 들어와 있으면 어떻게 해! 부모님 장례는 누가 치르라고….”

"미안해!"

"지금 부모님 장례보다 오빠가 더 큰일이야! 아무래도 몇 년 전에 제주도에서 있었던 일을 문제 삼아서 오빠를 길게 잡아 둘 거 같아. 어떻게 해야 할지 모르겠어. 무섭기도 하고."

"치사한 놈들! 그때 일까지 들먹여서 나를 매장시키려나 보군."

"그리고 이번 공장 불도 오빠가 공산당의 지시를 받고서 한 일이라고 뒤집어씌우는 거 같아! 그리고 오빠 부모님도…."

"뭐? 부모님이 왜?"

"그게… 오빠 부모님도 공산당일 거라며, 이번 합동 장례식의 장례 절차에서 제외되셨어."

"그… 그게 무슨 말이야? 나로도 부족해서 돌아가신 부모님까지 욕보인단 말이야? 이런 죽일 놈들!"

"이제 어떻게 해? 잘못하다가는 오빠도 몇 년은 못 나올 수 있다는데…. 흑흑!"

민호는 경민의 말에 대답 없이 눈물만 흘린다. 자리에서 일어나서 앞으로 조금씩 다가서더니 민호는 유치장 창살 밖으로 손을 내밀어 경민의 손을 잡는다.

"경민아, 미안하다! 우리 부모님… 잘 부탁해!"

그 말을 끝으로 민호는 다시 뒤돌아서서 벽 쪽으로 등을 돌리고 눕는다. 경민은 눈물을 흘리며 뒤돌아서 나가고 민호는 마음속으로 복수의 칼날을 갈며 피눈물을 흘리고 있다.

'어머니, 아버지. 제가 이놈들 가만히 안 둡니다! 절대 용서하지 않을 겁니다! 두 분이 겪은 고통의 몇백 배로 그놈들에게 돌려줄 겁니다. 두 분을 지켜드리지 못한 저를 용서하지 마세요!'

—— 1953년, 몇 달 후

서울 변두리 달동네. 부모님과 함께 살던 집으로 가는데, 발걸음이 무겁다. 그런데 민호의 집이 사라져 버렸다. 그곳엔 집터만 남고 집이 없어졌다.

"이… 이게 어떻게 된 거야! 집이 어디 간 거야."

누군가 중장비를 동원해서 집을 다 헐어 버린 모양새다. 민호는 동네를 수소문해서 동네 어르신께 자초지종을 듣게 된다.

"너희 집 말이다. 그게… 어디서 나타났는지 네가 잡혀간 그날 밤에 무슨 기계들이 마을로 들어오더라고. 하도 시끄러운 소리가 나길래 나가 봤더니 불도저 같은 기계가 너희 집을 무너뜨리고 있더라고. 나와 동네 사람들이 말리려 했지만, 거기에 온 놈들의 인상이 워낙 험악해야지. 그래서 보고만 있었지 뭐냐? 미안하다!"

"그놈들이 누군지는 보셨어요?"

"보기만 했냐? 그중에 대장이 바로 너희 부모님이 다니던 공장 사장이더라고! 에이, 나쁜 놈! 돈 아끼려다가 사람들 모두 죽음으로 몰아넣고는 어떻게 그런 나쁜 짓까지 저지르는지…. 그리고 너희 부모님이 빨갱이라며 말리는 사람들은 모두 같은 빨갱이로 신고한다고 하니 누가 나서겠냐?"

"이… 이놈이…."

"민호야. 미안하다. 내라도 말렸어야 했는데…. 이게 다 힘없고 돈 없는 죄 아니겠냐? 너희 부모님이 빨갱이라니 말이 되냐? 이북이 싫어서 내려온 사람들인데 말이다. 어떻게 하겠니? 더러워도 산 사람은 살아야지."

민호가 유치장으로 끌려가던 그날, 공장 사장이 머리에 붕대를 감고 불량배들과 나타나서는 화풀이로 민호의 집을 다 부숴 버린 것이다.

"야! 이 빨갱이 새끼 집, 흔적도 남기지 말고 다 없애 버려! 내 깽값이다. 그놈이 날 이렇게 만들었으니까, 이제 이 집은 합의금으로 내 것이 된 거야! 다 부숴 버리란 말이야. 하하! 여기에 공장 인부들 숙소나 다시 지으면 되겠구만."

민호는 어르신과 헤어진 후, 시장에 들러서 다시 집터로 돌아왔다. 없어져 버린 자신의 집터에 사과 한 덩이와 소주를 따라 놓고 큰절을 하는 민호의 모습.

"어머니, 아버지! 죄송합니다. 저 때문에 두 분이 어렵게 마련하신 집이 이렇게 되었네요. 죄송합니다! 그때, 제주도에서의 일만 아니었어도…. 흑흑! 하지만, 두 분의 억울한 죽음은 제가 반드시 복수하겠습니다. 두 분과 우리 집을 이렇게 만든 놈들을 절대 가만두지 않겠습니다. 두 분이 눈이라도 편히 감으시도록 반드시 놈들을 용서하지 않겠습니다! 지켜봐 주세요. 그리고 제게 힘을 주세요!"

그날 밤, 무거운 발걸음으로 경민의 자취집으로 향하는 민호. 그의 손에는 빵 봉지가 들려 있었다. 평소에 경민이 좋아하던 크림빵이었다. 그리고 안개꽃 한 다발도 손에 들려 있다. 평소에 경민이 가장 좋아하던 꽃이다. 민호는 집 앞에서 옷매무새를 가다듬고 큰 소리로 경민을 부르는데, 대답이 없다.

"경민아, 나 왔어! 민호라고. 어… 아직 공장에서 안 왔나?"

빵 봉지를 들고 방문을 여는데, 화들짝 놀라며 뒷걸음질 치는 민호.

"헉! 겨… 경민아!"

목을 매고 자살한 경민의 모습이 보인다. 경민을 잡아 내려서 안고 오열하는 민호의 모습.

"경민아! 왜. 도대체 왜 이러는 거야. 어머니, 아버지도… 너도 모두들 나한테 왜 그러는 거야! 왜?"

다음 날, 화장터에서 경민이 불에 타는 모습을 오열하며 지켜보는 민호. 주위에는 경민의 공장 친구 한 명만이 함께 지켜볼 뿐이었다. 경민의 친구는 민호에게 다가서며 어렵게 말을 꺼낸다.

"경민이… 정말 너무 불쌍하고 치욕스럽게 죽은 거예요."

"그게 무슨 소립니까?"

"그래도 끝까지 버티고 민호 오빠가 나오기만을 기다렸는데. 그 더러운 악마들에게 그렇게 무참하게 짓밟히다니. 흑흑."

"그게 무슨 말이냐고요? 자세히 좀 말해 봐요!"

민호는 무섭게 달려들며 경민의 친구를 다그친다. 경민의 친구는 잠시 머뭇거리더니 그동안 경민에게 있었던 일을 어렵게 민호에게 말한다.

—— 몇 달 전, 동네 야산

두려움에 떨며 어떻게 해서든 도망치려고 하는 경민의 모습이 보인다. 그러나 누군가에게 강제로 야산으로 끌려가는 경민.

"사… 살려 주세요. 도대체 저한테 왜 이러세요?"

"네가 한민호라는 놈의 애인이냐? 어째 되게 어려 보이는데? 너 몇 살이야?"

"열여덟이에요. 그런데 우리 민호 오빠를 아세요?"

"알다 뿐이냐? 악연이지. 악연! 우리가 그놈한테 받아야 될 빚이 있거든. 그리고 그놈 지금 유치장에 있는 것도 내가 지시해서 그렇게 된 거야. 그리고 너… 빨갱이라는 죄목이 요즘 세상에는 살인죄보다 큰 죄라는 거 알지?"

"그… 그럼 당신이 공장 사장?"

"알긴 아네! 암튼 난 그놈 빚을 지금 받아야겠어. 네가 대신 갚아 줘야 할 거 같은데….."

"전 돈이 없어요! 얼마면 되는데요? 제가 그동안 모아 놓은 돈이 조금

있긴 한데…. 그거라도 전부 드릴 테니까 저희 오빠 좀 풀어 주세요! 제발요!"

"난 그깟 돈 많아! 내가 원하는 건….."

"이… 이게 무슨 짓이에요?"

공장 사장은 경민의 치마를 의도적으로 살짝 들춘다.

"그만하세요! 더 이상 절 건드리면 소리칠 겁니다. 아니, 경찰에 신고할 거예요! 전 당신이 누군지도 알아요!"

"야, 네가 우리들한테 뭐 한 가지만 해 주면 네 애인은 내일이라도 당장 나올 수가 있어! 그러니까 우리가 뭘 하든 너는 가만히 있으면 되는 거야. 알았어?"

"저… 정말 오빠가 풀려날 수가 있단 말입니까?"

"그렇다니까? 넌 우리가 하는 대로 가만히 있으면 되고, 그러면 민호 그 놈은 내일이라도 당장에 풀려날 수가 있다고!"

"그, 그게 뭔데요? 제가 뭘 해드리면 되는데요?"

"가만히 있으면 된다니까! 이렇게….."

불량배 한 놈이 경민의 치마를 위로 들어 올리고는 손으로 경민의 성기를 쓰다듬는다.

"아… 아파요! 거긴 아… 안 돼요!"

"야, 이 새끼야! 처음은 내가 하는 거 몰라? 이게 어디서 찬물도 위아래가 있는데 말이야!"

공장 사장은 그녀의 치마를 아예 벗겨 버리고는 하얗게 드러난 경민의 속살을 탐닉한다. 그리고 속옷을 벗겨서 산등성이에 집어 던진다. 순간 욕정을 채우기 위해 자신의 바지를 벗고서는 그녀의 위에 올라타는 공장 사장. 그녀의 몸속에 더러운 무엇이 강제로 들어오기 시작하고, 그녀는 아픔과 치욕에 소리치는데, 그 소리가 야산에 울려 퍼진다. 아픔을 잊기 위해서 그녀는 자신의 손을 강하게 깨무는데, 사장 놈의 움직임이 거세질수록 그녀의 손에선 피가 흐르기 시작한다.

"아, 안 돼! 안 돼요. 제발…."

"가만히 있어! 어려서 그런가 잘 안 되네."

"그만… 그만해!"

그렇게 짐승만도 못한 놈들은 그녀를 무참히 폭행해 가면서 7명이 번 갈아 성폭행한다. 그렇게 경민의 성기에서는 쉼 없이 피가 흐르고 알몸 이 된 모습으로 산에 버려진다. 그리고 흐느끼며 민호를 찾는 경민의 애 절한 모습….

"민호 오빠, 미안해! 오빠를 위해 지켰어야 하는데…. 미안해! 흑흑!"

경민의 친구는 계속 말을 이어간다.

"얼마 전, 경민이는 추악한 씨앗이 자기의 뱃속에 있다는 걸 알고는 결 국, 민호 오빠가 나오기 며칠 전에 자살을 선택한 거예요."

"경민아, 내가 미안해! 그리고 그놈들…. 반드시 내가 죽인다! 약속할 게!"

며칠 후, 민호는 각종 연장을 챙겨서 공장 사장의 집으로 찾아간다. 민 호의 집에 비하면 대궐 같은 사장의 집. 집 안에서는 단란한 가족들의 웃 음소리가 밖으로 새어 나온다. 준비한 흉기를 들고 창문을 깨며 집 안으 로 들어가는 민호. 공장 사장은 놀라며 부엌으로 도망가는데 민호가 그 를 넘어뜨리며 올라탄다. 그러고는 준비한 연장으로 공장 사장을 죽도록 폭행한다.

"살려 주세요! 모두 제가 잘못했습니다! 저, 저만 죽이시고 저희 가족들은 살려 주세요!"

사장의 부인과 어린 딸은 울부짖으며 두려워한다.

"제발 남편을 살려 주세요. 제발!"

"우리 아빠… 그만 때려요! 엉엉!"

그러나 민호의 폭행은 계속되고, 사장은 의식을 잃는다. 민호는 의식을
잃은 사장과 주위 가족들의 모습을 둘러본다.

"차라리 저들이 악마의 모습이었다면 좋았을 텐데…."

민호는 끝내 사장의 목숨만은 거두지 않았다.

몇 달 후, 걸인처럼 구걸하며 그렇게 비참하게 목숨을 연명하는 민호가
서울 변두리에서 목격된다. 아무런 희망도, 기대도 그의 얼굴에서는 찾
아볼 수가 없다.

"이렇게 살아서 뭐하지? 이제 나도 갈 때가 된 건가! 그래! 엄마, 아버
지, 경민이 있는 곳으로 가자! 어차피 죽을 때까지 쫓겨야 하는 신세인
걸…. 그리고 사장 놈을 그렇게 만든 이상, 이제는 정말 빨갱이라는 오명
도 벗을 수 없고 말이야!"

민호는 모든 걸 포기하고 튼튼한 밧줄을 겨우 구해서 산 쪽으로 걸어 올라간다. 그때, 민호의 눈에 띈 벽보!

"신체 건장한 젊은 남성을 구함. 미국 시민권 부여!"

민호는 미군부대 근처의 벽에 붙어 있는 벽보를 뚫어지게 본다. 잠시 망설이더니 민호는 벽보를 찢는다.

"미국으로 가는 거야!"

주저 없이 벽보를 뜯어 들고 미군부대 안으로 들어가는 민호!

—— 현재, 2017년

어느새, 수민의 병실 안에서 잠이 들어 있는 민호. 갑자기 소리를 지르며 일어나는데, 온몸에는 식은땀이 줄줄 흐른다.

"왜 갑자기 옛날 꿈을 꾼 거지? 휴, 정말 다시 돌아가고 싶지 않은 끔찍한 악몽인데 말이야."

민호는 정수기에서 물을 따라서 연거푸 들이켠다. 그리고 침대에 누워 있는 수민의 모습을 물끄러미 바라본다.

"정말 경민이 수민의 모습으로 내 앞에 다시 나타난 걸까…."

민호는 잠시 수민의 얼굴을 어루만지더니 아무도 모르게 수민의 침대 밑에 무언가를 숨겨 놓는다.

"이제 거의 다 끝났어! 수민아, 조금만 기다려! 내가 온전한 모습으로 너에게 돌아올 자격이 있는지 모르겠지만, 그래도 너에게 다시 올게."

한편, 도경그룹 지하 비밀 안가에서는 시끄러운 웃음소리가 가득하다. 여전히 박 총장은 평소처럼 굵은 시가를 입에 물고는 연기를 내뿜고 있는 모습이고, 최 부장 역시 오랜만에 시가를 입에 물고 있다.

"어차피 난세에 영웅이 난다고 하잖아!"

"네, 맞습니다. 어르신!"

"이럴 때야말로 국민을 이끌 진정한 지도자가 필요한 법일세."

"그러나 지금은… 대통령이 건재하지 않습니까."

"지금 대통령이 어디 대통령인가?"

"그래도 한 나라의 통치자인데…."

"내 말 한마디에도 벌벌 떠는 인사인데 무슨 통치자야?"

"그럼, 어쩌실 계획인지⋯."

박 총장은 시가를 꾹 눌러 끄더니, 최 부장을 노려본다.

"자네 요즘 많이 바쁘다며? 하긴, 대한민국 언론을 움직이려면 바쁘긴 하겠지. 그런데 말이야! 옛말에 이런 말이 있지. '정승 집의 개새끼가 3년 이면 시조를 읽는다!'고 했었나? 아니, 10년이었던가. 하하! 하긴 그게 뭐 중요하겠나? 자네라면 그런 개를 어떻게 하겠나. 나는 그런 개는 필요 없네. 감히 주인 흉내를 낸다는 거 자체가 죽어도 싼 거지. 안 그런가?"

최 부장은 뜨끔하며 말없이 고개를 끄덕인다. 박 총장은 자신의 뒤에 있는 누군가에게 손짓으로 뭔가를 지시한다.

며칠 후, 민호네 팀원들이 사무실 안에서 TV 뉴스 속보를 보고 있다.

"조양일보 최명도 정치부 부장의 자살 소식입니다. 이 소식은 일순간에 대한민국의 특종이 되었습니다. 대한민국 언론을 좌지우지하던 무소불위 의 권위를 가졌던 그가 왜 자살했는지 모두들 궁금해하고 있는 가운데⋯."

갑자기 사무실 문이 열리고, 김 경위가 들어온다.

"팀장님! 큰일 났습니다. 도경그룹 김 회장도 자살했답니다."

민호와 팀원들은 놀라며 일어선다. TV에서는 연이어 일어난 대한민국 최고 권력가와 재력가의 의문의 죽음을 보도하고 있다.

"대한민국 10대 그룹 중의 하나인 도경그룹의 김도경 회장이 사옥에서 투신자살했다는 소식입니다. 이 뉴스는 온 국민을 놀라게 하고 있습니다. 한편…."

뉴스를 보던 민호가 뭔가 이상한 낌새를 챈다.

"이건 아닌데…. 뭔가 이상해. 분명 뭔가 있어! 조 형사는 최 부장과 김 회장의 부검의가 누구인지 알아봐!"

"알아볼 것도 없습니다. 예전에 지영이 사건 때 부검의였던 오정태 박사님이랍니다. 그래도 국과수에선 나름대로 소신 강한 대쪽 같은 인물로 알려진 분인데…. 뭐, 별거 있겠습니까?"

민호는 조 형사의 말이 끝나기도 전에 사무실 문을 박차고 나간다. 그날 오후, 국립과학수사연구소 오정태 박사 연구실에 민호와 오정태 박사가 무거운 표정으로 마주하고 있다.

"박사님, 국과수는 국민을 위해서 일하는 곳이지 않습니까? 억울한 죽음을 밝히려고 국민의 세금으로 운영되는 이곳이 오히려 범죄를 감추려는 도구로 전락해서야 되겠습니까. 제발 진실을 말씀해 주십시오! 제가 알기론 국과수에서 가장 청렴하고 결백한 분으로 알고 이렇게 다시 찾아왔습니다. 그리고 최 부장의 부검 결과가 이미 조작된 것도 알고 왔습니다. 부탁드립니다. 진실을 말씀해 주세요."

"아니, 내가 부검 결과를 조작했다고요? 누가 그런 벼락 맞을 소리를 합니까?"

"조양일보 최 부장이나 도경그룹 김 회장 모두 이 세상에서 가질 건 다 가진 인물들입니다. 이들이 왜 그런 불명예스러운 자살을 택하겠습니까? 분명 그들의 사인에는 뭔가 다른 게 있을 겁니다. 그리고 박사님은 그걸 알고 계시구요. 아닌가요?"

평소와 다르게 당황하고 뭔가에 쫓기는 듯 보이는 오 박사!

"저는 모릅니다. 다… 다시는 저를 찾아오지 마세요! 드릴 말씀은 이것뿐입니다."

오 박사는 급히 자신의 짐을 챙겨서 연구실을 도망가듯이 나간다. 민호는 오 박사의 태도를 수상하게 생각하면서도 오 박사도 신변에 위협을 느끼고 있을 거란 짐작에 더 이상 묻지 못하고 오 박사를 보내 주고 만다. 다음 날 아침, 민호가 힘없는 모습으로 사무실에 들어온다. 팀원들이 민호가 들어오는 줄도 모르고 TV 뉴스를 넋 놓고 지켜보고 있다. 민호도 팀원들 뒤에서 뉴스를 바라보는데….

"속보입니다. 조양일보 최명도 부장과 도경그룹 김도경 회장의 시신을 부검했던 국립과학수사연구소 오정태 박사가 오늘 한강에서 변사체로 발견되었습니다. 박사의 죽음이 타살이라는 의혹이 있는 가운데, 경찰은 자살로 추정하고 있어서 향후 파장이 예상됩니다. 그리고…."

민호는 화들짝 놀라며 바닥에 가방을 놓친다.

"이… 이런 일이…. 어제도 멀쩡했던 분이 왜…."

"팀장님! 왜 그러십니까? 무슨 일이라도…."

"아… 아닙니다! 괜찮습니다."

"그나저나 저 박사님…. 아무리 외압이 심해도 끝까지 소신을 지키는 분이었는데요."

민호는 말없이 자리에 앉아서 오 박사를 그냥 내버려 둔 자신을 자책하는 모습이다.

'어제 내가 그렇게 박사님을 보내는 게 아니었는데…. 끝까지 붙잡고

물었어야 하는데…. 박사님도 뭔가에 협박을 당하고 계셨던 게 분명해! 내가 지켜 줄 수도 있었어. 바보 같은 놈!'

그 시간, 도경그룹 지하 비밀 안가 출입문에서는 박 총장이 경호원들과 함께 비밀 장소에서 나온다. 그런데 경호원들 사이에 검은 그림자가 눈에 띈다. 박 총장과 검은 그림자는 서로 뭔가를 얘기하고 있다.

"뒤처리는 잘하게! 아직도 여론은 우리를 지켜보고 있어. 철저하게 비밀로 하고 잘 처리하게. 알았나?"

"네, 알겠습니다. 걱정하지 마십시오!"

비밀 안가를 빠져나와서 승용차를 타고 나가는 박 총장. 박 총장의 승용차를 향해 검은 그림자는 90도로 인사를 한다. 그날 오후, 국제범죄수사국 선영의 사무실 창문이 와장창 깨진다. 누군가 금고를 열고 뭔가를 꺼내는 손이 보인다.

"이… 이건 국제태아매매와 관련된 국제범죄단체 리스트와 정, 관계 인물들…. 이들이 모두 극악무도한 범죄를 통해서 조성된 자금으로 대한민국을 움직이고 있었던 거야. 그리고 손녀뻘 되는 어린 10대 여자아이들을 자신들의 성노리개로 삼았어! 정말 썩을 대로 썩었어. 어떻게 이럴 수가…. 이런 최고위층 놈들이 지금까지 대한민국의 국정을 농단하고 선하고 힘없는 국민들을 좌지우지하고 있었던 거야? 용서받지 못할 놈들!"

며칠 후, 김 회장 장례식장에서 마주하는 민호와 박 총장! 박 총장은 전처럼 민호를 반겨 대하는데, 민호의 표정은 잔뜩 상기된 모습이다.

"이제 자네와 선영이를 위해서 거의 다 정리해 준 거 같은데. 안 그런가?"

민호는 박 총장의 말에 문득 최 부장과 김 회장의 죽음과 오 박사의 의문의 자살을 떠올린다.

'이자가 말하는 정리가 설마… 그것인가?'

박 총장은 민호의 팔을 잡아당기며 외진 곳으로 안내한다.

"자네와 선영이…. 난 잘 모르겠네. 두 사람이 잘 어울리는지 말이야. 그러나 선영이 저놈이 자네만 바라보고 있는 걸 어떻게 하겠나. 아비 입장에선 자식을 이길 수가 없는 거네. 하지만 나도 자네를 항상 주시하고 있다는 것을 명심하게! 자넨 이미 내 연못 안에 갇힌 물고기란 말이야. 알겠나? 하하!"

민호는 말없이 박 총장의 웃음을 받아 주며 술잔을 기울인다.

'그래! 지금은 웃어라. 조만간 그게 피눈물이 되어 나올 테니까. 네 딸년까지 어떻게 파멸하는지 내가 똑똑히 보여 줄게! 그리고 네놈을 국민

들 앞에서 씹어 먹어 줄게. 기다려라. 조금만!'

그날 밤, 서울의 모처에 있는 호텔 안. 민호가 혼자 소파에 앉아서 누군가를 기다리고 있다. 잠시 후, 문이 열리더니 선영이 들어온다.

"아… 아니, 민호 씨가 왜 여기서 보자고 한 거죠? 여긴 좀 그런데."

"앉아요. 설마 내가 선영 씨한테 무슨 짓이라도 할 거 같아요?"

"아니… 그건 아니지만…."

선영은 얼굴이 상기된 채로 소파에 앉는다. 잠시 정적이 흐르더니, 민호가 선영에게 술잔을 건네주며 술을 따라 준다.

"선영 씨는 왜 내가 좋아요? 그 정도 미모에 학벌이면 더 좋은 남자들이 많을 텐데요. 그리고 무소불위의 권력도 가졌잖아요."

"그게… 뭐 제 마음처럼 되나요? 믿지 않겠지만, 저는 지금까지 연애 한번 못 해 본 바보거든요. 헤헷!"

수줍게 웃고 있는 선영. 민호는 잠시 술잔을 기울인다.

"선영 씨에 대한 아버님의 사랑이 하늘을 찌르더군요. 딸을 위해서라면 살인이라도 저지를 분입니다. 정말 감동했습니다!"

"아버지야 제가 세상의 전부니까요. 그럴 수밖에요."

민호는 선영의 말에 의미심장한 표정을 짓더니, 술잔을 내려놓는다.

"그래! 네가 가장 아끼는 딸년이 오늘 어떻게 되는지 한번 지켜봐."

민호는 갑자기 선영의 팔목을 잡더니 침실로 끌고 들어간다. 그리고 선영을 침대에 집어 던지며 옷을 찢기 시작한다.

"왜… 왜 이래요? 아… 아파요."

"왜? 나한테 이런 거 원한 거 아니었어?"

"아… 이건 아니야! 이런 식으로 내 순결을 주기는 싫다고. 그만해!"

민호는 더욱 거칠게 선영의 옷을 찢는데, 반항이 심하다.

"너도 당해 봐! 이런 짓을 당하는 고통이 얼마나 심한지…."

"아… 아파! 거… 거긴 안 돼! 하지 말라고. 아! 안 돼! 너무 아파! 흑흑!"

민호가 갑자기 움직임을 멈춘다. 그리고 그의 귀에선 65년 전, 경민의 비명 소리가 겹쳐 들린다.

"겨… 경민아!"

민호는 침대에서 일어나서는 옷을 입고 침실을 나간다. 선영은 알몸을 한 모습으로 침대 위에서 눈물을 흘리고 있다. 호텔 밖으로 나온 민호는 잠시 비틀거리더니 화단에 앉는다.

"이건 복수가 아니야! 그놈들과 똑같이 악마가 될 뿐이라고."

바닥에 앉아 있는 민호의 눈가가 촉촉해지고 어깨가 잠시 들썩인다.

다음 날, 미제사건전담반 사무실에 의외의 얼굴이 나타난다. 영태다.

"민호야. 잘 지냈냐?"

"아니, 윤영태! 너 어떻게 된 거야?"

"한동안 UN에 파견근무 갔었어. 미안하다. 너한테는 연락했어야 했는데…."

그런데 조 형사가 영태를 이상한 눈으로 본다.

"저 사람… 어디서 봤을까."

조 형사가 계속 영태를 응시한다.

그날 오후, 수민의 병실에선 민호가 수민의 손을 잡고 있다.

"수민아! 영태 알지? 내 유일한 친구야!"

불편한 심기가 확연한 영태는 계속 눈길을 피하려 한다. 그때, 민호가 잡고 있던 수민의 손에 힘이 들어간다. 민호는 너무 놀라서 손이 부르르 떨린다.

'어? 이건… 수민이 움직이고 있어! 분명 내 손을 힘 있게 잡았어. 수… 수민아!'

그러나 민호는 애써 태연한 척하며, 영태에게는 말하지 않는다. 민호는 선영의 사무실에서 봤던 기밀서류를 떠올린다.

범죄의 정점에 있는 국내외 최고위층들의 더럽고 흉악한 이중적인 사진들. 대리 출산을 위해 인공수정을 하는 과정에서, 프롬앨스를 여성들에게 먹게 한 사실. 스스로가 약의 부작용을 이기지 못할 것을 알고는 더 많은 양의 약을 먹게 해서 자신의 의지와는 상관없이 자살로 모두 죽여서 자연스럽게 증거를 없애는 과정. 그리고 의지가 강한 몇몇 자살하지 않은 여자들은 정체 모를 검은 그림자에 의해서 제거되었다는 사실.

유진이 그려 줬던 검은 그림자의 몽타주! 영태의 얼굴이 겹쳐 보인다.

며칠 후, 도경그룹 지하 비밀 안가에서 뜻밖에 민호와 검은 그림자 무리들의 치열한 격투가 벌어지고 있다.

"퍽. 퍽. 으악!"

민호에 의해 하나둘씩 쓰러지는 경호요원들. 그런데 민호도 점점 지쳐가는 모습이다. 마치 바퀴벌레처럼 끊임없이 쏟아져 나오는 검은 그림자의 무리들이 이미 민호를 에워싸고 있다. 최선을 다해서 그들을 제압하려 하지만, 역부족이다. 그들이 쓰는 초능력으로 이미 건물 지하는 초토화 되었다. 그리고 지쳐서 잠시 숨을 고르는데, 머리를 강타당하며 힘없이 쓰러지는 민호. 그 순간, 검은 그림자가 다가와서 번쩍이는 칼을 꺼낸다. 검은 그림자는 민호의 복부를 향해 칼을 깊숙이 찌른다. 그리고 다시 민호의 목을 향해 칼을 드는 순간, 어디선가 요란한 사이렌 소리가 들리고 김 형사와 조 형사가 경찰특공대원들과 도착한다.

"팀장님! 아… 안 돼!"

탕! 탕!

또다시 격투가 벌어지고, 경찰특공대는 특수 무기를 사용하며 그들을 제압한다. 그 틈을 타서 검은 그림자는 도주하려 하고 조 형사의 총에 그는 팔에 총상을 입는다. 정신을 잃은 민호는 병원으로 이송되어 수민의 옆, 침대에 누워 있다. 한동안 정신을 잃고 깊은 잠이 든 민호 옆을 김 형사와 조 형사가 지키고 있다. 얼마가 지났는지 모를 시간이 지나고 정신이 드는 민호.

"여기가 어디죠?"

"팀장님! 이제야 정신이 드세요?"

조 형사는 민호의 손을 꼭 잡는다.

"괜찮으십니까? 저희가 그동안 팀장님을 오해했습니다. 죄송합니다!"

"그게… 무슨 말이죠?"

"유진이한테 다 들었습니다. 그동안 팀장님이 박선영 씨와 가까이 지내고 박 총장 무리와 어울린 것이 모두 코드7 사건의 배후를 캐기 위해서 그런 것이라고요. 유진과 동생도 팀장님이 안전한 곳에 숨겨 두었다는 것도…."

조 형사는 옆에서 눈물을 흘리며 민호의 손을 부여잡는다.

"젊은 혈기만 앞세워서 팀장님이 악마와 손잡은 줄 알았습니다. 이번에 팀장님이 잘못되셨더라면 저는…. 제가 죄인입니다. 흑흑! 정말 죄송합니다."

김 형사가 수민의 침대에 기대는데, 수민의 침대 밑에서 뭔가가 떨어진다. 얼마 전, 민호가 설치해 놓은 녹음기다!

"이… 이게 뭐죠?"

"김 형사님! 그건 제가 설치해 놓았던 것입니다. 어서 틀어 보세요!"

"민호 씨와 난 이미 결혼하기로 약속했습니다. 물론, 민호 씨는 아직 확답은 하지 않았지만 결국엔 그렇게 될 겁니다. 민호 씨가 무슨 이유에서인지는 모르겠지만, 수민 씨를 마음에 두고 있다는 사실은 알고 있습니다. 하지만 지금 수민 씨 상태로 민호 씨에게 무슨 도움이 되겠습니까. 안 그래요? 수민 씨와 같이 어리고 힘없는 여자들에게 저지른 제 아버지의 범죄 사실은 알고 있었지만 그러나… 저도 어쩔 수가 없었습니다. 힘없고 어린 여자들에게 프롬앨스를 먹여서 강제로 출산하게 하고는 태아를 엄청난 가격에 팔아넘기고 그것도 모자라서 어린 여자들을 성노리개로 추악한 욕구를 채웠던 아버지와 고위층 인사들… 저도 경멸합니다. 이번에 죽은 최 부장과 김 회장도 결국엔 아버지가 은밀하게 프롬앨스에 중독시

켜서 그 부작용으로 죽게 만든 엄연한 타살입니다. 그러나 그런 아버지를 저는 버릴 수가 없습니다. 결국, 유일한 혈육인 저에게 모든 권력과 부를 물려주기 위해서 자신의 손에 더러운 피를 칠하는 아버지를 더 이상 비난하고, 고발할 수 없었습니다. 아마, 수민 씨가 제 입장이어도 마찬가지 선택을 했을 겁니다. 민호 씨는 결국엔 나에게 올 수밖에 없습니다. 민호 씨와 난… 이미 정신적, 육체적 관계 모두 나눈 사이랍니다. 수민 씨! 날 용서하진 마세요. 나도 수민 씨의 용서는 받고 싶지 않네요. 무슨 말인지 알겠죠?"

민호와 팀원들은 녹음기 내용을 듣고는 치를 떠는 모습이다.

"팀장님! 이거면 박 총장 무리들 다 잡을 수 있습니다."

김 형사도 흥분한 모습이다.

"이건 뭐… 고해성사 수준인데요? 이거면 충분하지 않을까요?"

민호는 의외로 말이 없다. 마음속에 끓어오르는 분노는 어쩔 수가 없다.

'박선영! 결국 너도 저들과 다를 바 없는 인간이었구나.'

며칠 후, 민호 앞으로 국제 우편물이 도착한다.

"로버츠!"

뜯어보는데, 영태의 사진과 관련 서류가 나온다.

"이, 이거 뭐야! 도대체 영태, 너는 누구야? 내가 아는 그 윤영태가 맞는 거야? 이건, 국제용병 중에 최고의 이력을 가진 킬러의 이력이잖아! 그럴 리가 없는데. 어떻게 이런⋯."

그날 밤, 도경그룹 지하 비밀 안가.
주차장에 수많은 최고급 외제 승용차들과 지프차들이 들어오는 모습이다. 그리고 험상궂게 보이는 국내, 국외의 중년 인사들이 삼엄한 호위를 받으며 차에서 내리는 모습이다.

잠시 후, 비밀 안가 안에서 박 총장과 국제범죄단체의 보스들이 양쪽으로 도열해서 앉아 있는 모습이 웅장하게까지 보인다. 수를 헤아릴 수 없는 수백 명의 경호요원들이 비밀 안가 주위와 주차장을 호위하고 있는 중에 비밀 안가 안에서는 박 총장이 시가에 불을 붙이고는 잠시 길게 한 모금 빨고 있다.

"이제 더 이상 기다릴 필요가 없을 거 같습니다. 여러분들도 아시겠지만, 지금 대한민국은 강한 지도자가 필요합니다! 일개 '천사'란 존재 하나로 모든 국민들이 혼란에 빠지고 지도층이란 인간들은 국민의 여론에 끌려 눈치 보며 아무것도 하지 못하고 있는 실정입니다. 이게 나라입니까?

대선도 필요 없습니다! 역사는 승자의 기록이라고 하지 않습니까? 승자에겐 이기기 위한 방법 같은 건 중요하지 않은 법이지요. 오직, 승리라는 결과만이 역사에 기록될 뿐이니까요!"

국제범죄단체의 보스들이 일제히 자리에서 일어나 박수를 친다. 박 총장은 다시금 입을 여는데….

"이제 여기 모인 분들이 저를 위해서 일을 해 줘야겠습니다. 제가 여러분께 투자한 빚을 거둘 때란 말입니다. 아… 그리고 얼마 전에 여러분과 함께 회합을 했던 두 사람의 안타까운 자살 소식은 여러분도 알고 있을 겁니다. 저는 충견은 영원히 기르지만, 저를 무는 개는 살려두지 않습니다. 명심하세요!"

박 총장이 김 회장과 최 부장의 얘기를 언급하자 무거운 침묵과 함께 모두들 일어나서 박 총장에게 머리를 숙여 인사한다. 드디어 풀어진 미친개들의 목줄…. 서울 도심, 서울 광장과 광화문 광장 등…. 국제범죄단체 조직원들은 도심에서 온갖 악행을 저지르고 있다. 살인, 강간, 폭력, 파괴 등으로 일순간에 서울은 마비가 될 정도다. 조직원들은 거리 상점에서 귀중품들을 강탈하며 반항하는 사람들을 무참히 총과 칼로 죽이고 있다. 그리고 교복을 입은 여학생들을 골목으로 끌고 가서는 번갈아 가며 성폭행하는데, 아이들의 절규가 하늘을 찌른다.

"아… 아파! 그만해요. 아…."

"너무 아파요! 사… 살려 주세요."

그리고 경찰들은 조직원들의 최신 무기와 초능력에 속수무책으로 당하고 있다. 시민들이 보는 앞에서 경찰들이 쇠사슬에 묶여서 바닥에 개처럼 끌려 다니고 있다. 서울 도심은 그야말로 마비 상태였다. 시민들의 비명 소리와 총격전 장면… 공포에 질린 시민들의 모습!

그 시간, 청와대 집무실. 비서실장은 대통령에게 계속 계엄령 선포를 직언한다.

"지금 결단하시지 않으면 늦습니다. 각하, 시간이 없습니다. 이러다간 서울은 물론, 대한민국 전체가 저들에 의해서 철저하게 유린될 겁니다. 각하도 저들의 능력을 보셨잖습니까. 저들은 사람이 아닙니다. 인간의 탈을 쓴 괴물들입니다. 절대로 경찰력만으로는 저들을 상대할 수가 없습니다. 각하! 용단을 내려 주십시오."

"자넨 군이라고 저들을 막을 수 있다고 생각하나? 물론 막을 수는 있겠지. 그러나 그러면 서울 시내는 말 그대로 전쟁터가 된다네. 6·25 전쟁 이후, 폐허를 70년 동안 재건한 서울일세. 그리고 천만 명이 넘는 국민들이 서울에 있어. 전투 중에 희생될 무고한 저들의 희생은 어떻게 할 건가? 계엄령은 안 되네. 대신, 군 특수부대의 출동은 허락하겠네. 지체 없이 시행하게. 무엇보다 국민의 안전을 최우선으로 하는 제압 방식을 써. 이건 군 통수권자로서의 마지막 명령이네."

서울 도심, 서울 광장…. 청와대의 명령을 받은 군 특수부대원들이 헬기에서 하강하고 있다.

탕! 탕! 쾅!

여기저기서 들리는 총탄 소리와 폭발음 소리다. 한편, 수민의 병실에서는 민호가 수민의 손을 꼭 잡고 있다. 갑자기 병실 문이 열리고 김 형사가 급히 들어오는데….

"지금 이러고 있을 때가 아닙니다. 서울 시민들이 모두 죽을지도 모른단 말입니다! 저들을 막을 사람은 팀장님밖에 없어요. 수민이는 내가 지키고 있을 테니까 팀장님은 시민들을 구하세요!"

약통을 꺼내 보는 민호…. 이제 약이 두 알밖에 남지 않았다.

'어떻게 하지? 이게 다 떨어지면 나는, 평범한 인간일 뿐인데…. 그래도 어쩔 수 없어. 저들을 구할 방법은 오직 이것뿐이야!'

민호는 화장실에서 알약을 주저 없이 삼키고는 고통에 얼굴이 일그러진다. 잠시 후, 빌딩을 넘나들며 서울 도심의 전투 현장에 도착하는 민호. 현장은 말 그대로 지옥이다. 민호의 모습을 알아본 시민들이 환호하는 모습이 보인다.

"한민호 팀장이다."

"맞아! 진창 속에서 우리를 구해 줄 영웅!"

시민들은 영웅을 연호한다.

"힘내라!"

시민들이 환호하는 소리에 힘입은 민호는 마지막 초능력을 발휘하며 국제범죄단체 무리들을 제압하고 있다. 그런데 그때, 검은 그림자가 무리들을 데리고 합류해서 민호와 대항한다. 그들도 이미 민호가 먹는 약과 비슷한 약을 먹고 있는 초인적인 능력을 가진 놈들이었다! 최선을 다해서 그들과 싸우던 민호는 중과부적으로 점점 밀리기 시작한다. 결국, 큰 부상을 당하고 힘이 빠져 버린 민호는 점점 그들에게 밀리며 당하고 있다. 그들 또한 민호와 비슷한 초능력의 막강한 힘으로 도심 건물들을 파괴하며 시민들을 해치고 있다. 민호는 남아 있는 초능력으로 시민들을 위해 방어하기에 급급하다. 경찰특공대와 군 특수부대도 청와대의 지시로 역시 시민들을 구하기 위해 방어에만 전념하는 모습이다.

국제범죄단체 조직원들은 기회를 놓치지 않고 민호에게 최후의 일격을 가한다. 그는 머리를 집중적으로 난타당하며 피투성이가 되어 도심 바닥에 나뒹군다. 시민들은 안타까운 표정으로 쓰러진 민호를 보는데, 그들 중 몇 명이 민호를 에워싼다. 그렇게 숫자가 한두 명씩 늘더니 수백 명이 민호를 에워싸서 보호한다.

"우리가 구해야 돼!"

"아직 죽진 않았어."

"결국, 우릴 구할 사람은 이 사람뿐이야!"

"우리가 꼭 지켜 내자!"

그 틈을 이용해서 민호는 마지막 힘을 다해 일어나 탈출에 성공한다. 시민들은 그가 무사히 탈출하는 모습을 보며 안도한다. 겨우 탈출해서 서울 변두리의 폐건물에 은신해 있는데, 몸이 만신창이다! 성한 곳이라 곤 찾아 볼 수가 없는 모습이다. 그때, 어떻게 알았는지 그곳에 영태가 도착한다.

"영태야! 네가 여긴 어떻게 알고….."

그러나 영태는 대답 대신에 말없이 검은 모자를 쓴다. 뒤돌아서서 민호의 앞에 자신의 모습을 드러내는데….

"너… 너는… 그래도 널 믿고 싶었는데….. 네가 검은 그림자였어!"

"맞아! 바로 네가 찾던 '검은 그림자'다. 이제야 알았어? 그동안 내가 눈치를 줬는데 말야. 그리고 너도 날 어느 정도는 의심하고 있었잖아. 안 그래?"

민호는 말을 잇지 못하고 멍하니 검은 그림자가 된 영태를 바라본다. 영태는 쓰러져 있는 민호에게 마지막 인사라도 하는 모습이다.

"너는 할 만큼 했다. 이제 더 힘 빼지 말고 편히 가라! 이건… 잠시나마 너를 친구로 두었던 우정에서 하는 마지막 선물이다."

영태는 민호에게 최후의 일격을 가하려 하는데…. 민호는 방어하지 않는 모습으로 영태에게 묻는다.

"수민은… 수민은 어떻게 할 거냐?"

"수민 씨도 조만간 하늘에서 만나게 해 주마!"

"설마, 그 가여운 애를 해치진 않겠지? 그 애만은 건들지 마라! 제발, 마지막 부탁이다. 그동안 너를 친구로 생각했던 멍청한 나와의 정을 생각해서라도 수민은 제발…."

영태는 주저 없이 최후의 한 방을 민호에게 날린다. 영태의 초능력에서 나온 빛이 그를 강타하고 순간 암전된다. 그리고 잠시 후, 영태가 사라지고 밝은 빛이 들어오면서 밝아진다. 폐건물 안쪽에 널브러진 상태로 숨을 쉬지 않는 민호. 그때, 환상 속에서 밝은 빛이 민호의 몸을 감싼다. 갑자기 민호의 몸이 공중으로 뜨는데, 여전히 그는 의식이 없다. 잠시 후, 민호의 귀에선 수민의 목소리가 들려온다.

"민호 오빠! 사랑해!"

그 순간, 민호가 피를 토하며 숨을 쉬기 시작한다. 민호는 주위를 둘러보지만, 아무도 없다.

"어떻게 된 일이지. 분명 수민이었는데…."

민호는 다시 일어서서 서울 도심으로 향하는데, 서울 도심은 마치 폭격을 맞은 것처럼 거의 모든 건물들이 파괴되고 있다. 민호는 파괴된 도심의 처참한 모습에 분노한다.

"너희들, 절대로 용서하지 않는다. 검은 그림자! 윤영태! 너는 반드시 내 손으로 죽여줄 테니 기다려라!"

국제범죄단체 조직원들을 향해 달려가려는 순간, 전화가 온다.

"아저씨! 살려 주세요. 아저씨…."

"유진아! 어디야? 무슨 일이야?"

전화기 건너편으로 들려오는 익숙한 목소리…. 박 총장이다.

"내가 어디 있는지는 알 텐데? 이 아이가 어디 있는지도 말이야. 하하!
빨리 오는 게 좋을 거야. 시간이 없어."

"유진이 건드리면 넌 절대 편하게 못 죽는다. 명심해!"

"빨리 오기나 하지? 거기서 싸울 시간이 없을 거야. 거긴 그놈들이 파괴
하도록 내버려 두고 어여 와! 여긴 시간이 없어요."

전화가 끊어지고 분노로 치를 떨던 민호는 약통을 꺼낸다.

"어? 약이 없잖아. 이런…. 분명히 마지막 한 알이 남았었는데…."

잠시 후, 민호는 도경그룹 지하 비밀 안가에 도착하는데 문을 여는 순
간, 무언가에 머리를 맞고 정신을 잃는다. 얼마의 시간이 지났을까. 정신
을 차려 주위를 보니 건장한 요원들이 가득 차 있고 가운데 의자에 앉아
있는 사람! 바로 박 총장이 보인다.

"그러게, 내 말을 들었어야지. 내가 분명히 경고했지 않았나. 코드7 사
건에서 손 떼라고. 그리고 우리 선영이만 위해 주면 아무 일도 일어나지

않았을 거야. 그러면 자넨 대한민국 대통령의 사위가 될 수도 있었단 말일세. 그런데, 내가 생각한 것보다 자넨 멍청하더구만. 역시 우리 선영이하고는 어울리지가 않아. 안 그런가?"

유진이 민호를 보며 울부짖는 모습이다. 용재도 흐느끼며 울고 있다.

"아저씨! 피하세요. 여긴 함정이에요!"

"엉엉! 아저씨!"

민호는 몸부림을 쳐 보지만 몸이 말을 듣지 않는다.

"너! 내 손으로 죽인다. 아주 고통스럽게….'

박 총장은 마치 쇼를 보듯이 그 모습을 웃으며 지켜보고 있다.

"진정하게! 자네가 흥분하면 할수록 힘은 더 빠질 테니까. 이제 그만, 우리의 악연도 이쯤에서 끝내야 되지 않을까? 아 참…. 이수민이라고 했던가? 그년 때문에 우리 선영이가 많이 힘들어했지. 못된 년 같으니라고! 식물인간 주제에 감히 우리 선영이 마음에 상처를 주다니. 그년도 자네와 함께 죽여주겠네."

"당신이 원하는 건 나잖아. 나 하나만 없어지면 되는 거잖아. 제발 나만 죽여라! 그리고 죄 없는 저들은 절대로 해치지 마라. 마지막 부탁이자 경고다! 만일 저들을 해친다면… 내가 지옥에서 다시 돌아와 반드시 너를 갈기갈기 찢어 죽일 거다."

박 총장은 시가를 꺼내 들고는 끝을 자르고 불을 붙인다.

"현재 대한민국은 무정부 상태야! 말 그대로 정부가 없다고. 이게 얼마나 좋은 기회인가? 우린 그냥 새로운 정부를 만들면 되는 거야. 하하. 안 그런가? 나는 강한 대한민국을 만들 거네. 나약한 나라가 아닌, 세계를 지배하는 나라 말이야!"

민호는 몸부림치며 몸을 일으키려 하지만, 움직일 수가 없다.

"미친놈! 그건 너의 망상일 뿐이야. 넌 추악한 범죄자의 수괴에 불과해. 알아?"

그때, 갑자기 건물 밖에서 들리는 시민들의 함성!

"대한민국은 우리가 지키자!"

"모두 일어나 힘을 합쳐서 저놈들과 싸웁시다!"

화들짝 놀라며 시가를 바닥에 떨어뜨리는 박 총장!

"뭐? 저게 무슨 개소리야? 아니 저것들이….''

그 순간, 결박을 풀고는 입구를 지키는 조직원들을 제압하고 밖으로 뛰쳐나가는 데 성공하는 민호! 박 총장의 극도로 흥분한 반응에 술렁이는 조직원들. 박 총장은 검은 그림자를 손짓으로 부른다.

"멍청한 것들! 저놈보다 내가 더 강한 사람인 걸 보여 주마.''

검은 그림자는 조직원들과 서서히 움직이기 시작한다.

"저놈이 얼마나 나약하고 형편없는 놈인지 똑똑하게 보라고.''

한편, 청장은 겁을 먹고 현장에서 경찰 병력들을 후퇴시키려고 한다.

"후퇴해! 빨리 뒤로 물러나.''

그런데 경찰들이 청장의 명령을 따르지 않는다. 시민들은 청장을 에워싸며 위협하는데, 청장은 뒤로 도망친다. 서울 도심 한복판에서 민호와 영태의 무리가 치열한 격투를 벌이고 있다. 마지막 남은 초능력을 모두 발휘하며 영태와 국제범죄단체의 무리들을 제압해 나가는데, 특공대와 시민들도 합세해서 영태의 무리들을 서서히 괴멸시키는 모습이다. 그리고 홀로 남은 영태와 도심 한가운데서 마주하고 있는 민호!

두 사람 모두 기나긴 전투로 지친 모습이 역력하다. 드디어 두 사람만의 대결이 펼쳐지는데…. 민호가 점점 밀리며 계속 큰 부상을 당한다. 영태가 날리는 초능력에 속수무책으로 당하는 모습. 계속해서 머리를 강타당하고 손목이 부러진다. 드디어 영태에게 최후의 일격을 당하고 바닥에 쓰러지는데, 민호의 주머니에서 마지막 알약 한 개가 떨어진다. 잃어버린 줄 알았던 알약 한 개가 주머니에 있었던 것이다! 민호는 사력을 다해서 알약을 주워 삼키는데…. 잠시 후, 얼굴이 일그러지며 온몸에 경련을 일으킨다. 영태는 민호가 알약을 삼킨 사실을 모르는 눈치다.

"그래! 고통스러울 거다. 내 말대로 그때 죽었으면 이런 고통도 없었을 텐데. 네가 자초한 일이다. 봐라! 네가 죽어 가는 모습을 저 어리석은 시민들도 지켜보고 있잖아. 이제 널 도와줄 사람은 아무도 없어! 저들은 힘없고 나약하고 비겁한 인간들일 뿐이야. 알아?"

그 순간, 갑자기 멀쩡한 모습으로 자리에서 일어나는 민호!

"할 말 다 했지? 이제 네가 고통을 느낄 차례다. 지금껏 느껴 보지 못한 가혹한 고통!"

마지막으로 생긴 초능력으로 영태를 공격하기 시작한다. 영태는 당황하며 최선을 다해서 방어하지만, 민호의 분노가 합해진 초능력을 막을 수가 없다. 서서히 밀리더니 결국, 민호의 공격을 받고 바닥에 쓰러지는데, 온몸이 부러지고 피투성이가 된 모습의 영태. 민호는 서서히 영태에게 다가선다.

"난 너를 진정한 친구로 믿었다. 지금 이 순간도 네가 검은 그림자였다는 것이 저주스럽게 싫다. 그러나 이제 우린 서로 갈 길을 가야겠지. 저 함성을 들어 봐. 저 많은 사람들이 자신들의 가족을 지키기 위해서 싸우는 모습! 너는 이해 못 할 거야. 그게 너와 나의 차이다. 잘 가라! 너에게 주는 마지막 선물이다."

민호가 남은 힘을 다해서 최후의 초능력을 영태에게 날리는데, 방어하지 않는다. 죽어 가는 영태에게 조심스럽게 다가가는데, 영태는 마지막 힘을 다해서 민호의 손을 잡고는 눈물의 속죄를 한다.

"그래. 널 보고 다들 영웅이라고 말하는 저 사람들… 저들이 진정한 영웅이다! 너한테나 수민 씨한테 미안하다는 말… 꼭 해 주고 싶었다. 미안하다!"

"여… 영태야. 윤영태! 흑흑. 박 총장, 이 새끼! 이게 다 네놈 때문이야! 네가 영태를 이렇게 괴물로 만든 거야. 내가 너 죽여 주마. 기다려라!"

초조한 모습으로 밀실에 혼자 앉아 있는 박 총장! 잠시 후, 바깥에서 소란스러운 소리가 들린다.

"퍽! 퍽! 으아!"

민호는 잡혀 있던 유진과 용재를 구하는 데 성공한다.

"아… 아저씨!"

"너무 늦게 와서 미안하다. 다들 괜찮은 거지?"

민호는 용재를 품에 꼭 안는다.

"근데… 아저씨…. 괜찮으세요? 피가 많이 나요."

유진이 걱정스러운 눈으로 민호를 바라본다.

"괜찮아! 그런데 여기 있던 나쁜 사람들 어디 갔는지 아니?"

용재가 말없이 밀실 입구를 가리킨다. 민호는 밀실을 뚫어지게 노려보며 크게 소리친다.

"겨우 도망친 곳이 거기란 말이지? 어디 악마의 얼굴 좀 보자!"

밀실의 문이 뜯겨지며 민호가 등장하고 박 총장을 향해서 총구를 겨눈다. 민호가 들고 있는 총은 바로 영태가 사용하던 총이다. 박 총장은 민호를 보며 구석에서 나와서 오히려 큰소리를 친다.

"너는 나를 절대로 쏘지 못해!"

"정말 그럴까?"

"너도 나 같은 야심이 있는 놈이니까. 아니야? 가식적인⋯."

"개소리하지 마! 내가 너 같은 악마인 줄 알아?"

"너는 이미 많은 걸 가졌어. 국민들의 마음도, 건방지게 심지어 내 딸, 선영이의 마음까지⋯. 그런 네놈에게 대한민국까지 넘겨줄 순 없다. 자! 내가 저 세상으로 보내 주마!"

박 총장이 주머니에서 총을 꺼내며 민호를 향해서 발사한다.

탕! 탕!

그런데 박 총장이 총을 떨어뜨리며 쓰러진다. 놀라서 뒤를 보는 민호. 선영이 연기를 내뿜는 총을 들고 있다. 눈물을 흘리며 서 있는 선영!

"아⋯ 아버지!"

민호가 급히 달려가서 선영의 손에서 총을 빼앗고 안아 준다.

"미안해! 민호 씨! 죗값은 받을게. 모든 게 다 거짓이었더라도 민호 씨에 대한 내 마음만은 진심이었어. 흑흑!"

그때, 비밀 안가 안으로 들어오는 팀원들. 쓰러져 있는 박 총장을 보며 놀란다. 민호는 선영을 따뜻하게 안아 주고는 팀원들에게 넘긴다.

"김 형사님! 잘 부탁드립니다."

"걱정하지 마세요! 역시 팀장님이십니다."

민호는 팀원들을 일일이 안아 주며 감격의 눈물을 흘린다. 잠시 후에 민호가 도경그룹 건물에서 나오는데, 기다리던 수많은 시민들과 기자들이 그를 반긴다. 환호성이 하늘을 찌르고 모두가 그를 에워싼다. 그러나 폐허가 된 서울 도심과 심하게 부상당한 시민들의 모습을 보는 그의 표정은 어둡다. 마치 65년 전, 전쟁의 상처가 아물지 않았던 그 시절의 서울의 모습과 겹쳐진다. 그러나 그때와 다른 건, 시민들의 모습이었다. 모두들 살이 찢어지고 피가 흐르는 모습임에도 웃고 있다. 다친 시민들을 어루만지며 그들의 품속으로 들어가는 민호의 모습!

그날 밤, 폐허가 된 서울 도심의 어느 꽃집 앞에 서 있는 그의 모습이 보인다. 얼굴과 몸은 상처투성이고, 옷들은 모두 찢겨져 엉망이지만, 표정만은 어느 때보다 밝아 보인다. 그는 하얀 안개꽃을 한 아름 안고서 꽃가게를 나온다.

"예전에 경민이 가장 좋아하는 꽃이었는데…. 수민도 좋아할 거야. 분명히 좋아할 거야!"

안개꽃을 안고 병원으로 향하는 그의 모습이 힘겨워 보인다.

"헉헉! 아, 힘들어. 맞다! 난 이제 평범한 인간이야. 하하!"

힘겨운 표정으로 겨우 수민의 병실 문 앞에 도착한 민호. 비록 찢어진 옷이지만, 옷매무새를 가다듬고 안개꽃을 들고 병실 문을 확 연다. 그런데 병실에 수민이 없다. 수민이 누워 있던 침대는 비어 있는 모습이다.

"어… 어떻게 된 일이지? 도대체 수민이는 어디로 간 거야?"

그때, 간호사가 침대 시트를 가지고 병실로 들어온다. 민호는 순간, 불길한 예감이 엄습하며 간호사에게 한마디도 못 한다.

"저기, 혹시 이수민 환자를 찾으시나요?"

간호사는 따라오라는 손짓을 하는데, 두려운 마음으로 간호사를 따라간다. 마음속으로 계속 '제발. 제발!'을 연신 속삭이며, 눈은 금방 충혈되고 있다. 안내해 준 곳은 뜻밖에 회복실이다!

"이수민 환자는 여기 계십니다. 어제 의식을 회복해서 이쪽으로 옮겼습니다. 깨어나자마자, '한민호'라는 분을 찾던데요? 제가 보기엔 맞는 거 같네요. 어서 들어가 보세요!"

민호는 떨리는 마음으로 병실 안을 둘러보는데…. 수민이 침대에 앉아서 청순한 모습으로 민호를 바라보고 있다.

"오빠! 내가 너무 오래 잤지?"

"수… 수민아!"

가까이 다가가서는 수민을 껴안는 민호!

"오빠! 우리 제주도에 한번 가 보자! 이상하게 10년 동안 잠들어 있을 때 유일하게 생각나던 건, 오빠와 제주도야! 가 본 적도 없는 곳인데 이상하지? 헤헷!"

"그래, 나도 가 보고 싶었어! 이제는 조금은 떳떳하게 가 볼 수 있을 거 같아!"

수민도 민호의 따뜻한 품 안에 안겨서 누구보다 행복해 보인다. 드디어 두 사람은 65년 만에 진정한 하나가 되는 모습이다.

―――― 1953년, 65년 전

6·25 전쟁의 폐허를 복구하는 시민들의 밝고 활기찬 모습들! 풋풋한
모습의 민호와 경민이 손을 잡고 명동 거리를 거닐고 있다. 경민의 품 안
에는 민호가 선물한 안개꽃이 한 아름 안겨 있다.

―――― 2017년, 현재

제주도의 어느 동굴 앞에 하얀 안개꽃을 한 아름 놓는 민호와 수민. 잠
시 묵념을 마친 두 사람은 세상에서 가장 행복하고 설렘이 가득한 표정으
로 제주도의 파란 하늘과 바다를 바라본다.

끝!